New TOEIC 第1次就考好單字

要克服單字學習，就要了解大腦如何處理「記憶」與「動力」。

單字的背誦與記憶息息相關，而記憶則是分成「登錄」、「儲存」、與「提取」三個層面；資訊進入來得清楚正確，未來才能夠正確地提取。研究發現，一個單一的訊息（譬如單字）要跟其他的資訊組織成網、連接成點線面的關係，這個訊息未來就很容易可以被提取。比方「轉校」，進入一個新的學校，如果班上有認得的同學，經由他們的介紹，就很快可以打進這個班級的圈子。所以，透過連結 (association)，再加上看多了、熟悉了、自然記憶能夠成型。

此外，另外一個促成記憶的很重要原因是「理解」，我們很多事物之所以記不住，是因為我們了解不夠透徹，這容易引起負面的情緒，而負面的情緒又會更加阻擋理解與記憶；正面的情緒會誘發神經傳導物質的分泌，促成學習動力，幫助理解，建立記憶。大腦裡有「類鴉片感受體」 (opioid receptors)，跟痛楚與報酬有關，如果能夠提供連接性的學習方法，以期激發學習動力，就可以讓學習者覺得，學到新東西事件快樂的事情。恐懼、憤怒等負面情緒會傷害記憶。死背不是沒有效果，但是如果記憶力不好的人又硬是要他們在沒有其他連接協助下死背，動力／成就感無法產生，挫折、恐懼感會影響他們的學習。美國加州大學舊金山分校研究團隊發現，了解大腦基本認知的處理功能，在學習時，提供輔助資訊，並且開發學習動力，記憶更會根深蒂固。

《第一次就考好 New TOEIC 單字》針對 TOEIC 的特質，精選出 TOEIC 必考的商務單字；基於「創造連接式學習」的前提，視覺上提供音標，聽覺上有 MP3 檔案（美國與英國腔調皆有），再搭配例句，而這些例句的屬性全然是偏向商務語境，也符合 TOEIC 本身的考試法。這樣的學習方式，對於單字的記憶登錄與理解，有很大的幫助。

再者，「遮色片」的設計非常新穎，筆者自己以及自己的家人試用後，覺得非常有趣，這種練習法能引起高度學習興趣，也是個練習「提取」的好方法；此外，這個遮色片可以把旁邊的單字條列比較密密麻麻的其他資訊遮蓋起來，讓讀者可以專心產出答案。答案正確，愉悅的感覺（成就感）很高，就會提高學習動力。即使偶有差池，遮色片來來去去的閃動只要區區幾秒，就可以達到復習、再復習、再再復習的效果，沒有挫折，只有進一步落實記憶的三大步驟：登錄、儲存、與提取。

總而言之，這本書不僅僅是本專門為 TOEIC 設計的一般單字書，更是幫助你利用有效的「連接式」學習法，以愉悅、有動力的方式獲取 TOEIC 高分的書。果斷收藏吧！

第一次考多益 990 滿分

張介英 博士

——經歷：同步口譯專家
美國哈佛大學博士後
英國倫敦帝國理工學院博士
翻譯暨認知（神經）科學博士

Contents 目錄

如何使用本書

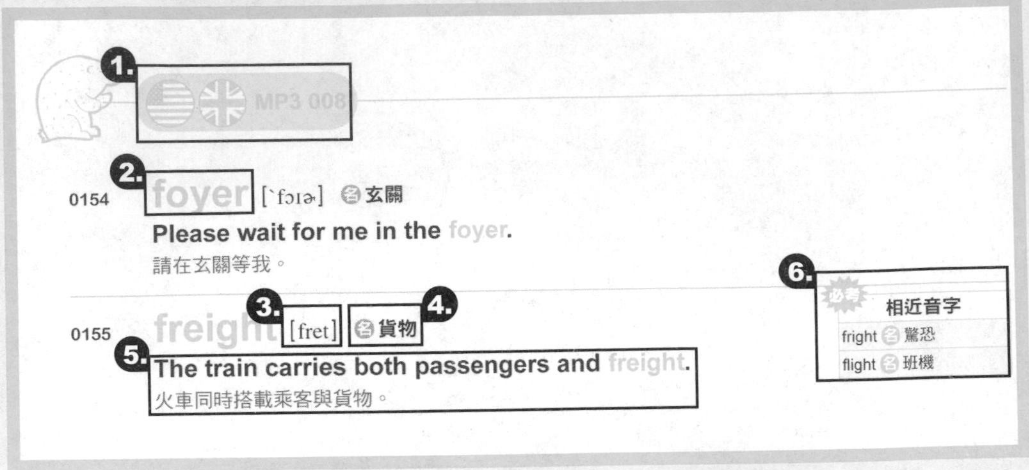

1. 英美雙腔 MP3 序號
2. 單字
3. KK 音標
4. 詞性及定義
5. 英文例句及中文翻譯
6. 多益必考聽力陷阱

分階學習法

本書共分三個階段，可依照個人程度及需求，調整最合適自己的學習方式。入門程度學習者、初級學習者、中級學習者之建議課程如下：

入門班：

閃示記憶 450 字彙 → 閃示記憶 650 字彙 → 閃示記憶聽力字彙

初級班：

閃示記憶 650 字彙 → 閃示記憶聽力字彙→ 遮色複習 450 字彙

中級班：

閃示記憶聽力字彙 → 遮色複習 650 字彙 → 遮色複習 450 字彙

閃示記憶法

步驟 1 先細讀單字及例句。

0154 **foyer** [`fɔɪə] 名 玄關

Please wait for me in the foyer.

請在玄關等我。

步驟 2 拿出遮色片將套色字遮住，測試自己是不是已經把單字背起來。

0154 [`fɔɪə] 名 玄關

Please wait for me in the .

請在玄關等我。

步驟 3 拿開遮色片，立即核對。再回到步驟 2。重複此步驟 2-3 次，刺激視覺記憶力。

foyer [`fɔɪə] 名 玄關 **Please wait for me in t** → [`fɔɪə] 名 玄關 **Please wait for me in t** → **foyer** [`fɔɪə] 名 玄關 **Please wait for me in t**

遮色複習 將遮色片遮住整頁單字，快速瀏覽同時測試自己這個頁面的單字是否皆已熟悉，將不熟悉的單字做記號，針對這些單字加強背誦。

聽力大躍進

新多益聽力測驗混合英、澳、美、加口音，也就是 North American accent「北美腔」和 British accent「英腔」。許多考生因不熟悉英、澳腔在咬字和語調上些微的差別而失分，非常可惜。為因應熟悉腔調需求，本書 MP3 朗讀以英、美兩種發音比對進行，在閱讀單字的同時播放音檔，朗讀順序以下列方式出現：

1. 單字雙腔朗讀： 先仔細比對北美腔、英腔母音上的變化，熟悉咬字差異。

access

北美腔 [`æksɛs] ⟶ **英腔** [`æksəs]

2. 例句雙腔朗讀： 接著比對北美腔、英腔句中的抑揚及停頓節奏，克服語調障礙。

反覆聆聽本書單字例句，更能辨識出兩種腔調的差別，聆聽同時增進字彙和聽力能力。

多益聽力字彙

0001 **access** [`æksɛs] 名（電腦檔案）存取，進入使用權

Only employees with security clearance have access to the top-secret files.

唯有通過安全查核的員工，才能存取最高機密檔案。

0002 **accident** [`æksədənt] 名 意外

Careless drivers often cause car accidents.

粗心的駕駛人時常導致交通事故。

0003 **according to** [ə`kɔrdɪŋ tə] 片 根據

According to most surveys out on the market, this computer is the top of the line.

根據市場上最新的調查，這部電腦是這系列最頂級的機種。

0004 **across from...** [ə`krɔs frʌm] 片 在……對面

The post office is across from the bank.

郵局在銀行的對面。

0005 **adhere to** [əd`hɪr tə] 名 遵守，支持，堅持

The lawyer asked that both parties adhere to the terms of the partnership agreement.

這位律師要求雙方遵守合夥協議的條款。

0006 **adjust** [ə`dʒʌst] 動 調整

You can adjust the seat to a more comfortable position.

你可以把座位調整到更舒服的位置。

0007 **agenda** [ə`dʒɛndə] 名 議程

Have you seen the agenda for the meeting?

你看過會議的議程了嗎？

0008 **air conditioner** [ɛr kən`dɪʃənɚ] 名 空調、冷氣機

Would you mind turning on the air conditioner?

你介意將空調打開嗎？

0009 **airline** [`ɛr͵laɪn] 名 航空公司

Michael wants to be an airline pilot.

麥可想要成為飛機駕駛。

0010 **aisle** [aɪl] 名 走道

Ice cream is on aisle two.

冰淇淋放在第二個走道

必考 相近音字
island 名 島嶼
isle 名 小島

0011 **aisle seat** [aɪl sit] 名 靠走道座位

I'd like to reserve an aisle seat.

我想要預訂靠走道的座位。

0012 **alley** [`ælɪ] 名 窄巷

It's not safe to walk in alleys at midnight.

午夜裡走小巷子並不安全。

0013 **antique** [æn`tik] 名 形 古董

My uncle collects antiques.

我叔叔蒐集古董。

0014 **appointment** [ə`pɔɪntmənt] 名 相約見面

I was late for my doctor's appointment.

我跟醫生的門診已經遲到。

必考 相近音字

disappointment 名 失望

0015 **appreciate** [ə`priʃɪ`et] 動 欣賞

I really appreciate what you have done for me.

我真的很感激你為我所做的一切。

必考 一字多義

動 欣賞

動 感激

0016 **architect** [`ɑrkə,tɛkt] 名 建築師

The building was designed by a famous architect.

這棟大樓是由一位有名的建築師設計的。

0017 **armchair** [`ɑrm,tʃɛr] 名 單人沙發

My father is sitting in the armchair by the window.

我爸正坐在窗旁邊的扶手椅上。

0018 **artist** [`ɑrtɪst] 名 藝術家

Scott is a very talented artist.

史考特是一位才華出眾的藝術家。

0019 **ascertain** [,æsɚ`ten] 動 查明

It took several days to ascertain the cause of the product defect.

花了幾天才查明這產品瑕疵的肇因。

0020 **aside from** [ə`saɪd frɑm] 名 撇開…不論

Aside from a few minor tasks, my schedule is open for most of the afternoon.

撇開幾項小工作不說，我下午的行程多半都是空檔。

必考

一字多義
名 集會，議會
名 組裝；組合

0021 **assembly** [ə`sɛmblɪ] 名 集會，議會

School assemblies are held once a month

學校的集會一個月舉行一次。

0022 **assembly line** [ə`sɛmblɪ laɪn] 名 裝配線

Cars are manufactured on assembly lines.

汽車是由裝配線生產出來的。

0023 **assistant** [ə`sɪstənt] 名 助理

Ellen works as a lab assistant.

艾倫的工作是實驗室助理。

0024 **attach** [ə`tætʃ] 動 附上

Please attach a recent two-inch photo to the job application form with a staple.

請用釘書機在應徵工作表格附上一張兩吋照片。

0025 **attainment** [ə`tenmənt] 名 達到，獲得，造詣

Attainment of all sales targets is our number one priority for this coming year.

達成所有銷售目標是我們來年的第一優先。

0026 **attendee** [ətɛn`di] 名 出席者

There were over 200 attendees at the conference.

這次會議有超過 200 位出席者。

0027 **attraction** [ə`trækʃən] 名 景點，吸引力

The tour guide took us on a trip to visit local tourist attractions.

導遊帶我們去遊覽當地的觀光景點。

0028 **auction** [`ɔkʃən] 名 動 拍賣

We bought the painting at an art auction.

我們在藝品拍賣會上買到這幅畫。

0029 **auditorium** [ɔdə`torɪəm] 名 演講廳，禮堂

All of the students assembled in the auditorium.

所有學生在禮堂集合。

0030 **authority** [ə`θɔrətɪ] 名 職權，權威

Business license applications must be filed with the proper government authority.

營業執照的申請，必須向適當的政府管理機關提出。

0031 **autograph** [ˋɔtə͵græf] 名動（名人）親筆紀念簽名

Can I have your autograph?

可以給我你的簽名嗎？

必考 相近音字
- autobiography 名 自傳
- photograph 名 動 照片

0032 **baggage** [ˋbægɪdʒ] 名 行李

The baggage carts at the airport are free.

機場的行李車是免費的。

0033 **balcony** [ˋbælkənɪ] 名 陽台

People usually dry their clothes on the balcony.

人們通常在陽台上曬衣服。

0034 **banquet** [ˋbæŋkwɪt] 名 筵席

The wedding banquet was held at a fancy hotel.

婚宴是在高級的飯店舉行。

0035 **be lined with...** [bi ˋlaɪnd wɪθ] 片 兩側有……

The street is lined with trees.

街道的兩側種滿了樹。

0036 **beam** [bim] 名 橫梁

The living room ceiling has beautiful wood beams.

客廳天花板有漂亮的木梁。

必考 一字多義
- 名 橫梁
- 動 以光束照射；播送
- 名 光束

0037 **beforehand** [bɪˋfor͵hænd] 副 事先地

That Broadway show is very popular, so it's best to buy tickets beforehand.

那齣百老匯秀很受歡迎，所以最好事先買票。

0038 **bellhop** [ˋbɛl͵hɑp] 名（飯店）行李員

How much should I tip the bellhop?

我應該付多少小費給飯店行李員？

0039 **benefit** [ˋbɛnəfɪt] 動 有益於

Hotels and restaurants will benefit from the government plan to increase tourism.

旅館和餐廳將受惠於政府提振觀光業的計畫。

0040 **beverage** [ˋbɛvərɪdʒ] 名 飲料

Tea is my favorite beverage.

茶是我最喜愛的飲料。

0041 **bid** [bɪd] 動名 出價競標，競標出價的金額

Several companies are bidding for the contract.

有好幾家公司在競標這個合約。

0042 **bidder** [`bɪdɚ] 名 競標者

The painting was sold to the highest bidder.

這幅畫賣給了出價最高者。

0043 **blinds** [blaɪndz] 名 百葉窗

Could you open the blinds for me?

可以幫我打開百葉窗嗎？

0044 **block** [blɑk] 名 街區

My friend and I live on the same block.

我朋友跟我住在同一條街。

必考 相近音字

lock 名 鎖

0045 **blueprint** [`blu͵prɪnt] 名（建築）藍圖

The blueprint for the building has been approved.

這棟大樓的建築藍圖已經通過了。

0046 **board** [bɔrd] 名 木板

The carpenter hammered nails into the board.

木匠把釘子鎚進板子。

必考 一字多義

動 登機

名 板子

名 董事會；管理或審查團隊

0047 **board meeting** [`bord `mitɪŋ] 名 董事會的會議

A board meeting is held once a month.

董事會議一個月舉行一次。

0048 **board of directors** [`bord əv də`rɛktɚz] 名 董事會

The board of directors approved the new budget.

董事會批准了新的預算。

0049 **board of directors** [bord əv də`rɛktɚz] 名 董事會

A meeting of the board of directors was called to address the issue of salary caps.

董事會召開一項會議來處理薪資不限的問題。

0050 **boarding pass** [`bordɪŋ pæs] 名 登機證

May I please see your passport and boarding pass?

可以讓我看一下你的護照跟登機證嗎？

0051 **bowl** [bol] 名碗

I had a bowl of noodles for lunch.

我午餐吃了一碗麵。

必考 一字多義
名 碗
動 打保齡球

0052 **brick** [brɪk] 名磚

The house is built of bricks, not wood.

房子是用磚建成的不是木頭。

0053 **brick layer** [`brɪk `leɚ] 名砌磚工人、泥水師傅

We hired a brick layer to build the chimney.

我們僱用砌磚工人來建造煙囪。

0054 **brochure** [bro`ʃʊr] 名手冊

The travel agent gave me lots of brochures.

旅行社給了我一堆簡介手冊。

0055 **buffet** [bə`fe] 名自助餐

Students like to eat at buffets.

學生喜歡去自助餐廳吃飯。

0056 **build** [bɪld] 動建造

The church took 50 years to build.

這座教堂花了 50 年建造。

0057 **bulldozer** [`bʊl͵dozɚ] 名推土機

The building site was cleaned by bulldozers.

這塊建地已經用怪手清理過了。

0058 **button** [`bʌtn̩] 名鈕扣

When you push this button, the red light will come on.

當你按下這個按鈕，紅燈就會亮。

0059 **cab** [kæb] 名計程車

It's hard to get a cab during rush hour.

在尖峰時刻很難叫到計程車。

必考 相近音字
cap 名（有帽舌的）帽子、棒球帽

0060 **cable** [`kebl̩] 名電纜線，有線電視

We don't have cable at home.

我們家沒有第四台。

0061 **café** [kə`fe] 名 咖啡館

Let's go get coffee at the café.

一齊去咖啡館喝咖啡吧。

必考 相近音字

coffee 名 咖啡

0062 **cafeteria** [͵kæfə`tɪrɪə] 名（附設的）自助餐廳

He works as a waiter at the cafeteria.

他是那家自助餐廳的服務生。

0063 **canal** [kə`næl] 名 運河

Amsterdam is famous for its canals.

阿姆斯特丹以它的運河著稱。

0064 **capacity** [kə`pæsətɪ] 名 容納量，能力

The event facility has a 12,000-person capacity.

這會場能容納一萬兩千人，所以應該很適合舉辦明年的電子展。

0065 **cargo** [`kɑrgo] 名 貨物

The ship sank with all its cargo.

貨物連同船一起沉了。

0066 **carousel** [`kærə͵sɛl] 名 行李轉盤

David grabbed his suitcase off the carousel.

大衛把他的行李從轉盤上拿下來。

0067 **carpenter** [`kɑrpəntɚ] 名 木匠

It's hard to be a skillful carpenter.

當一位技術好的木匠很難。

0068 **carpet** [`kɑrpɪt] 名（舖滿整個房間的）地毯

Mom vacuums the carpet once a week.

媽媽一星期吸地毯一次。

0069 **carrier** [`kærɪɚ] 名 運輸公司

The main carrier for our company charges us for all deliveries on a monthly basis.

我們公司主要的貨運公司按月結算運送的費用。

0070 **cash register** [`kæʃ `rɛdʒɪstɚ] 名 收銀機

The cash register is at the front of the store.

收銀機放在商店的入口。

0071 **cashier** [kæ`ʃɪr] 名 收銀員

I think the cashier gave me the wrong change.

我想收銀員找錯錢了。

0072 **ceiling** [`silɪŋ] 名 天花板

There is a cockroach on the ceiling.

有一隻蟑螂在天花板上。

0073 **centerpiece** [`sɛntɚ,pis] 名 餐桌中央的擺飾

The table was decorated with a beautiful centerpiece.

這張桌子中央有個漂亮的擺飾來裝飾。

0074 **chandelier** [,ʃændə`lɪr] 名 水晶吊燈

The dining room was lit by a large chandelier.

餐廳用一盞巨大的水晶吊燈來照明。

0075 **chart** [tʃɑrt] 名 圖表

The teacher drew a chart on the blackboard.

老師在黑板上畫了一個圖表。

必考 **相近音字**

charge 動 收費；充電；控告 名 費用；罪名

0076 **check (luggage)** [tʃɛk] 動 托運（行李）

Do you have any luggage to check, sir?

你有沒有行李要托運，先生？

必考 **一字多義**

動 托運（行李）

動 檢查

動 打勾

0077 **check in** [`tʃɛk ɪn] 動片 辦理報到手續

You must check in at least one hour before your flight.

你必須要在起飛前至少一小時辦理報到。

0078 **check-in counter** [`tʃɛk ɪn kaʊntɚ] 名 報到櫃台

There's a long line at the check-in counter.

報到櫃台前大排長龍。

0079 **check-out lane** [`tʃɛk aʊt len] 名 結帳走道

This check-out lane is for ten items or less.

這條結帳走道是給購買品項少於十項的人。

0080 **chef** [ʃɛf] 名 廚師

The chef at this restaurant is known for his desserts.

這個餐廳的廚師最為人知曉的是他的甜點。

0081 **chop** [tʃap] 動 切

Mom is chopping vegetables.

媽媽在切菜。

必考 相近音字
shop
動 逛街；購物
名 商店

0082 **chopstick(s)** [ˋtʃap͵stɪk(s)] 名 筷子

Do you know how to use chopsticks?

你知道怎麼使用筷子嗎？

0083 **circle** [ˋsɝkḷ] 名 圓環

Please draw a circle on the paper.

請在紙上畫個圓圈。

必考 一字多義
名 圓環
動 繞著…轉圈

0084 **circuit** [ˋsɝkɪt] 名 電路

Most computer chips nowadays contain tens of millions of miniature circuits.

今日大多數的電腦晶片，都包含有數以千萬的積體電路。

0085 **clerk** [klɝk] 名 職員；店員

The clerk works from nine to five.

那個店員從早上九點工作到下午五點。

0086 **closet** [ˋklazɪt] 名 衣櫃

Put your clothes in the closet.

把衣服放入衣櫃裡。

0087 **colleague** [ˋkalig] 名 同事

The doctor discussed the case with his colleagues.

醫生與他的同事討論這個病例。

必考 相近音字
college 名 大學；學院

0088 **collection** [kəˋlɛkʃən] 名 收藏

He has a huge collection of Jazz CDs.

他的爵士樂 CD 收藏很可觀。

0089 **committee** [kəˋmɪtɪ] 名 委員會

The building committee kicked out the tenant.

這棟大樓的委員會趕出這名租戶。

0090 **commute** [kəˋmjut] 動 通勤

Alexander had to commute 45 minutes to work six days a week.

亞歷山大每週六天都得通勤四十五分鐘上班。

0091 **concierge** [kansi`ɛrʒ] 名（飯店提供訂票等資訊的）服務台人員

The concierge made dinner reservations for us.

櫃台服務人員幫我們預約了晚餐。

0092 **concourse** [`kankors] 名機場、車站大廳

The concourse was crowded with passengers.

大廳裡擠滿了乘客。

0093 **concrete** [`kankrit] 名混凝土

The dam is made of concrete.

大壩是用混凝土建成的。

必考 一字多義
- 名 混凝土
- 形 混凝土做的
- 形 具體的

0094 **conductor** [kən`dʌktɚ] 名車掌

The conductor walked down the aisle collecting tickets.

車長走下走道來收車票。

必考 一字多義
- 名 車掌
- 名 樂團指揮
- 名 傳導體

0095 **conference** [`kanfərəns] 名會議

Who will be speaking at the conference?

誰會在會議中進行演講？

必考 相近音字
- reference 名 推薦信 / 人

0096 **conference room** [`kanfərəns rum] 名會議室

The hotel is equipped with several conference rooms.

這家飯店設有數間會議室。

0097 **console** [`kansol] 名控制台

The factory equipment is controlled from a console.

這家工廠的設備是由控制台操控。

必考 相近音字
- consul 名 外交領事
- council 名 議會
- counsel 動 名 輔導；建議

0098 **construction** [kən`strʌkʃən] 名建築工程

My uncle works in construction.

我叔叔在建築業工作。

0099 **construction site** [kən`strʌkʃən saɪt] 名建築工地

There was an accident at the construction site.

施工現場發生一場意外。

0100 **contract** [`kantrækt] 名合約

They signed a contract to rent an apartment.

他們簽約租了一層公寓。

0101 **control panel** [kən`trol `pænḷ] 名 控制面板

The control panel on the camera is easy to use.

這個相機上的控制面板非常容易使用。

0102 **convention** [kən`vɛnʃən] 名 大型會議

Which hotel is the convention being held at this year?

今年的會議要在哪一家飯店舉行？

必考 一字多義
- 名 大型會議
- 名 傳統；習俗

0103 **copier** [`kɑpɪɚ] 名 影印機

The copier is out of paper.

影印機沒紙了。

0104 **copy** [`kɑpɪ] 動 影印

Cindy copied answers from my book.

辛蒂從我的課本抄襲答案。

必考 相近音字
- coffee 名 咖啡

0105 **couch** [kautʃ] 名 長沙發

The boy is lying on the couch.

這個男孩躺在長沙發上。

必考 相近音字
- coach 名 教練

0106 **couple** [`kʌpḷ] 名 夫妻；情侶

The young couple over there just got married.

那對年輕夫婦才剛結婚。

必考 相近音字
- cup 名 杯子
- cop 名 警察（俗稱）

0107 **coworker** [`ko͵wɝkɚ] 名 同事

Do you get along well with your coworkers?

你跟你的同事相處得好嗎？

0108 **crane** [kren] 名 起重機

The crane lifted the container off the ship.

起重機將船上的貨櫃吊起。

必考 相近音字
- train 名 火車
- rain 名 雨

0109 **crate** [kret] 名 木箱

The oranges are shipped in crates.

柳橙是用木箱運送的。

0110 **credit card** [`krɛdɪt kɑrd] 名 信用卡

Does the restaurant accept credit cards?

這家餐廳可以使用信用卡嗎？

0111 **cross** [krɔs] 動 橫越

Look both ways before you cross the street.

過街時左右兩邊都要看一看。

必考 一字多義
動 橫越
名 十字

0112 **crowded** [ˋkraʊdɪd] 形 擁擠的

It is crowded everywhere during chinese New Year.

農曆新年時到處都很擁擠。

0113 **cruise ship** [ˋkruz ʃɪp] 名 觀光遊輪

Many cruise ships stop in Puerto Rico.

許多遊輪都有停泊在波多黎各。

0114 **cubicle** [ˋkjubɪkḷ] 名 有隔板的工作區，辦公小隔間

Are we allowed to decorate our cubicles?

我們可以裝飾自己的辦公小隔間嗎？

0115 **cup** [kʌp] 名 杯子（咖啡杯、茶杯等）

How many cups of coffee do you drink a day?

你每天喝幾杯咖啡？

必考 相近音字
cop 名 警察（俗稱）
couple 名 夫妻；情侶

0116 **cupboard** [ˋkʌbɚd] 名 碗櫃；廚櫃

The cookies are in the cupboard.

餅乾放在櫃子裡。

0117 **curb** [kɜb] 名 路邊；人行道邊緣

The police told the driver to pull over to the curb.

警察要司機把車停到路邊。

必考 一字多義
名 路邊
動 抑制

0118 **curtain** [ˋkɜtṇ] 名 窗簾

Could you please open the curtain.

可以請你打開窗簾嗎？

0119 **cushion** [ˋkʊʃən] 名 靠墊

The cushion made the chair more comfortable.

坐墊使椅子更舒適。

必考 一字多義
名 海關（一定要用複數）
名 習俗

0120 **customs** [ˋkʌstəmz] 名 海關

Did they check your bags when you went through customs?

你過海關的時候，他們有檢查你的包包嗎？

必考 相近音字
customer 名 顧客
costume 名 戲服

0121 **deck** [dɛk] 名 甲板

The police found a bomb on the upper deck on the boat.

警察在船上甲板找到一顆炸彈。

必考 相近音字
dock 名 碼頭
duck 名 鴨子

0122 **decoration** [dɛkə`reʃən] 名 裝飾；裝飾品

Where did you buy the decorations for your Halloween party?

你萬聖節派對的裝飾品是在哪裡買的？

0123 **delegate** [`dɛlɪˌget] 名 會議代表

Are we sending a delegate to the convention?

我們會派一名代表參加會議嗎？

0124 **deliver** [dɪ`lɪvɚ] 動 運送

Can you deliver the message to my parents?

你可以把這個訊息帶給我父母嗎？

必考 一字多義
動 運送
動 發表演說
動 實現（承諾）

0125 **delivery** [dɪ`lɪvərɪ] 名 送貨；運送

The mail was sent by special delivery.

這封信是用限時專送寄的。

0126 **delivery** [dɪ`lɪvərɪ] 名 配送，分娩

Delivery time for items that we have in stock is usually three to five weeks.

庫存貨的配送時間通常是三到五週。

0127 **depart** [dɪ`pɑrt] 動 出發；離開

The train departs in half an hour.

火車一小時半以後出發。

必考 一字多義
動 運送
動 發表演說
動 實現（承諾）

0128 **department store** [dɪ`pɑrtmənt stor] 名 百貨公司

Does that department store have a toy department?

那家百貨公司有玩具部嗎？

0129 **departure lounge** [dɪ`pɑrtʃɚ laʊndʒ] 名 出境候機室

We waited for our flight in the departure lounge.

我們在候機室等飛機。

0130 **designation** [ˌdɛzɪg`neʃən] 名 任命，指定，稱號

Mr. Johnson's designation as company treasurer was confirmed at the last meeting.

強森先生被任命為公司財務主管，已在上次會議中獲得證實。

0131 **dig** [dɪg] 動 挖

Why do dogs like to dig holes?

為什麼狗喜歡挖洞？

0132 **diner** [ˋdaɪnɚ] 名 小餐廳，用餐者

The food at that diner is really greasy.

那家小餐廳的食物很油膩。

必考 相近音字
dinner 名 晚餐

0133 **direction** [dəˋrɛkʃən] 名 方向

Is this the direction to the zoo?

這是往動物園的方向嗎？

0134 **discuss** [dɪˋskʌs] 動 討論

I need to discuss my situation with you.

我必須跟你討論我的狀況。

必考 相近音字
disgust 動 使…感到噁心

0135 **display** [dɪˋsple] 名 動 展示；陳列

The latest fall fashions were displayed in the window.

最新的秋季時裝展示在櫥窗中。

0136 **distance** [ˋdɪstəns] 名 距離

I travel a long distance to work every day.

我每天通勤很遠去上班。

0137 **dock** [dɑk] 名 碼頭

The ship is at the dock and will be leaving soon.

那艘船停在碼頭，很快就要離開。

必考 相近音字
duck 名 鴨子
deck 名 甲板

0138 **document** [ˋdɑkjəmənt] 名 文件

The envelope contains a secret document.

這個信封內含一份祕密文件。

0139 **door attendant** [dor əˋtɛndənt] 名 門房；門口服務員

The door attendant opened the door for us.

門房為我們開了門。

0140 **drain** [dren] 名 排水管

The drain of the sink is clogged.

水槽的排水管塞住了。

必考 一字多義
名 排水管
名 水溝

0141 **drawer** [`drɔɚ] 名 抽屜

My grandpa keeps his money in the drawer.

我爺爺都會把他的錢放在這個抽屜。

0142 **electrician** [ɪlɛk`trɪʃən] 名 電工

Mark called an electrician to fix the socket.

馬克打電話請水電工來修理插座。

0143 **elevator** [`ɛlə͵vetɚ] 名 電梯

We took the elevator to the 5th floor.

我們搭電梯到五樓。

必考 相近音字
escalator 名 手扶梯

0144 **employee** [ɛmplɔɪ`i] 名 員工（可數）

There are just a few employees in this firm.

這家公司的員工沒幾個。

0145 **empty** [`ɛmptɪ] 形 空的

The bottle is empty.

這個瓶子是空的。

0146 **engineer** [ɛndʒə`nɪr] 名 工程師

The engineer can't figure out what is wrong with the machine.

這工程師搞不清楚這部機器出了什麼問題。

0147 **entrance** [`ɛntrəns] 名 入口

Where's the entrance to the theater?

戲院的入口在哪裡？

必考 相近音字
entry 名 條目；加入

0148 **equipment** [ɪ`kwɪpmənt] 名 設備（集合名詞，不可數）

That store sells camping equipment.

那家店販售登山設備。

0149 **evaluate** [ɪ`vælju͵et] 動 評估；評鑑

Employee performance is evaluated twice a year.

一年進行兩次員工考績評分。

0150 **event** [ɪ`vɛnt] 名 活動；事件

This is a front-page event!

這是一個頭條事件！

必考 相近音字
even 形 均勻的

0151 **exact** [ɪgˋzækt] 形 確切的

It would be very difficult for me to give you an exact arrival date for your shipment.

我很難給你到貨的確切日期。

0152 **examine** [ɪgˋzæmɪn] 動 檢查

I think you should be examined by a doctor.

我認為你需要給醫生檢查。

0153 **executive** [ɪgˋzɛkjətɪv] 名 高階主管

Many company executives received large bonuses this year.

今年許多公司高階主管都拿到大筆分紅。

必考 相近音字：consecutive 形 連續的

0154 **exhibit** [ɪgˋzɪbɪt] 名 動 展覽；展示

Did you see the Monet exhibit at the museum?

你去看了美術館的莫內展了嗎？

必考 相近音字：exit 名 動 出口

0155 **exhibition** [ɛksəˋbɪʃən] 名（大型、綜合）展覽

I went to an art exhibition today.

我今天去看一個藝術展。

0156 **exit** [ˋɛksɪt] 名 出口

There is no emergency exit in the movie theater.

那間電影院沒有緊急出口。

必考 相近音字：acid 名 酸

0157 **exotic** [ɪgˋzɑtɪk] 形 異國的；有異國風情的

The living room was decorated with exotic furniture.

這個客廳以異國情調的家具來裝潢。

0158 **experiment** [ɪkˋspɛrəmənt] 名 動 實驗

The scientist performed an experiment to prove his theory.

科學家做了一項實驗來證明他的理論。

必考 相近音字：experience 名 動 經驗

0159 **experiment** [ɪkˋspɛrəmənt] 名 實驗

Several experiments were developed to test the durability of the product

開發了好幾項實驗來測試這產品的耐用度，並且確保其符合所有國際標準。

0160 **facility** [fəˋsɪlətɪ] 名 設施；設備（常用複數）

Hotel facilities include a restaurant, bar and business center.

飯店設施包括餐廳、酒吧和商務中心。

0161 **factory** [`fæktərɪ] 名 工廠

Paul works at a shoe factory.

保羅在一家鞋廠工作。

0162 **fan** [fæn] 名 風扇

Just turn on the fan if you get hot.

如果你覺得熱就打開風扇。

必考 **一字多義**
- 名 風扇；扇子
- 名 迷；愛好者
- 動 搧風

0163 **ferry** [`fɛrɪ] 名 渡船

We took the ferry across the river.

我們搭渡輪過河。

必考 **相近音字**
- fairy 名 仙子

0164 **file** [faɪl] 動 歸檔

Could you file these documents?

你可以將這些文件歸檔嗎？

必考 **相近音字**
- tile 名 磁磚

0165 **file cabinet** [faɪl `kæbənɪt] 名 檔案櫃

You should organize your file cabinet.

你應該整理你的檔案櫃。

0166 **fill** [fɪl] 動 加滿；充滿

The hikers filled their canteens with water.

登山客把水壺加滿水了。

必考 **相近音字**
- full 形 滿的
- feel 動 感覺

0167 **fireplace** [`faɪr͵ples] 名 壁爐

We have a fireplace in our living room.

我們的客廳有一個壁爐。

0168 **flight** [flaɪt] 名 班機

The flight was delayed because of the typhoon.

班機因為颱風而誤點了。

必考 **相近音字**
- fight 名 爭吵；對抗

0169 **flight attendant** [flaɪt ə`tɛndənt] 名 空服員

The flight attendant told us to fasten (your) seatbelts.

空服員告訴我們要繫好安全帶。

0170 **folder** [`foldɚ] 名 檔案夾

I keep all my bills in a folder.

我把所有帳單都放在檔案夾內。

0171 **fork** [fɔrk] 名 叉子

Which one is the salad fork?

哪一支是沙拉叉？

0172 **forklift** [ˋfɔrk͵lɪft] 名 貨物堆高機

The worker moved the crates with a forklift.

工人用堆高機移動條板箱。

0173 **foundation** [faʊnˋdeʃən] 名 地基

The foundation of the skyscraper is unstable.

那棟摩天樓的地基不穩。

必考 一字多義

名 地基
名 基金會
名 基礎

0174 **foyer** [ˋfɔɪɚ] 名 玄關

Please wait for me in the foyer.

請在玄關等我。

0175 **freight** [fret] 名 貨物

The train carries both passengers and freight.

火車同時搭載乘客與貨物。

必考 相近音字

fright 名 驚恐
flight 名 班機

0176 **freight** [ˋgælərɪ] 名 貨運（非快遞），貨物

The freight shipping cost was not determined by weight but instead by size.

貨運費用不是以重量計算，而是以尺寸計。

0177 **front desk** [ˋfrʌnt dɛsk] 名 接待櫃檯

Please leave your room key at the front desk.

請把房門鑰匙放在櫃檯。

0178 **function** [ˋfʌŋkʃən] 名 功能

This cell phone has many functions.

這支手機有許多功能。

必考 一字多義

名 盛大集會
動 發揮功能

0179 **gallery** [ˋgælərɪ] 名 藝廊；畫廊

Her paintings are displayed in the gallery.

她的畫正在畫廊裡展示。

0180 **gap** [gæp] 名 間隙

Mind of the gap when you get on the MRT.

上捷運列車時，要當心月台間隙。

0181 **gate** [get] 名 登機門、入口的擋門

The main gate is shut at night.

大門在晚上是關上的。

0182 **generate** [ˋdʒɛnəˏret] 動 產生

Our goal for this year's charity bazaar is to generate enough funds.

我們今年慈善義賣的目標是帶來足夠的資金。

0183 **get in** [ˋgɛt ɪn] 動片 上車（汽車、計程車）

Watch your head when you get in the car.

上車時要小心頭。

0184 **get off** [ˋgɛt ɔf] 動片 下（火車、巴士、 飛機、腳踏車、機車等）

I'm getting off at the next stop.

我要在下一站下車。

0185 **get on** [ˋgɛt ɑn] 動片 上（火車、巴士、飛機、腳踏車、機車等）

We got on the train in Paris.

我們在巴黎上火車。

0186 **get out (of)** [ˋgɛt aʊt] 動片 下車（汽車、程車）

The policeman told the suspect to get out of the car.

警察要嫌犯下車。

0187 **glass** [glæs] 名 玻璃杯；玻璃

Would you like a glass of water?

你要來一杯水嗎？

必考 一字多義
- 名 玻璃杯
- 名 眼鏡（複數）

0188 **glove compartment** [glʌv kəmˋpɑrtmənt] 名 汽車內的手套箱

There's a map in the glove compartment.

在車內的手套箱有一份地圖。

0189 **goggles** [ˋgɑgl̩z] 名 護目鏡

Do you wear goggles when you go swimming?

你游泳的時候會戴泳鏡嗎？

0190 **grocery store** [ˋgrosərɪ stor] 名 雜貨店

Do you need anything at the grocery store?

你有需要到雜貨店買任何東西嗎？

0191 **guest** [gɛst] 名 客人

Only hotel guests are allowed to use the pool.

只有住宿飯店的客人可以使用游泳池。

必考 相近音字
guess 動 名 猜測

0192 **hallway** [ˋhɔl͵we] 名 走廊

Don't run in the hallway.

別在走廊上奔跑。

0193 **hammer** [ˋhæmɚ] 名（鐵）鎚

The workers arrived with hammers, nails, and lots of wood.

工人帶著鐵鎚、釘子和許多木材前來。

0194 **handicraft** [ˋhændɪ͵kræft] 名 手工藝品

The shop sells beautiful local handicrafts.

這家店販售美麗的當地手工藝品。

0195 **handrail** [ˋhænd͵rel] 名 扶手桿

The old man supported himself on the handrail.

那老人扶在扶手桿上支撐自己。

0196 **harbor** [ˋhɑrbɚ] 名 海港；港灣

Pearl harbor was attacked in 1941.

珍珠港於一九四一年遭到攻擊。

0197 **hard hat** [ˋhɑrd hæt] 名（工地用）安全帽

Construction workers are required to wear hard hats.

工地的工人被規定要戴安全帽。

0198 **highway** [ˋhaɪ͵we] 名 高速公路

Motorbikes are not allowed on the highway.

摩托車禁止騎上高速公路。

0199 **housewares** [ˋhaʊs͵wɛrz] 名 小家電

We need to buy housewares for our new apartment.

我們得替我們的新公寓添購家用器皿。

0200 **in session** [ɪn ˋsɛʃən] 片（會議等）進行中

The meeting is now in session.

會議正在進行中。

0201 **in session** [ɪn`sɛʃən] 片（會議等）進行中

Cell phones must be turned off while the meeting is in session.

會議進行的時候，必須把手機關掉。

0202 **in the distance** [ɪn ðə`dɪstəns] 片在遠方

I see a storm coming in the distance.

我看到遠方有個暴風雨正在接近。

0203 **intersection** [ɪntə`sɛkʃən] 名交叉路口

You should slow down when you approach an intersection.

接近交叉路口時要放慢速度。

必考 相近音字：section 名 區域；部份

0204 **jewelry** [`dʒuəlrɪ] 名珠寶（集合名詞，不可數）

My father owns a jewelry store.

我父親擁有一間珠寶店。

必考 相近音字：jeweler 名 珠寶工匠

0205 **knife** [naɪf] 名刀子

Daniel ate his steak with a knife and fork.

丹尼用刀叉吃牛排。

0206 **lab** [læb] 名實驗室，檢驗室

Are your tests back from the lab yet?

你的測試從檢驗室拿回來了嗎？

必考 相近音字：lap 名（坐著時）大腿上面

0207 **lab coat** [`læb kot] 名實驗室長袍；實驗衣

The scientists wore white lab coats.

科學家身穿白色的實驗袍。

0208 **ladder** [`lædə] 名梯子

Put the ladder against the wall.

把梯子靠在牆上。

必考 相近音字：letter 名 信

0209 **lamp** [læmp] 名（放在桌上或地上的）燈

Turn off the lamp before you go to bed.

睡覺前把檯燈關掉。

必考 相近音字：damp 形 潮濕的

0210 **landscape** [`lænd͵skep] 名風景

The landscape is especially beautiful in the fall.

秋天的風景尤其美麗。

必考 一字多義：
- 名 風景畫
- 動 造景
- 名（地面的）景色

0211 **lane** [len] 名 巷道；車道

Our family lives on a quiet lane.

我們家住在一條靜巷裡。

必考 一字多義
- 名 巷道
- 名 車道

0212 **laptop** [ˋlæp͵tɑp] 名 筆記型電腦

I always take my laptop with me when I travel.

我旅遊時總是隨身帶著筆電。

必考 相近音字
desktop 名 桌上型電腦；書桌桌面

0213 **lawn** [lɔn] 名 草坪

I mow the lawn every Saturday morning.

我每週六早上都會修剪草坪。

必考 相近音字
loan 名 動 貸款；借出

0214 **lawn mower** [ˋlɔn moɚ] 名 除草機

The lawn mower is in the garage.

割草機放在車庫裡。

0215 **line** [laɪn] 名 隊伍

There are always long lines at the bank.

銀行總是大排長龍。

必考 一字多義
- 名 線條
- 名 台詞
- 動 排成一列 (line up)

0216 **liquid** [ˋlɪkwɪd] 名 液體

Water, wine and milk are all liquids.

水、葡萄酒和牛奶都是液體。

0217 **load** [lod] 動 裝載

The mule is loaded with goods.

這頭騾子載了貨物。

必考 一字多義
- 動 裝載
- 名 裝載量
- 名 負擔

0218 **lobby** [ˋlɑbɪ] 名 大廳

Lots of tourists are waiting in the lobby to check in.

很多觀光客在大廳等候辦理住房手續。

0219 **locomotive** [͵lokəˋmotɪv] 名 火車頭

The steam locomotive was invented in England.

蒸汽火車頭是英國發明的。

0220 **luggage** [ˋlʌgɪdʒ] 名 行李；行李箱

A piece of luggage was left on the train.

一件行李被遺留在火車上。

0221 **luggage cart** [ˋlʌɡɪdʒ kɑrt] 名 行李推車

Does the airport have free luggage carts?
機場有免費的行李推車嗎？

0222 **machine** [məˋʃin] 名（一台）機器

Do you know how to operate this machine?
你知道如何操作這台機器？

0223 **machinery** [məˋʃinərɪ] 名 機械設備

The company manufactures industrial machinery.
這家公司製造工業用機器。

0224 **maid** [med] 名 清潔女工

The maid cooked dinner after she mopped the floor.
拖完地之後，女僕把晚餐煮好了。

必考 一字多義
- 名（飯店）清潔女工
- 名（家庭）女佣

0225 **mechanic** [məˋkænɪk] 名 修車工人；機械技工

We need a mechanic to fix the car.
我們需要一個技工來修理車子。

必考 相近音字
- mechanical 形 機械的
- technical 形 技術上的

0226 **meeting** [ˋmitɪŋ] 名 會議；會面

Don’t disturb us during the meeting.
會議中請不要打擾我們。

0227 **menu** [ˋmɛnju] 名 菜單

I don’t know how to order because the menu is written in French.
我不知道該如何點菜，因為菜單是用法文寫的。

0228 **meter** [ˋmitɚ] 名 公尺，米

The water here is several meters deep.
這裡的水有幾公尺深。

必考 一字多義
- 名 計費器
- 名 公尺

0229 **microscope** [ˋmaɪkrəˏskop] 名 顯微鏡

You can see bacteria clearly through a microscope.
透過顯微鏡可以清楚看到細菌。

0230 **minutes** [ˋmɪnɪts] 名 會議紀錄（要用複數）

First, lets go over the minutes from the last meeting.
首先，我們先瀏覽上次的會議紀錄。

0231 **monitor** [ˋmɑnɪtɚ] 名 監示器，螢幕

Do you see our flight on the monitor?

你看到我們的班機出現在螢幕了嗎？

必考 一字多義
- 名 監示器，螢幕
- 動 監看

0232 **motorcycle** [ˋmotɚˏsaɪkḷ] 名（打檔）機車

It's dangerous to ride a motorcycle in a city like Taipei.

在台北這種城市騎機車很危險。

0233 **nail** [nel] 名 釘子，指甲

The carpenter hammered a nail into the board.

木匠把釘子釘到木板裡。

必考 相近音字
- snail 名 蝸牛
- mail 名 郵件

0234 **napkin** [ˋnæpkɪn] 名 餐巾

He folded the napkin into a flower.

他把紙巾摺成一朵花。

必考 相近音字
- nap 動 名 小睡

0235 **nature** [ˋnetʃɚ] 名 大自然

The small town is surrounded by nature.

這座小鎮被大自然環繞。

0236 **newsstand** [ˋnuzˏstænd] 名 書報攤

Ellen bought a paper at the newsstand.

艾倫在書報攤買了報紙。

0237 **notepad** [ˋnotˏpæd] 名 筆記本

The reporter took out a notepad and began taking notes.

記者拿出筆記開始記筆記。

0238 **observe** [əbˋzɝv] 動 觀察

The police observed the man for two hours before arresting him.

警察監視那個人兩個小時後逮捕他。

0239 **occupancy** [ˋɑkjəpənsɪ] 名 住房；居住

Hotel occupancy rates are lower in the winter.

在冬天，飯店的住房率比較低。

0240 **opposite** [ˋɑpəzɪt] 形 對面的

Dan and Billy live on opposite sides of the street.

丹與比利住在這條街的對門。

必考 一字多義
- 形 在…對面
- 名 相反的事物

0241 **order** [ˋɔrdɚ] 名動 點菜

Would you like to order dessert?

請問您要點些甜點嗎？

必考 一字多義
- 動 點菜；訂貨
- 名 點的食物；訂的貨物
- 名 訂單

0242 **ornament** [ˋɔrnəmənt] 名 裝飾品

Can you help me put the ornaments on the tree?

可以請你幫我把裝飾品放到樹上嗎？

0243 **out of stock** [aut əf stɑk] 名 無庫存的

That product and all the others in the same series are currently out of stock.

該產品以及其他同系列產品目前都沒有庫存。

0244 **overhead compartment** [ˋovɚˏhɛd kəmˋpɑrtmənt] 名 座位上方置物艙

Please put your bags in the overhead compartment.

請把您的包包放在座位上方的置物櫃。

0245 **overpass** [ˋovɚˏpæs] 名（行人用）天橋，高架橋

We used the overpass to cross the street.

我們使用天橋跨越馬路。

0246 **painter** [ˋpentɚ] 名 畫家，油漆工

She wants to be a painter.

她想要當畫家。

必考 一字多義
- 名 油漆工
- 名 畫家

0247 **panel** [ˋpænl̩] 名 專門、專題討論小組

The report was written by a panel of experts.

這份報告是專家小組撰寫的。

必考 一字多義
- 名 專題討論小組

0248 **panelist** [ˋpænl̩ɪst] 名 專題討論小組成員

After the discussion, the panelists took questions from the audience.

討論過後，研討小組接受觀眾提問。

0249 **parallel** [ˋpærəˏlɛl] 形 平行的

The road is parallel to the river.

這條路與河流是平行的。

0250 **parking lot** [ˋpɑrkɪŋ lɑt] 名（戶外）停車場

We left our car in the airport parking lot.

我們把車子放在機場的停車場。

0251 party [ˋpɑrtɪ] 名 派對；宴會

Are you coming to my birthday party?

你會來參加我的生日派對嗎？

必考 一字多義
- 名 一群人
- 名 宴會
- 名 政黨

0252 passenger [ˋpæsn̩dʒɚ] 名 旅客；乘客

The bus can carry up to forty passengers.

這輛巴士可以乘坐 40 位乘客。

0253 passport [ˋpæs͵port] 名 護照

We left our passports in the hotel safe.

我們把護照放在旅館的保險箱。

0254 passport control [ˋpæs͵port kənˋtrol] 名 護照查驗站

The suspect was stopped at passport control.

嫌犯在護照查驗站被攔下來。

0255 pay phone [ˋpe fon] 名 公用電話

Matt called a cab from a pay phone.

馬特用公用電話叫了輛計程車。

0256 pedestal [ˋpɛdəstl̩] 名 高台；底座

The statue stands on a tall pedestal.

這座雕像置放於高高的基座上。

0257 pedestrian [pəˋdɛstriən] 名 行人

Pedestrians have the right of way at crosswalks.

行人在行人穿越道擁有路權。

0258 pedestrian crossing [pəˋdɛstriən ˋkrɔsɪŋ] 名 斑馬線

Be sure to cross the street at the pedestrian crossing.

跨越馬路的時候務必要走斑馬線。

0259 photocopier [ˋfotə͵kɑpɪɚ] 名 影印機

The photocopier is out of paper.

影印機沒紙了。

0260 photocopy [ˋfotə͵kɑpɪ] 動 影印

Can you photocopy this report for me?

你能幫我影印這份報告嗎？

必考 相近音字
photograph 名 照片

0261 **photographer** [fə`tɑgrəfɚ] 名 攝影師

The famous photographer will have an exhibition.

那位知名攝影師將舉辦展覽。

0262 **photography** [fə`tɑgrəfɪ] 名 攝影

National Geographic is famous for its photography.

《國家地理雜誌》以攝影著稱。

0263 **pillar** [`pɪlɚ] 名 柱子

Only the pillars of the temple remain.

這座廟只有柱子保留了下來。

0264 **pillow** [`pɪlo] 名 枕頭；坐墊

The pillow is so hard that I can't sleep well.

這枕頭太硬，我睡不好。

0265 **plan** [plæn] 名 計畫

What are your plans for this weekend?

你這個周末有什麼計畫？

必考 **相近音字**
plane 名 飛機
plain 名 平原 形 平凡的

0266 **plant** [plænt] 名 植物

Don't forget to water the plants.

不要忘記給植物澆水。

0267 **plant** [plænt] 名 工廠，植物

We have a tomato plant in our garden.

我們在花園裡有一棵番茄植栽。

必考 **相近音字**
plan 名 動 計畫；平面圖
plain 名 平原 形 平凡的

0268 **plastic bag** [`plæstɪk bæg] 名 塑膠袋

You shouldn't throw away plastic bags.

你不應該扔掉塑膠袋。

0269 **plate** [plet] 名 餐盤

I had a plate of spaghetti for dinner.

晚餐我吃了一盤義大利麵。

0270 **platform** [`plæt͵fɔrm] 名 月台

The passengers waited for the train on the platform.

乘客在月台等待火車。

0271 **point** [pɔɪnt] 動 指著

It's not polite to point at people.

用手指人是不禮貌的。

必考 一字多義
- 動 指著
- 名 點
- 名 重點

0272 **porch** [portʃ] 名 門廊；門前高台

We sat on the porch and watched the sunset.

我們坐在門廊上看日落。

0273 **port** [port] 名 港口

Kaohsiung has the largest port in Taiwan.

高雄有全台灣最大的港口。

必考 相近音字
- pork 名 豬肉

0274 **portrait** [`portret] 名 肖像；人物畫像或照片

The artist painted a portrait of his father.

藝術家描繪了一幅他父親的畫像。

0275 **pour** [por] 動 倒（液體）

The waitress poured me a cup of coffee.

那名女服務生幫我倒了一杯咖啡。

0276 **presentation** [ˌprɛzən`teʃən] 名 簡報

Shelly always gets nervous when she gives presentations.

雪莉做簡報時總是很緊張。

必考 相近音字
- present 名 禮物

0277 **price tag** [`praɪs tæg] 名 價格標籤

The price tag is missing so I don't know how much this shirt costs.

我不知道這件襯衫多少錢，因為它的價錢標籤不見了。

0278 **proceed** [prə`sid] 動 繼續進行；繼續前進

You may proceed with your speech.

你可以繼續你的演講了。

必考 相近音字
- precede 動 先於⋯

0279 **production line** [prə`dʌkʃən laɪn] 名 生產線

Tom works on the production line at the factory.

湯姆在這家工廠的生產線工作。

0280 **purchase** [`pɜtʃəs] 動 名 購買；購買的物品

Where can we purchase tickets for the show?

我們在哪裡可以買到這場表演的門票？

必考 一字多義
- 動 購買
- 名 購買的物品

0281 **railroad** [`rel,rod] 名 鐵路

The British built many railroads in India.

英國在印度建了很多條鐵路。

0282 **railway** [`rel,we] 名 鐵路

The Taipei railway Station is a landmark in Taipei.

台北火車站是台北的一個地標。

0283 **receipt** [rɪ`sit] 名 收據；發票

You must keep your receipt for at least three months.

你至少要保留收據三個月。

0284 **receptionist** [rɪ`sɛpʃənɪst] 名 櫃檯接待員

The receptionist greeted us as we walked into the lobby.

我們走進大廳時，櫃檯接待人員向我們打招呼。

必考 相近音字
reception 名 招待酒會

0285 **record** [rɪ`kɔrd] 動 記錄；錄音；錄影／[`rɛkəd] 名 紀錄

Mary recorded her experiences in a diary.

瑪麗把她的經歷記錄在日記裡。

0286 **refreshment** [rɪ`frɛʃmənt] 名（複數）點心；茶點

Refreshments will be served after the lecture.

講座結束後會提供茶點。

0287 **report** [rɪ`port] 名 報告

Book reports are due on Friday.

讀書報告要在星期五前交。

0288 **representative** [rɛprɪ`zɛntətɪv] 名 代表

She has been elected to serve as a representative of the student committee.

她被選為學生會的代表。

0289 **research** [`rɪsɜtʃ] 名 研究／[rɪ`sɜtʃ] 動 做研究

The scientist received an award for his research.

科學家因為他的研究而獲獎。

0290 **researcher** [rɪ`sɜtʃə] 名 研究人員

The researchers are developing a new cancer treatment.

研究人員正在開發一種新的癌症療法。

0291 **reservation** [rɛzə`veʃən] 名 預訂

I'd like to make a reservation for two at seven tonight.

我想要預約今天晚上七點兩個人。

0292 **revolving door** [rɪ`vɑlvɪŋ dor] 名 旋轉門

The hotel entrance has a revolving door.

飯店門口有一個旋轉門。

0293 **robot** [`robɑt] 名 機器人

Many workers at the factory were replaced by robots.

許多工人在工廠被機器人所取代。

0294 **roof** [ruf] 名 屋頂

Our roof leaks when it rains.

下雨時，我們的屋頂會漏水。

必考 相近音字
proof 名 證據

0295 **round** [raʊnd] 形 圓形的

Jessica has a round face.

潔西卡有張圓圓的臉。

0296 **rug** [rʌg] 名 小塊地毯

There is a pink rug by the doorway.

玄關有一塊粉紅色小地毯。

必考 相近音字
rock 名 岩石；石塊

0297 **sailor** [`selɚ] 名 水手

How many sailors work on the ship?

有多少水手在這艘船工作？

0298 **scooter** [`skutɚ] 名 小型、輕型機車速克達

Scooters aren't suitable for long-distance travel.

小綿羊機車不適合長途旅行。

0299 **sculpture** [`skʌlptʃɚ] 名 雕刻作品

The artist is famous for his wook and metal sculptures.

這位藝術家以他的木頭與金屬雕塑聞名。

必考 相近音字
sculptor 名 雕刻家

0300 **seat** [sit] 名 座位

Is this seat taken?

這個座位有人坐嗎？

0301 **secretary** [ˋsɛkrə͵tɛrɪ] 名 秘書

You can leave a message with my secretary.

你可以把訊息留給我的秘書。

0302 **section** [ˋsɛkʃən] 名 段落，部分，部門

Some sections of the story are pretty scary.

這個故事有些段落相當嚇人。

必考 相近音字
- session 名 一段時間
- intersection 名 交叉路口

0303 **security guard** [sɪˋkjʊrətɪ gɑrd] 名 保全警衛

The retired policeman works as a security guard.

那個退休警察在擔任保全警衛的工作。

0304 **seminar** [ˋsɛmə͵nɑr] 名 研討會；座談會

All employees are required to attend the training seminar.

所有員工都必須參加培訓研討會。

0305 **server** [ˋsɝvɚ] 名 服務員

Servers at the restaurant make most of their money from tips.

餐廳服務員的主要收入來源是小費。

必考 一字多義
- 名 服務員
- 名（電腦）伺服器

0306 **session** [ˋsɛʃən] 名 活動進行的一段時間，學期

This course is only offered in the fall session.

這個課程只有秋天有開設。

必考 相近音字
- section 名 區域；部份

0307 **shade** [ʃed] 名 遮光簾，蔭暗

Let's sit in the shade and rest for a while.

讓我們坐在樹蔭下休息一會兒。

必考 相近音字
- shed 名 堆放工具的小屋

0308 **shake hands** [ˋʃek hændz] 片 握手

The candidate shook hands with voters.

候選人與選民握手。

0309 **shelf** [ʃɛlf] 名 架子

The sugar is on the top shelf.

糖放在最上面的架子。

0310 **shopper** [ˋʃɑpɚ] 名 購物者

The department store was filled with Christmas shoppers.

百貨公司擠滿了耶誕節購物人潮。

0311 **shopping mall** [`ʃɑpɪŋ mɔl] 名 購物中心
The Dubai Mall is the world's largest shopping mall.
杜拜購物中心是世界上最大的購物商場。

0312 **sidewalk** [`saɪd͵wɔk] 名 人行道
Don't park your motorcycle on the sidewalk.
不要把機車停在人行道上。

0313 **sight** [saɪt] 名 觀光景點；景象
I was in London on business, so I didn't have time to see the sights.
我在倫敦洽公，所以沒有時間去遊覽觀光景點。

0314 **sign** [saɪn] 名 符號，標誌
There is a non-smoking sign on the door.
門上有一個禁菸標誌。

必考 一字多義
動 簽名
名 預兆；象徵
名 標誌

0315 **sink** [sɪŋk] 名（洗滌用）水槽
The sink is full of dirty dishes.
水槽裡堆滿髒碗盤。

0316 **skyscraper** [`skaɪ͵skrepɚ] 名 摩天大樓
There are many skyscrapers in New York.
紐約有許多摩天大樓。

0317 **slide** [slaɪd] 名 滑梯
The children are playing on the slides.
孩子們在玩溜滑梯。

必考 一字多義
名 幻燈片
名 溜滑梯

0318 **sliding door** [`slaɪdɪŋ dor] 名 滑門
A sliding door opens onto the balcony.
一道滑門打開通往陽台。

0319 **sofa** [`sofə] 名 長沙發
The dog isn't allowed on the sofa.
狗不准爬上沙發。

0320 **spacious** [`speʃəs] 形 寬敞的
The apartment has a spacious living room.
這公寓有一個寬敞的客廳。

必考 一字多義
special 形 特別的

0321 **speaker** [ˋspikɚ] 名 喇叭，揚聲器

The speaker doesn't work.

喇叭壞了。

必考 一字多義
- 名 演說者；發言者
- 名（音響）喇叭

0322 **sprinkler** [ˋsprɪŋklɚ] 名 灑水器

We use sprinklers to water our lawn.

我們用灑水器來替草坪澆水。

0323 **square** [skwɛr] 形 方形的；正方形的，廣場

A square has four equal sides.

正方形有四個等長的邊。

必考 一字多義
- 形 方形的；正方形的
- 名 正方形
- 名 廣場

0324 **stack** [stæk] 動 名 堆

Ken had a stack of pancakes for breakfast.

我們吃了一堆煎餅當早餐。

必考 相近音字
- stuck 形 被困住的

0325 **staff** [stæf] 名（全體）員工（集合名詞，不可數）

This is the tea room for the school staff.

這是學校職員的茶水間。

0326 **stairs** [stɛrz] 名 樓梯

Be careful climbing the steep stairs.

爬這座陡峭的樓梯時要小心。

必考 相近音字
- stare 動 名 盯著；瞪

0327 **stand** [stænd] 名 支架

You can put your umbrella in the umbrella stand.

你可以把你的雨傘放在傘架中。

必考 一字多義
- 動 支架
- 動 站立
- 動 立場

0328 **stand** [stænd] 動 站立

You're standing on my foot!

你踩到我的腳了！

0329 **statue** [ˋstætʃu] 名 雕像

There's a statue of the mayor in the town square.

有一個市長雕像在市政廳前的廣場。

0330 **steep** [stip] 名 階梯

The man hike up the steep trail.

該名男子徒步爬上陡峭的小徑。

必考 一字多義
- 名 階梯

0331 **step** [stɛp] 名 階梯

The mailman left a package on the front step.

郵差把包裹放在前門階梯上。

必考 一字多義
名 階梯
名 腳步
動 踩；踏

0332 **stereo** [ˋstɛrɪo] 名 音響

That radio station broadcasts in stereo.

那家廣播電台以立體聲播音。

0333 **still life** [ˋstɪl laɪf] 名 靜物畫

Did you see the still life exhibition at the museum?

你看了博物館的靜物展嗎？

0334 **storage** [ˋstorɪdʒ] 名 儲存（空間）

The table can be folded for easy storage.

這張桌子可以摺疊起來方便儲存。

0335 **storage** [ˋstorɪdʒ] 名 儲藏（室）

We put our furniture in storage when we went overseas.

我們出國時把家具放在儲藏室。

必考 一字多義
名 儲藏室
名 儲存

0336 **story** [ˋstorɪ] 名 樓層

Our apartment is on the 5th story.

我們的公寓在 5 樓。

必考 一字多義
名 樓層
名 故事

0337 **suitcase** [ˋsut͵kes] 名 行李箱

Can you fit all your clothes in one suitcase?

你可以把你所有的衣服放進一個行李箱嗎？

0338 **suite** [swit] 名 套房（有會客區或小客廳的房間）

Executive suites at the hotel cost $800 a night.

這家飯店的行政套房每晚 800 美元。

必考 相近音字
sweet 形 甜的
sweets 名 甜食（用複數）
suit 名 西裝；套裝

0339 **supermarket** [ˋsupɚ͵markɪt] 名 超市

We went shopping for groceries at the supermarket.

我們去超市購買雜貨。

0340 **supervisor** [ˋsupɚ͵vaɪzɚ] 名 上司

Can I speak to your supervisor, please?

我可以與你的上司說話嗎？

0341 **switch** [swɪtʃ] 名動 開關

Could you switch off the light?

你可以把燈關掉嗎？

必考 一字多義
- 名 開關
- 動 切換；轉換

0342 **tablecloth** [ˋtebḷˌklɔθ] 名 桌巾

Many Italian restaurants have red and white tablecloths.

許多義大利餐廳都是用紅白相間的桌巾。

0343 **tanker** [ˋtæŋkɚ] 名 油輪

Oil from the tanker is leaking into the harbor.

油輪的石油漏到港灣裡。

必考 相近音字
- tank 名 水箱；坦克車

0344 **taxi** [ˋtæksɪ] 名 計程車

Ross took a taxi to the airport.

羅斯坐計程車到機場。

0345 **technician** [tɛkˋnɪʃən] 名（維修等）技術人員

I called a computer technician to fix my PC.

我打電話請維修人員來修理我的電腦。

0346 **terminal** [ˋtɝmɪnḷ] 名 航站；航廈

Which terminal is your flight leaving from?

你的班機從哪個航廈起飛？

必考 一字多義
- 名（電腦）終端機
- 形（疾病）末期的

0347 **test tube** [tɛst tub] 名 試管

The chemicals are stored in test tubes.

化學藥品存放在試管裡。

0348 **ticket** [ˋtɪkɪt] 名 票

Michael bought a train ticket from the ticket agent.

麥可向車票代售處購買火車票。

0349 **tile** [taɪl] 名 磁磚（tiles）

We installed new tile in the bathroom.

我們在浴室貼了新的磁磚。

0350 **tip** [tɪp] 名 訣竅

I can give you a few tips on learning English.

我可以提供你一些學習英文的訣竅。

必考 一字多義
- 名 小費
- 動 給小費
- 名 尖端

0351 **toaster** [`tostɚ] 名 烤麵包機

The toaster burned my toast.

烤麵包機烤焦了我的土司。

0352 **tower** [`taʊɚ] 名 動 塔狀建築；聳立

The Eiffel tower in Paris is very famous.

巴黎的艾菲爾鐵塔非常有名。

0353 **traffic light** [`træfɪk laɪt] 名 紅綠燈

The traffic light at that intersection is broken.

路口的紅綠燈壞了。

0354 **tray** [tre] 名 托盤

The waitress brought our drinks on a tray.

女服務生用托盤把我們的飲料送來。

0355 **truck** [trʌk] 名 卡車

Gina's father is a truck driver.

吉娜的父親是卡車司機。

必考 相近音字
track 名 軌道

0356 **tunnel** [`tʌnl̩] 名 隧道，地道

This tunnel is 570 meters long.

這座隧道有五百七十公尺長。

必考 相近音字
funnel 名 漏斗

0357 **underpass** [`ʌndɚ͵pæs] 名（行人用）地下道

The underpass was flooded during the storm.

暴風雨期間，行人地下道被水淹了。

0358 **unload** [ʌn`lod] 動 卸下（貨物等）

The workers unloaded the truck.

工人卸下貨車上的貨物。

0359 **valet** [`vælɪt] 名 代客停車服務員

The restaurant has valet parking.

這家餐廳有代客泊車服務。

必考 相近音字
ballet 名 芭蕾舞

0360 **van** [væn] 名 廂型車

Can I borrow your van to move some furniture?

可以跟你借你的廂型車來搬家具嗎？

必考 相近音字
fan 名 風扇；愛好者

0361 vase [ves] 名 花瓶

A vase of roses sat on the table.

一個插了玫瑰的花瓶放在桌上。

0362 vehicle [`viɪkḷ] 名 車輛

All vehicles must obey traffic rules.

所有車輛都必須遵守交通規則。

0363 vote [vot] 動 名 投票；票

Which candidate are you voting for?

你要投給哪一位候選人？

0364 wait [wet] 動 等候

I've been waiting for the bus for half an hour.

我等了半小時的公車。

必考 相近音字
weigh 動 秤重量

0365 waiter [`wetɚ] 名 男服務生

The waiter seated us and took our order.

服務生帶我們入座，並且為我們點餐。

0366 waitress [`wetrɪs] 名 女服務生

The waitresses in the restaurant are very polite.

這間餐廳的女服務生都很有禮貌。

0367 walkway [`wɔk͵we] 名 步道；通道

The two buildings are connected by a walkway.

這兩棟建築靠一條通道相連。

0368 warehouse [`wɛr͵haʊs] 名 倉庫

The company's warehouse is located near the harbor.

公司的倉庫靠近港口。

0369 weld [wɛld] 動 焊接

The bars are welded to the window frame.

鐵杆被焊接到窗框上。

必考 相近音字
wild 形 狂野的

0370 wine [waɪn] 名 葡萄酒

Would you prefer red wine or white wine?

你喜歡紅酒或是白酒？

0371 **wipe** [waɪp] 動擦

Please wipe the water off the table.

請擦乾桌上的水。

0372 **wire** [waɪr] 名電線

Don't touch the wire, or you may get shocked.

不要觸摸電線，不然你可能會被電到。

必考 一字多義
名 電線
動 電匯
名 金屬線

0373 **workshop** [ˋwɝk͵ʃɑp] 名訓練課程；研討會

I learned how to take better pictures at the photography workshop.

我在攝影課上學會如何拍出更好的照片。

0374 **wrap** [ræp] 動包裝；包起來

We spent hours wrapping presents on Christmas Eve.

耶誕夜我們花了數小時包裝禮物。

0375 **yard** [jɑrd] 名碼

Three feet is equal to one yard.

三呎等於一碼。

必考 一字多義
名 院子
名 碼（長度單位）

Level 1
多益450字彙

0001 **ability** [ə`bɪlətɪ] 名 能力

He doesn't have the ability to finish the work.

他沒有能力完成這個工作。

0002 **aboard** [ə`bord] 副 上船，登機

Welcome aboard!

歡迎搭機 / 搭船！

0003 **abroad** [ə`brɔd] 副 在國外

I plan to study abroad next year.

我打算明年到國外念書。

0004 **absent** [`æbsn̩t] 形 缺席的

She was absent yesterday.

她昨天缺席。

0005 **accent** [`æksɛnt] 名 口音

He speaks English with the French accent.

他說的英語帶有法國口音。

0006 **accept** [ək`sɛpt] 動 接受

I can't accept such an expensive gift.

這麼昂貴的禮物我不能收。

0007 **acceptable** [ək`sɛptəbl̩] 形 可接受的

The offer is acceptable.

這個提議可以接受。

0008 **account** [ə`kaʊnt] 名 理由，根據，說明

You must take his age into account.

你必須考慮到他的年齡。

0009 **ache** [ek] 動 痛

My back has been aching all day.

我的背已經痛了一整天。

0010 **achieve** [ə`tʃiv] 動 達成

He works hard to achieve success.

他努力去達到成功。

0011 **active** [ˋæktɪv] 形 活躍的

Alice is very active in her school.
愛莉絲在學校相當活躍。

0012 **activity** [ækˋtɪvətɪ] 名 活動

Stamp collecting is my favorite activity.
集郵是我最喜愛的活動。

0013 **actual** [ˋæktʃʊəl] 形 真實的，實際的

The movie is based on an actual event.
這電影是真實事件改編。

0014 **addition** [əˋdɪʃən] 名 附加，增加的人或物

Bob is a great addition to our sales team.
鮑伯是我們業務團隊很棒的生力軍。

0015 **additional** [əˋdɪʃənl̩] 形 附加的

How much additional tax do we owe?
我們還要繳多少額外的稅？

0016 **admire** [ədˋmaɪr] 動 欣賞

She admires his art work very much.
她很欣賞他的藝術作品。

0017 **admit** [ədˋmɪt] 動 承認

The politician finally admitted his error.
這個政治人物終於承認他的錯誤。

0018 **adopt** [əˋdɑpt] 動 收養，採納

The doctors adopted a new method for treating AIDS patients.
醫生們採用一種新方法治療愛滋病患。

0019 **advance** [ədˋvæns] 名 發展

Technological advances are growing rapidly.
科技方面的發展不斷迅速成長。

0020 **advanced** [ədˋvænst] 形 高級的，進階的

He is not qualified to enter the advanced class.
他還不夠資格進入高級班。

0021 **advantage** [əd`væntɪdʒ] 名 優點

There are many advantages to having computers.

擁有電腦的好處很多。

0022 **adventure** [əd`vɛntʃɚ] 名 冒險

The trip to the waterfall was an adventure.

這次的瀑布之行是一場冒險。

0023 **advertise** [`ædvɚ,taɪz] 動 廣告

We need to advertise our product more in the media.

我們需要加強產品的媒體宣傳。

0024 **advice** [əd`vaɪs] 名 忠告

The teacher gave me a piece of advice.

老師給我一個忠告。

0025 **advise** [əd`vaɪz] 動 勸告

My lawyer advised me to sign a contract first.

我的律師建議我先簽一份合約。

0026 **adviser** [əd`vaɪzɚ] 名 顧問，輔導人員

The school adviser asked me to hand in my career plan.

學校升學就業顧問老師要我交一份自己的生涯規劃。

0027 **affair** [ə`fɛr] 名 事件，事

What he did was his own affair.

他做什麼是他自己的事。

0028 **affect** [ə`fɛkt] 動 影響

Global warming affects many creatures on the planet.

全球暖化影響了很多地球上的生物。

0029 **afford** [ə`ford] 動 買得起

I can't afford this house.

我買不起這房子。

0030 **afterward** [`æftɚwɚdz] 副 之後

First we went to the movies, and afterwards we ate some ice cream.

我們先去看了電影，之後去吃冰淇淋。

0031 agriculture [`ægrɪ͵kʌltʃɚ] 名 農業

I want to study agriculture and have my own farm.

我想攻讀農業，並擁有自己的農場。

0032 aid [ed] 名 幫助

Thank you for your aid and support.

謝謝你的幫助和支援。

0033 aid [ed] 動 幫助

We should aid those who are less fortunate than us.

我們應該幫助那些比我們不幸的人。

0034 aim [em] 名 目標

My aim is to get a great job.

我的目標是找一份好工作。

0035 air conditioner [ɛr kn`dɪʃnɚ] 名 空調、冷氣機

Would you mind turning on the air conditioner?

你介意將冷氣打開嗎？

0036 aircraft [`ɛr͵kræft] 名 飛行器

This aircraft carries up to 160 passengers.

這架飛機可搭載一百六十位乘客。

0037 airline [`ɛr͵laɪn] 名 航空公司

There are no airlines flying directly to Russia.

這裡沒有直飛俄羅斯的航空公司。

0038 alarm [ə`lɑrm] 名 鬧鐘

Please turn off her alarm clock.

請關掉她的鬧鐘。

0039 album [`ælbəm] 名 相簿

I put all my vacation pictures in a photo album.

我把度假所有的照片都放進相簿裡。

0040 alike [ə`laɪk] 形 相似的

The twins look much alike.

這對雙胞胎看起來好像。

0041 alive [ə`laɪv] 形 活著的

They are still alive after the war.

戰爭過後，他們仍然還活著。

0042 aloud [ə`laʊd] 副 出聲地，大聲地

Nobody is allowed to speak aloud in the library.

任何人都不可以在圖書館大聲說話。

0043 alphabet [`ælfə,bɛt] 名 字母

The kids are learning the alphabet now.

那些小孩正在學習字母。

0044 although [ɔl`ðo] 連 儘管

Although she is old, she swims well.

她老歸老，但是游泳游得很好。

0045 altogether [,ɔltə`gɛðɚ] 副 全然，一起

I am not altogether satisfied with the result.

我並不全然滿意這個結果。

0046 amaze [ə`mez] 動 使驚奇

Jack amazed his friends with his magic tricks.

傑克的魔術戲法讓大家驚喜不已。

0047 ambassador [æm`bæsədɚ] 名 大使

The ambassador has great power.

這位大使擁有很大的權力。

0048 ambition [æm`bɪʃən] 名 抱負

My ambition is to be a great movie star.

我的抱負是成為一個棒的電影明星。

0049 amount [ə`maʊnt] 名 數量

I spent a large amount of money on this house.

我為這棟房子花了一大筆錢。

0050 ancient [`enʃənt] 形 古老的

On top of the mountain is an ancient church.

在山頂上有座古老的教堂。

0051 **angel** [ˋendʒl̩] 名 天使

She has the heart of an angel.

她有天使般的好心腸。

0052 **angle** [ˋæŋgl̩] 名 角度

You have to see the problem from a different angle.

你必須由不同的角度來看這個問題。

0053 **ankle** [ˋæŋkl̩] 名 足踝

Betty twisted her ankle.

貝蒂扭傷了腳踝。

0054 **announce** [əˋnaʊns] 動 宣布

The president announced that he will leave office.

總統宣布他將辭去職位。

0055 **anybody** [ˋɛnɪ͵bɑdɪ] 名 任何人

Is anybody hungry?

有人餓了嗎？

0056 **anyway** [ˋɛnɪ͵we] 副 無論如何，反正，仍然

My parents told me not to go, but I'm going anyway.

我家人告訴我不要去，但是我仍然要去。

0057 **anywhere** [ˋɛnɪ͵hwɛr] 副 在任何地方

Dad said he would take us anywhere we'd like for our summer vacation!

爸爸說我們想去任何地方度暑假，他都會帶我們去！

0058 **apart** [əˋpɑrt] 副 分離

The boy lived apart from his parents for a long time.

這個小男孩和父母分開住了很長一段時間。

0059 **apparent** [əˋpærnt] 形 明顯的

It's apparent that the old man is under the weather.

很明顯的，這個老人身體不太舒服。

0060 **appeal** [əˋpil] 動 有吸引力

This idea doesn't appeal to me.

這主意並不吸引我。

0061 **appearance** [ə`pɪrəns] 名 外觀

Don't ever judge people by their appearance.

切勿以貌取人。

0062 **apply** [ə`plaɪ] 動 申請

Did you apply to that university?

你申請了那所大學嗎？

0063 **approve** [ə`pruv] 動 贊同

The boss didn't approve the project.

這老闆並不贊同這案子。

0064 **aquarium** [ə`kwɛrɪm] 名 水族館，水族箱

People like to go to the aquarium on weekends.

人們喜歡在週末時到水族館。

0065 **argue** [`ɑrgju] 動 爭論

Don't argue with your parents.

不要跟爸媽爭吵。

0066 **arithmetic** [ə`rɪθmətɪk] 名 算術技巧，計算

The boy is poor at arithmetic.

這男孩的算數很差。

0067 **arrange** [ə`rendʒ] 動 安排

I am very busy arranging my wedding.

我正忙著籌備我的婚禮。

0068 **arrest** [ə`rɛst] 動 逮捕

The criminal was arrested yesterday.

那罪犯昨天被逮捕了。

0069 **arrival** [ə`raɪvl̩] 名 到來

The reporters waited for the star's arrival.

記者等待那位明星的到來。

0070 **arrive** [ə`raɪv] 動 到達

We arrived in Tokyo safely.

我們平安抵達東京。

0071 article [ˋɑrtɪkḷ] 名 文章，物品

Did you read that article in the paper?

你有看到報紙上那篇文章嗎？

0072 ash [æʃ] 名 灰燼

The house was burnt to ashes.

這棟房子被燒成灰燼。

0073 aside [əˋsaɪd] 副 在一旁

Could you put the comics aside and pay attention?

請將漫畫書擱到一邊，注意聽好嗎？

0074 asleep [əˋslip] 形 睡著的

He often falls asleep in class.

他常常在課堂上睡著。

0075 assist [əˋsɪst] 動 幫助

His job is to assist the manager.

他的工作是協助經理。

0076 athlete [ˋæθlɪt] 名 運動員

Athletes should have sportsmanship.

運動員應有運動員家精神。

0077 attack [əˋtæk] 動 攻擊，襲擊

Gina was attacked by the dog this morning.

吉娜今天早上遭到狗的攻擊。

0078 attempt [əˋtɛmpt] 動 企圖，嘗試

The men were arrested while attempting to rob the bank.

這些人企圖搶銀行時被逮捕。

0079 attend [əˋtɛnd] 動 出席

My boss didn't attend the meeting.

我老闆沒有出席會議。

0080 attention [əˋtɛnʃən] 名 注意力

Pay attention to what your teachers say.

老師說話要注意聽。

0081 **attitude** [ˋætətjud] 名 態度

You should have a positive attitude about work.

你對工作應該要有積極正面的態度。

0082 **attract** [əˋtrækt] 動 吸引

Magnets attract objects made of iron.

磁鐵會吸引鐵做的東西。

0083 **attractive** [əˋtræktɪv] 形 吸引人的

The offer is very attractive.

提出的條件很吸引人。

0084 **audience** [ˋɔdɪəns] 名 觀眾，聽眾

The audience gave him a big hand.

觀眾給他如雷的掌聲。

0085 **author** [ˋɔθɚ] 名 作者

The author of *Pride and Prejudice* is Jane Austen.

《傲慢與偏見》的作者是珍奧斯汀。

0086 **automatic** [ˌɔtəˋmætɪk] 形 自動的

This coffee maker is fully automatic.

這台咖啡機是全自動的。

0087 **automobile** [ˋɔtəməˌbil] 名 汽車（簡稱auto）

Automobiles are the main source of air pollution in our city.

汽車是我們城市主要的汙染來源。

0088 **avenue** [ˋævəˌnju] 名 大道

The museum is on Fifth Avenue.

博物館位在第五大道。

0089 **average** [ˋævərɪdʒ] 名 平均數

An average of two out of ten people get cancer.

十人中平均有兩人會得癌症。

0090 **avoid** [əˋvɔɪd] 動 避免

Many people try to avoid paying taxes.

許多人都試著避稅。

0091 **awake** [ə`wek] 形 醒的

Are you still awake?

你還醒著嗎？

0092 **awaken** [ə`wekn] 動 意識到，喚醒

I was awakened by a crowing rooster.

我被啼叫的公雞給叫醒。

0093 **award** [ə`wɔrd] 動 頒獎

The actress was awarded an Oscar.

這位女演員獲頒一座奧斯卡獎。

0094 **aware** [ə`wɛr] 形 察覺的，知道的

I am aware that this is a difficult job.

我知道這是一個困難的工作。

0095 **awful** [`ɔful] 形 可怕的

The smell is awful.

這味道好可怕。

0096 **babysitter** [`bebɪ͵sɪtɚ] 名 保母

Eddy's sister is a babysitter.

艾迪的姊姊是一位保母。

0097 **backward** [`bækwɚd] 副 向後

The man holds the world record for walking backward.

這男子是向後走世界紀錄保持人。

0098 **bacon** [`bekən] 名 培根，燻豬肉

Eggs and bacon is my favorite.

雞蛋和培根是我的最愛。

0099 **bacteria** [bæk`tɪrɪə] 名（複數）細菌

Wash you hands after using the restroom, or you will spread bacteria.

上完廁所要洗手，不然會散布細菌。

0100 **badminton** [`bædmɪntn] 名 羽毛球

Jimmy is playing badminton with his friends.

吉米正在和朋友打羽毛球。

0101 **bait** [bet] 名 餌

The clever fish didn't bite the bait.

這條聰明的魚不肯咬餌。

0102 **bake** [bek] 動 烘烤

Grandma baked you a birthday cake!

奶奶烤了個生日蛋糕給你！

0103 **bakery** [ˋbekərɪ] 名 麵包店

That bakery makes delicious muffins.

那家麵包店做的馬芬蛋糕很好吃。

0104 **balance** [ˋbæləns] 名 平衡

The boy lost his balance and fell off the bike.

這男孩失去平衡從腳踏車上摔下來。

0105 **bandage** [ˋbændɪdʒ] 名 繃帶

The hospital is short of bandages.

這間醫院的繃帶短缺。

0106 **bang** [bæŋ] 動 猛擊、敲

The police banged on the door.

警察猛敲門。

0107 **banker** [ˋbæŋkɚ] 名 銀行業者，銀行家

He studied finance because he wanted to become a banker one day.

他讀的是財務，因為他希望有朝一日能成為銀行家。

0108 **barbecue** [ˋbɑrbɪˏkju] 名 烤肉

They had a barbecue in the backyard.

他們在後院烤肉。

0109 **bare** [bɛr] 形 沒有……的

This living room was almost bare of furniture.

這客廳裡原本幾乎沒有家具。

0110 **barely** [ˋbɛrlɪ] 副 幾乎不

I could barely recognize my long lost friend.

我幾乎認不出失聯許久的朋友。

0111 **bark** [bɑrk] 動 吠叫

Cindy's dog only barks at strangers.

辛蒂的狗只會對陌生人吠叫。

0112 **barn** [bɑrn] 名 穀倉

Hay for the cows is stored in the barn.

給牛吃的乾草存放在穀倉裡。

0113 **barrel** [`bærel] 名 木桶

There is a barrel of wine in the cellar.

一桶桶的葡萄酒都存放在地窖裡。

0114 **basement** [`besmənt] 名 地下室

My aunt is letting me live in her basement until I get my own apartment.

我阿姨讓我住她家地下室，直到我找到自己的公寓。

0115 **bay** [be] 名 海灣

We sailed around the bay watching the sunset.

我們在海灣裡到處航行，欣賞夕陽。

0116 **beam** [bim] 名 光線

A beam of light shone in through the window.

一道光線透過窗子照進來。

0117 **bean** [bin] 名 豆子

My children hate green beans.

我的小孩討厭吃青豆。

0118 **beard** [bɪrd] 名 鬍子

Wearing a beard makes you look old.

留鬍子使你看起來很老。

0119 **beast** [bist] 名 野獸

The child drew pictures of the beast she saw in her dreams.

那孩子畫下她在夢裡見到的野獸。

0120 **beef** [bif] 名 牛肉

I want beef noodles for dinner.

我晚餐想吃牛肉麵。

0121 **beer** [bɪr] 名 啤酒

They love to drink beer when they watch soccer games.

他們看足球賽時喜歡喝啤酒。

0122 **beggar** [`bɛgɚ] 名 乞丐

The underpass is full of beggars.

地下道裡都是乞丐。

0123 **beginner** [bɪ`gɪnɚ] 名 新手

I'm just a beginner at playing the guitar.

我是吉他初學者。

0124 **behave** [bɪ`hev] 動 守規矩

My little brother never behaves when we go out.

我們出門時我的弟弟從來不守規矩。

0125 **belief** [bɪ`lif] 名 信仰

He has a strong belief in God.

他對上帝有堅定的信仰。

0126 **belly** [`bɛlɪ] 名 肚子

My uncle has a beer belly.

我叔叔有啤酒肚。

0127 **belt** [bɛlt] 名 皮帶

Please fasten your seat belt.

請繫緊安全帶。

0128 **bench** [bɛntʃ] 名 長凳，長椅

It's comfortable to sit on the park bench under the winter sun.

冬天坐在公園的長椅上曬太陽很舒服。

0129 **beneath** [bɪ`niθ] 副 在……之下

We sat beneath the stars, talking about what we'd like to do in the future.

我們坐在星空下，聊著未來想要做什麼。

0130 **benefit** [`bɛnəfɪt] 名 益處，利益

Exercise has many benefits.

運動有許多好處。

0131 **berry** [ˋbɛrɪ] 名 漿果

Wild birds like to peck at the berries.

野鳥喜歡啄食莓果。

0132 **besides** [bɪˋsaɪdz] 副 此外

I don't want to eat out tonight; besides, I don't have enough money.

我今晚不想吃外食，更何況我的錢也不夠。

0133 **beyond** [bɪˋjɑnd] 片 在……另一邊

Beyond the forest is a desert.

森林再過去是沙漠。

0134 **Bible** [ˋbaɪbḷ] 名 聖經

The Bible has been translated into more languages than any other book.

聖經是被翻譯成最多語言的書籍。

0135 **bill** [bɪl] 名 帳單，紙鈔

I forgot to pay my phone bill.

我忘記繳我的電話帳單了。

0136 **billion** [ˋbɪljən] 名 十億

There are more than one billion people in China.

中國有超過十億人口。

0137 **biscuit** [ˋbɪskɪt] 名 餅乾

I love to eat hot biscuits with butter.

我喜歡吃上面加奶油的熱餅乾。

0138 **bitter** [ˋbɪtɚ] 形 苦的

Black coffee tastes bitter.

黑咖啡喝起來很苦。

0139 **blackboard** [ˋblæk͵bɔrd] 名 黑板

The teacher wrote on the blackboard.

老師在黑板上寫字。

0140 **blame** [blem] 動 責怪

Don't blame me for your mistakes!

不要把你的錯怪到我頭上來！

0141 **blank** [blæŋk] 形 空白的

Kevin put a blank sheet of paper in the typewriter.

凱文把一張空白的紙放進打字機裡。

0142 **blank** [blæŋk] 名 空白處

Please fill in the blanks with the right answers.

請把空白處填入正確答案。

0143 **blanket** [`blæŋkɪt] 名 毯子

We need a heavy blanket during the winter.

我們冬天需要一條厚毯子。

0144 **bleed** [blid] 動 流血

My nose is bleeding.

我的鼻子流血了。

0145 **bless** [blɛs] 動 祝福

The priest blessed everyone in the church.

神父祝福在教堂的所有人。

0146 **blind** [blaɪnd] 形 眼盲的

Kate's mother has been blind since childhood.

凱特的媽媽從小就看不見。

0147 **blouse** [blaʊz] 名 女襯衫

The lady is wearing a black blouse.

這位女士穿的是黑色襯衫。

0148 **boil** [bɔɪl] 動 煮沸

The water is boiling.

水開了。

0149 **bold** [bold] 形 大膽的

The soldiers were bold and fearless.

軍人既大膽又無畏。

0150 **bomb** [bɑm] 名 炸彈

The building was destroyed by a bomb.

大樓遭到炸彈摧毀。

0151 **bookcase** [ˋbʊk͵kes] 名書架

That bookcase is filled with old books that I loved as a child.

那個書架擺滿我童年時最愛的舊書籍。

0152 **boot** [but] 名靴子

These new boots make me look taller.

這雙新靴子讓我看起來比較高。

0153 **border** [ˋbɔrdɚ] 名邊境

We crossed the border by train.

我們坐火車穿越邊境。

0154 **bore** [bor] 動厭煩

Old movies really bore me.

老電影真的令我感到厭煩。

0155 **boss** [bɔs] 名老闆

Your boss is so bossy.

你的老闆很跋扈。

0156 **bother** [ˋbɑðɚ] 動煩擾

Please do not bother me; I'm working.

我現在在工作，請勿打擾。

0157 **bottle** [ˋbɑtl̩] 名瓶子

Plastic bottles are recyclable.

塑膠瓶可回收。

0158 **bow** [baʊ] 動鞠躬

Everyone bowed to him.

每個人都對他鞠躬。

0159 **bowling** [ˋbolɪŋ] 名保齡球

Let's go bowling.

我們去打保齡球吧。

0160 **brain** [bren] 名腦，頭腦

Use your brain on the exam.

考試時用點腦子。

0161 **brake** [brek] 名 煞車

The brakes on my scooter need to be repaired.

我的速克達的煞車需要修理了。

0162 **branch** [bræntʃ] 名 樹枝

The branches on the tree broke under the weight of the snow.

樹上的枝幹因為雪的重量折斷了。

0163 **brass** [bræs] 名 銅

The door knob is made of brass.

這門把是銅製的。

0164 **breast** [brɛst] 名 乳房，胸部

Breast cancer is the most common type of cancer among women.

乳癌是女性最常見的癌症種類。

0165 **breath** [brɛθ] 名 呼吸，氣息

Mike can hold his breath for two minutes.

麥克可以憋氣 2 分鐘。

0166 **breathe** [brið] 動 呼吸

You can't breathe underwater.

在水裡不能呼吸。

0167 **breeze** [briz] 名 微風

A cool breeze blew in from the sea.

從海上吹來一陣涼風。

0168 **bride** [braɪd] 名 新娘

The bride and groom toasted each other.

新娘跟新郎相互敬酒。

0169 **brief** [brif] 形 簡略的

Can you give me a brief description of your plan?

可不可以簡略說明你的計畫？

0170 **brilliant** [ˋbrɪljənt] 形 傑出的，聰明的

The brilliant student gets straight A's.

這個優秀的學生每一科都拿 A。

0171 **broad** [brɔd] 形 廣泛的

The broad plains are filled with wildlife.

這片遼闊的平原上充滿野生生物。

0172 **broadcast** [ˋbrɔd͵kæst] 動 廣播，播報

This TV station broadcasts the news every hour.

這家電視台每小時都播報新聞。

0173 **brook** [bruk] 名 小溪，小河

Fishing is not allowed in this brook.

這條小溪禁止釣魚。

0174 **broom** [brum] 名 掃把

Gary swept the floor with a broom.

蓋瑞拿掃把掃地。

0175 **brow** [braʊ] 名 眉毛，眉頭

He knit his brow and said nothing.

他眉頭緊鎖不發一語。

0176 **brunch** [brʌntʃ] 名 早午餐

We usually have brunch on weekends.

週末我們通常吃早午餐。

0177 **brush** [brʌʃ] 動 刷

We must brush our teeth three times a day.

我們一天必須刷三次牙。

0178 **bubble** [ˋbʌbl̩] 名 泡泡

Children like to blow bubbles.

孩子們喜歡吹泡泡。

0179 **bucket** [ˋbʌkɪt] 名 桶子

The farmer carried a bucket of water from the well.

農夫從井裡提了一桶水。

0180 **bud** [bʌd] 名 花蕾

The rosebush in my backyard is covered with buds.

我後院裡的玫瑰叢佈滿了花蕾。

0181 **budget** [ˋbʌdʒɪt] 名 預算

We don't have a sufficient budget to buy the house.

我們沒有足夠預算買這間房子。

0182 **buffalo** [ˋbʌfə͵lo] 名 野牛

It's rare to see buffaloes in the fields now.

現在在草原上很難看到野牛。

0183 **bulb** [bʌlb] 名 電燈泡

Could you help me change the light bulb?

可以幫我換燈泡嗎？

0184 **bull** [bʊl] 名 公牛

The bull was killed for its meat.

那頭公牛被宰來吃了。

0185 **bullet** [ˋbʊlɪt] 名 子彈

The bullet went through his shoulder.

子彈射穿他的肩膀。

0186 **bump** [bʌmp] 動 碰，撞

I bumped my head on the door frame.

我的頭撞到門框。

0187 **bun** [bʌn] 名 小圓麵包，餐包

My mom is in the kitchen baking buns.

我媽媽正在廚房烤餐包。

0188 **bunch** [bʌntʃ] 名 束，串

Jill bought a bunch of grapes at the store.

吉爾在商店買了一串葡萄。

0189 **bundle** [ˋbʌndl̩] 名 捆，束

Mark took a bundle of laundry to the cleaners.

馬克拿一堆待洗衣物去洗衣店。

0190 **burden** [ˋbɝdn̩] 名 負擔，重任

The burden on his shoulders is getting heavier.

他肩上的重擔越來越重。

0191 **burglar** [ˋbɝglɚ] 名 闖空門的盜竊

The police finally caught the burglar.

警察終於抓到闖空門的盜竊。

0192 **burn** [bɝn] 動 燃燒

Farmers are burning grass in the fields.

農人正在田裡燒雜草。

0193 **burst** [bɝst] 動 破裂

The cold weather caused the pipes to burst.

寒冷的天氣使管子裂開。

0194 **bury** [ˋbɛrɪ] 動 埋，使……沉浸

The pirates buried the treasure in the sand.

海盜把寶藏埋在沙裡。

0195 **bush** [bʊʃ] 名 灌木，灌木叢

We hid behind the bushes and watched the new neighbors move in.

我們躲在樹叢後面看著新鄰居搬進來。

0196 **business** [ˋbɪznɪs] 名 生意，商業關係

My uncle is in the restaurant business.

我叔叔從事餐飲業。

0197 **button** [ˋbʌtn̩] 動 扣（鈕釦）

Button up your shirt.

把你的襯衫扣好。

0198 **buzz** [bʌz] 動 嗡嗡叫

The speaker was buzzing because it was broken.

擴音器壞掉了，所以發出嗡嗡的聲響。

0199 **cabbage** [ˋkæbɪdʒ] 名 高麗菜

Cabbage is Lisa's favorite vegetable.

高麗菜是麗莎最喜愛的蔬菜。

0200 **cabin** [ˋkæbɪn] 名 小屋

We have a summer cabin near the lake.

我們在湖附近有一個避暑小屋。

0201 **calendar** [`kæləndɚ] ㊔日曆，行事曆

She made a note in her calendar.

她在行事曆上寫下筆記。

0202 **campus** [`kæmpəs] ㊔校園／校區

There are lots of convenience stores near the campus.

在校園附近有很多便利商店。

0203 **cancel** [`kænsḷ] ㊘取消

May I cancel my appointment with the dentist?

我可以取消和牙醫的約診嗎？

0204 **cancer** [`kænsɚ] ㊔癌症

My grandpa died of lung cancer.

我爺爺死於肺癌。

0205 **candle** [`kændḷ] ㊔蠟燭

The number of candles on the cake represents your age.

蛋糕上的蠟燭數量代表你的年齡。

0206 **cane** [ken] ㊔拐杖，籐條

Grandpa walks with a cane because his legs are weak.

爺爺的腿很虛弱，所以撐著一根拐杖走路。

0207 **canoe** [kə`nu] ㊔獨木舟

The Indians transported goods by canoe.

印地安人以前用獨木舟運送貨物。

0208 **canyon** [`kænjən] ㊔峽谷

The Grand Canyon attracts many tourists every year.

大峽谷每年都吸引好多觀光客。

0209 **capable** [`kepəbḷ] ㊟有能力的

She isn't capable of the task.

她無法勝任這項工作。

0210 **capital** [`kæpətḷ] ㊔首府

Austin is the capital of Texas.

德州的首府是奧斯汀。

0211 **captain** [ˋkæptɪn] 名 隊長
She used to be the captain of the volleyball team.
她以前是排球隊的隊長。

0212 **capture** [ˋkæptʃɚ] 動 捕獲
The rangers haven't captured the wild bear yet.
國家公園管理員還沒有捕獲那隻野生的熊。

0213 **carpet** [ˋkɑrpɪt] 名 地毯
We put a big carpet on the living room floor.
我們在起居室的地上放了一張大地毯。

0214 **carrot** [ˋkærət] 名 紅蘿蔔
Rabbits like carrots.
兔子喜歡紅蘿蔔。

0215 **cartoon** [kɑrˋtun] 名 卡通動畫
I like to watch cartoons very much.
我喜歡看卡通影片。

0216 **cash** [kæʃ] 名 現金
I am short of cash; would you lend me some?
我缺現金，可以借我一些嗎？

0217 **cassette** [kəˋsɛt] 名 卡帶
Cassettes have been replaced by CDs.
卡帶已經被 CD 取代了。

0218 **cast** [kæst] 動 投，丟
The fisherman cast the line many times, but didn't catch any fish.
那位漁夫拋了好幾次釣線，但都沒釣到魚。

0219 **castle** [ˋkæsl̩] 名 城堡
Children like to build sand castles at the beach.
小孩喜歡在沙灘上蓋沙堡。

0220 **casual** [ˋkæʒuəl] 形 不拘禮節的，隨意的
I dressed in casual clothes today.
我今天穿得很輕鬆。

0221 **caterpillar** [ˋkætɚ,pɪlɚ] 名 毛毛蟲

The caterpillar is going to transform into a beautiful butterfly.

那條毛毛蟲將會羽化成一隻漂亮的蝴蝶。

0222 **cattle** [ˋkætl̩] 名 牛

My family raises cattle in the country.

我家在鄉下養牛。

0223 **celebrate** [ˋsɛlə,bret] 動 慶祝

We celebrated Christmas together last year.

我們去年一起慶祝耶誕節。

0224 **centimeter** [ˋsɛntə,mitɚ] 名 公分

I am one hundred and sixty-five centimeters tall.

我身高一百六十五公分高。

0225 **central** [ˋsɛntrəl] 形 中間的

An earthquake damaged the central part of the country.

地震重創這個國家的中部地區。

0226 **century** [ˋsɛntʃərɪ] 名 世紀

This was the most important event of the century.

這是本世紀最重大的事件。

0227 **cereal** [ˋsɪrɪl] 名 早餐玉米片

My kids like to eat cereal with milk every morning.

我的小孩喜歡每天早上吃玉米片加牛奶。

0228 **chain** [tʃen] 名 鏈，鎖鏈

The school gate is locked with a chain.

學校大門被鐵鏈鎖上了。

0229 **chalk** [tʃɔk] 名 粉筆

The teacher wrote on the board with a piece of chalk.

老師用粉筆在板子寫字。

0230 **challenge** [ˋtʃælɪndʒ] 名 挑戰

It would be a challenge to swim across the river.

游泳橫渡這條河是一大挑戰。

0231 **champion** [`tʃæmpɪən] 名 優勝者，冠軍

He is the world champion in wrestling.

他是世界摔角冠軍。

0232 **change** [tʃendʒ] 名 零錢

You can keep the change.

不用找零了。

0233 **change** [tʃendʒ] 動 改變

The magician changed the man into a frog.

魔術師把那個人變成青蛙。

0234 **changeable** [`tʃendʒəbl̩] 形 易變的，不定的

The weather here is changeable.

這裡的天氣不穩定。

0235 **channel** [`tʃænl̩] 名 頻道，管道

There are more than 100 channels on TV.

電視有超過一百個頻道。

0236 **chapter** [`tʃæptɚ] 名 章，回

I read the first chapter of the book and decided not to buy it.

我讀了這本書的第一章後就決定不買了。

0237 **character** [`kærɪktɚ] 名 角色

She's the main character in the play.

她是這齣舞台劇的主角。

0238 **charge** [tʃɑrdʒ] 動 收費，索價

How much will you charge to fix my car?

修理我的汽車你要收多少錢？

0239 **charm** [tʃɑrm] 名 魅力，撫媚

The girl is well known for her charm.

那個女孩以魅力大大出名。

0240 **chat** [tʃæt] 動 聊天，閒談

Students like to chat on the Internet.

學生喜歡在網路上聊天。

0241 **cheap** [tʃip] 形 便宜的

The car is very cheap.

這部車很便宜。

0242 **cheat** [tʃit] 動 欺騙

Students should not cheat on exams.

學生考試不應該作弊。

0243 **cheek** [tʃik] 名 臉頰

She gave her grandpa a peck on the cheek.

她在她爺爺的臉頰上輕吻一下。

0244 **cheer** [tʃɪr] 動 歡呼

The crowd cheered for the president.

大眾為總統歡呼。

0245 **cheerful** [ˋtʃɪrfəl] 形 愉快的，歡欣的

Cheerful people make friends easily.

快樂的人容易交朋友。

0246 **cheese** [tʃiz] 名 乳酪

The French love to eat cheese every day.

法國人每天都喜歡吃乳酪。

0247 **chemical** [ˋkɛmɪkḷ] 名 化學物品

Many cleaning products contain dangerous chemicals.

許多清潔用品有含有危險的化學物質。

0248 **cherry** [ˋtʃɛrɪ] 名 櫻桃

These cherries are sour.

這些櫻桃很酸。

0249 **chess** [tʃɛs] 名 西洋棋

I don't know how to play chess.

我不知道如何下西洋棋。

0250 **chest** [tʃɛst] 名 胸膛

The water is up to his chest.

這裡水深到達他的胸部高度。

0251 **childhood** [ˋtʃaɪld͵hʊd] 名 童年時期

I had a wonderful childhood.

我有個美好的童年。

0252 **childish** [ˋtʃaɪldɪʃ] 形 幼稚的

Her voice sounds so childish on the phone.

她在電話裡的聲音很幼稚。

0253 **childlike** [ˋtʃaɪld͵laɪk] 形 天真的，像小孩子的

Tim is 30 years old now but still has a childlike curiosity.

提姆現在已經三十歲了，不過還是保有孩子般的好奇心。

0254 **chill** [tʃɪl] 名 寒顫

A chill went up my spine as she told me the ghost story.

她跟我說鬼故事時，我覺得背脊發涼。

0255 **chill** [tʃɪl] 動 凍結，凝結

Chill this meat and you can use it later.

把這塊肉冰起來，以後再用。

0256 **chilly** [ˋtʃɪlɪ] 形 冷颼颼的

The weather outside is getting chilly.

外面的天氣越來越冷了。

0257 **chimney** [ˋtʃɪmnɪ] 名 煙囪

The thief got stuck in the chimney.

小偷被卡在煙囪裡。

0258 **chin** [tʃɪn] 名 下巴

She rested her chin on her hands.

她用手撐著下巴。

0259 **chip** [tʃɪp] 動 形成缺口、瑕疵

I fell down and chipped my tooth!

我跌了一跤，牙齒撞缺了一角！

0260 **chocolate** [ˋtʃɑkəlɪt] 名 巧克力

My favorite kind of chocolate is white chocolate.

我最喜歡的巧克力種類是白巧克力。

0261 **choice** [tʃɔɪs] 名 選擇

I have no choice in the matter.

那件事我別無選擇。

0262 **choke** [tʃok] 動 使窒息，窒息

Sarah choked on a fishbone during dinner.

莎拉吃晚餐時被魚刺噎到。

0263 **choose** [tʃuz] 動 選擇

I don't know which color to choose.

我不知道要選哪個顏色。

0264 **cigarette** [ˌsɪgəˋrɛt] 名 香菸

Teenagers aren't allowed to buy cigarettes.

青少年不准買香菸。

0265 **circus** [ˋsɝkəs] 名 馬戲團

The circus is well known for its clowns.

這馬戲團以小丑馳名。

0266 **citizen** [ˋsɪtəzn̩] 名 公民

I will soon become a citizen of Canada.

我即將成為加拿大公民。

0267 **civil** [ˋsɪvl̩] 形 公民的

The civil rights of citizens should be protected.

公民的權利需要被保護。

0268 **claim** [klem] 動 要求，請求，聲稱

John claimed he was telling the truth.

約翰聲稱他說的是實話。

0269 **classic** [ˋklæsɪk] 形 經典的，古典的

The old man drives a classic car.

這位老先生開了一台骨董車。

0270 **classical** [ˋklæsɪkl̩] 形 古典的

The lady likes to listen to classical music.

這位女士喜歡聽古典樂。

0271 **clever** [`klɛvɚ] 形 聰明的

Shelly is so clever; she always gets good grades on her tests.

雪莉真聰明，她考試總是得到好成績。

0272 **click** [klɪk] 名 卡嗒聲，喀嚓聲

The car lock opened with a click.

這車子的鎖卡嗒一聲就開了。

0273 **client** [`klaɪənt] 名 客戶

The company is losing its clients.

這公司的客戶正在流失。

0274 **climate** [`klaɪmɪt] 名 氣候

The climate here is not suitable for people to live in.

這裡的氣候不適合人居住。

0275 **clinic** [`klɪnɪk] 名 診所

The dental clinic provides good service.

這家牙醫診所提供很好的服務。

0276 **clip** [klɪp] 名 迴紋針，夾子

I need more paper clips to organize my desk.

我需要多一點迴紋針來整理書桌。

0277 **clothes** [kloz] 名 衣服

My sister is always buying new clothes and giving me her old ones.

我老姊老是在買新衣服，再把她的舊衣服給我。

0278 **cloudy** [`klaʊdɪ] 形 陰天的

It is a cloudy day.

今天是陰天。

0279 **club** [klʌb] 名 俱樂部，社團

The health club isn't open today.

健身中心今天不營業。

0280 **clue** [klu] 名 線索，跡象

I don't have a clue why he didn't come to work.

我不知道他為什麼沒來工作。

0281 **coach** [kotʃ] 名 教練

He is a soccer coach.

他是一個足球教練。

0282 **coconut** [ˋkokə͵nʌt] 名 椰子

Coconuts are used a lot in Thai cooking.

泰式烹調經常運用椰子。

0283 **coin** [kɔɪn] 名 硬幣

I need some coins to make a phone call.

我需要一些硬幣打電話。

0284 **collar** [ˋkɑlɚ] 名 衣領

She likes to wear her collar up.

她穿衣服喜歡把領子立起來。

0285 **collect** [kəˋlɛkt] 動 收集

Daddy has been collecting stamps for years.

爸爸已經集郵好幾年。

0286 **college** [ˋkɑlɪdʒ] 名 大學

The college student fooled around too much and failed to pass the exam.

那個大學生太混了，沒有通過考試。

0287 **colony** [ˋkɑlənɪ] 名 殖民地

Vietnam used to be a French colony.

越南曾經是法國殖民地。

0288 **colorful** [ˋkʌlɚfəl] 形 鮮豔的

Cathy is wearing a colorful Halloween costume.

凱西穿著鮮豔的萬聖節服裝。

0289 **column** [ˋkɑləm] 名 專欄

He writes a newspaper column.

他為報紙寫專欄。

0290 **comb** [kom] 動 梳頭髮 名 梳子

He combs his hair every morning.

他每天早上都用梳子梳頭。

0291 **combine** [kəm`baɪn] 動 使結合，使聯合

Don't combine these two chemicals.

不要把這兩種化學物品混合在一起。

0292 **comfort** [`kʌm͵fət] 動 安慰，慰問

Everyone tried to comfort the widow.

每個人都試著要安慰這名寡婦。

0293 **comfortable** [`kʌmfətəbḷ] 形（感覺或讓人）舒服的

This bed is very comfortable.

這床睡起來很舒服。

0294 **comma** [`kɑmə] 名 逗號

The sentence needs a comma in the middle.

這句子中間需要加一個逗號。

0295 **command** [kə`mænd] 動 命令，指揮

He commanded his soldiers to march all night.

他命令他的士兵行軍了一整夜。

0296 **commercial** [kə`mɝʃəl] 名 廣告

Sometimes the commercials are better than the TV shows.

有時候廣告比電視節目還好看。

0297 **communicate** [kə`mjunəket] 動 傳達，傳遞，溝通

They communicate in French.

他們用法語溝通。

0298 **company** [`kʌmpənɪ] 名 公司

Peggy works for an electronics company.

佩姬在一家電子公司上班。

0299 **compare** [kəm`pɛr] 動 比較

My parents like to compare me with other students.

我爸媽喜歡拿我和其他學生比較。

0300 **comparison** [kəm`pærəsən] 名 比照，比喻，對照

By comparison, France is more well known than Portugal.

相較之下，法國比葡萄牙有名。

0301 **compete** [kəm`pit] 動 競爭，比賽，對抗

I'd like to compete in the English speech contest, but I'm afraid I won't have enough time to prepare.

我想在英文演講比賽中參賽，但我恐怕沒有足夠時間準備。

0302 **complain** [kəm`plen] 動 抱怨

This student often complains about her math teacher.

這個學生常常抱怨她的數學老師。

0303 **complaint** [kəm`plent] 名 抗議，怨言

The loser accepted the result without complaint.

敗方無異議接受結果。

0304 **complete** [kəm`plit] 動 完成

Did you complete your homework?

你的回家作業完成了嗎？

0305 **complex** [`kɑmplɛks] 名 複合物，集合住宅

A huge complex including a mall, market, and theater is going to be built here.

這裡將興建一座包含購物中心、市場和電影院的大型複合式建築。

0306 **computer** [kəm`pjutɚ] 名 電腦

The computer plays an important role in daily life.

在現今日常生活中，電腦扮演很重要的角色。

0307 **concern** [kən`sɝn] 動 關心

The boss is very concerned about this matter.

老闆非常關心此事。

0308 **concert** [`kɑnsɚt] 名 音樂會，演唱會

The concert tonight was a big success.

今晚的演唱會非常成功。

0309 **conclude** [kən`klud] 動 斷定，決定

The committee concluded that the proposal was to be rejected.

委員會決定不採用這提議。

0310 **conclusion** [kən`kluʒən] 名 推論，結論

They were in the meeting for hours without reaching any conclusion.

他們開會好幾個鐘頭，最後仍然沒有結論。

0311 condition [kən`dɪʃən] 名 情況，症狀

The patient is in critical condition.

這位病人情況危急。

0312 confident [`kɑnfədənt] 形 自信的

Sarah is quite confident that she will pass the exam.

莎拉很有信心能通過這次考試。

0313 confirm [kən`fɝm] 動 確認

I confirmed my appointment with the receptionist.

我向接待人員確定過我約的時間。

0314 conflict [`kɑnflɪkt] 名 衝突

The conflict between the two countries was resolved through peace talks.

兩國之間的衝突已透過和談化解。

0315 Confucius [kən`fjuʃəs] 名 孔子

Confucius' Day is also known as Teacher's Day.

孔子紀念日也是教師節。

0316 confuse [kən`fjuz] 動 使困惑

The math problem confused me.

那個數學題目把我弄糊塗了。

0317 congratulation [kən,grætʃə`leʃən] 動 恭喜

Congratulations on your excellent performance!

恭喜你傑出的表現！

0318 connect [kə`nɛkt] 動 連接，連結

I connected the speakers to my laptop.

我把揚聲器連接到筆記型電腦。

0319 connection [kə`nɛkʃen] 名 關聯，關係

He has many good business connections in Europe because he worked there for ten years.

他在歐洲有許多很好的商業人脈，因為他在那邊工作過十年。

0320 conscious [`kɑnʃəs] 形 有知覺的，神智清醒的

He's not conscious of his bad habits.

他沒有發覺自己的惡習。

0321 **consider** [kən`sɪdɚ] 動 考慮

I will consider taking a second job to earn more money.

我會考慮接第二份工作好多賺點錢。

0322 **considerable** [kən`sɪdərəbl̩] 形 相當大的

They lost a considerable amount of money on gambling.

他們賭博輸了一大筆錢。

0323 **consideration** [kənsɪdə`reʃən] 名 考慮

I am sending you a catalog and a price list for your consideration.

我會寄一份目錄和價目表供您參考。

0324 **constant** [`kɑnstənt] 形 固定的，不變的

The constant noise here is driving me crazy.

這裡不間斷的噪音讓我抓狂。

0325 **contact** [`kɑntækt] 動 接觸

I haven't contacted him in a long time.

我已經好久沒跟他聯絡了。

0326 **contain** [kən`ten] 動 包含

What does this suitcase contain?

這個手提箱裡頭有什麼？

0327 **continent** [`kɑntənənt] 名 大陸，陸地，洲

There are seven continents on Earth.

地球上有七大洲。

0328 **control** [kən`trol] 名 控制

He lost control of his car and hit the car in front of him.

他開車失控撞上前面那輛車。

0329 **control** [kən`trol] 動 控制

Please try to control your child in the restaurant.

在餐廳裡請試著控制你的孩子。

0330 **convenient** [kən`vinjənt] 形 方便的

Transportation in Taiwan is very convenient.

台灣的交通很方便。

0331 **conversation** [ˌkɑnvɚˋseʃən] 名 對話

We had a short conversation yesterday.

我們昨晚有簡短交談。

0332 **corner** [ˋkɔrnɚ] 名 角落

The bank is on the corner of First and Main.

那間銀行在第一街和主要大道交叉口轉角。

0333 **cotton** [ˋkɑtn̩] 名 棉花

I miss the cotton candy in the night market.

我懷念夜市的棉花糖。

0334 **cough** [kɔf] 名 咳嗽

You have a bad cough.

你咳得很嚴重。

0335 **countryside** [ˋkʌntrɪˏsaɪd] 名 鄉村

The air in the countryside is much better than in the city.

鄉下的空氣比都市好多了。

0336 **county** [ˋkaʊntɪ] 名 郡，縣

We live in Taipei County.

我們住在台北縣。

0337 **courage** [ˏkɝɪdʒ] 名 勇氣

Being a firefighter takes courage.

當一位消防人員需要勇氣。

0338 **court** [kort] 名 法庭

He went to court because of too many speeding tickets.

他因為收到太多超速罰單上法庭。

0339 **coward** [ˋkaʊɚd] 名 懦夫，膽怯者

People called him a coward for not fighting, but I think he was brave.

大家因為他不打架就說他是懦夫，但我覺得他很勇敢。

0340 **crab** [kræb] 名 螃蟹

Little crabs are crawling here and there on the beach.

小螃蟹在海灘上到處爬。

0341 **cradle** [ˋkredḷ] 名 搖籃

The baby in the cradle is sleeping soundly.

搖籃裡的嬰兒睡得很安穩。

0342 **crash** [kræʃ] 動 碰擊

The plane crashed into the ocean in the middle of the night.

這架飛機在半夜墜海。

0343 **crawl** [krɔl] 動 爬行，蠕動

The baby is crawling on the floor.

這個小嬰兒在地上爬行。

0344 **crayon** [ˋkreən] 名 蠟筆

The school kids are drawing pictures with crayons.

小學生們正在用蠟筆畫畫。

0345 **crazy** [ˋkrezɪ] 形 瘋狂的

My boss is driving me crazy.

我老闆快把我逼瘋了。

0346 **create** [krɪˋet] 動 創造

Artists create beautiful things.

藝術家創造漂亮的東西。

0347 **creative** [krɪˋetɪv] 形 創造的，創造性的

He is a creative artist.

他是一位有創意的藝術家。

0348 **creator** [krɪˋetɚ] 名 創造者，創作者

He is the creator of that TV series.

他是那齣電視連續劇的創作者。

0349 **creature** [ˋkritʃɚ] 名 生物

There are millions of tiny creatures in a drop of water.

一滴水裡有幾百萬個微小生物。

0350 **credit** [ˋkrɛdɪt] 名 榮譽，信譽

I wrote the report, but he took all the credit.

那份報告是我寫的，他卻占去所有功勞。

0351 creep [krip] 動躡手躡腳，爬行
The little boy crept into the kitchen for some candy.
這個小男孩躡手躡腳溜進廚房找糖果。

0352 crew [kru] 名人員，一群
All of the rescue crew are missing.
所有的救難人員團都失蹤了。

0353 cricket [`krɪkɪt] 名蟋蟀
I can hear the crickets chirping outside my window.
我可以聽到蟋蟀在我窗外發出唧唧聲。

0354 crime [kraɪm] 名犯罪
The crime rate in this country is rising.
這國家的犯罪率越來越高。

0355 criminal [`krɪmənəl] 名罪犯
The brutal criminal was finally sentenced to death.
這名殘酷的罪犯最後被宣判死刑。

0356 crisis [`kraɪsɪs] 名危機
The oil crisis is having a serious impact on our daily lives.
石油危機嚴重衝擊我們的日常生活。

0357 crowd [kraʊd] 名一群人
The crowd on the street went out of control.
街上的群眾失去控制。

0358 crown [kraʊn] 名王位，王冠
All the ladies in the beauty contest are competing for the crown.
參加選美比賽的佳麗都在爭取后冠。

0359 cruel [krul] 形殘忍的
It's cruel to abuse animals.
虐待動物真是殘忍。

0360 crunchy [`krʌntʃɪ] 形酥脆的
Eat your cereal while it's still crunchy.
趁你的玉米片還酥脆的時候趕快吃。

0361 **crutch** [krʌtʃ] 名 拐杖

Evan walked with crutches after he broke his leg.

埃文摔斷腿之後用拐杖走路。

0362 **cultural** [`kʌltʃərə] 形 文化的

There are many cultural differences among the different ethnic groups in China.

中國不同民族間有許多文化差異。

0363 **culture** [`kʌltʃɚ] 名 文化

The Japanese have their own unique culture.

日本人有其特殊的文化。

0364 **cure** [kjʊr] 動 治療

The medicine cured him of his illness.

這藥治好了他的病。

0365 **curious** [`kjʊrɪəs] 形 好奇的

Little kids are always curious about new things.

小孩對新事物總是感到好奇。

0366 **current** [`kɝənt] 形 當前的

Mini skirts are the current fashion.

迷你裙現在正流行。

0367 **custom** [`kʌstəm] 名 習俗

It is a custom for Taiwanese to eat rice cakes during Chinese New Year.

農曆新年吃年糕是台灣人的習俗。

0368 **customer** [`kʌstəmɚ] 名 顧客

The customer is always right.

顧客永遠是對的。

0369 **cycle** [`saɪkḷ] 名 周期，循環

The four seasons repeat in a cycle.

四季交替是一個循環。

0370 **daily** [`deli] 形 日常的

My daily schedule includes school and work.

我每天的行程就是上課與工作。

0371 **dairy** [ˋdɛrɪ] 名 乳製品，牛奶的

Milk is in the dairy section.

牛奶在乳製品區。

0372 **dam** [dæm] 名 水壩

They are building the largest dam in the world.

他們正在興建全世界最大的水壩。

0373 **dangerous** [ˋdendʒərəs] 形 危險的

It's dangerous to exceed the speed limit.

超速是非常危險的。

0374 **dare** [dɛr] 動 敢，膽敢，竟敢

How dare you drive dad's car?

你竟敢開爸爸的車？

0375 **darling** [ˋdɑrlɪŋ] 名 心愛的，寵兒

He calls his girlfriend "darling."

他稱呼他女朋友「心愛的」。

0376 **dash** [dæʃ] 動 猛撞

Paul dashed the glass against the wall.

保羅把玻璃杯往牆上砸個粉碎。

0377 **data** [ˋdetə] 名 資料

The scientist analyzed the data from the experiment.

科學家分析了實驗的數據。

0378 **dawn** [dɔn] 名 黎明

Most people are still asleep at dawn.

大部分人清晨都還在睡。

0379 **deaf** [dɛf] 形 聾的

The old woman has been deaf for twenty years.

那老婦人已經耳聾二十年了。

0380 **deafen** [ˋdɛfn̩] 動 使耳聾，使聽不見

The blaring horn deafened my ears.

刺耳的喇叭聲震耳欲聾。

0381 **dealer** [`dilɚ] 名 業者，商人

The car dealer helped me find the right car for my family.

車商幫我找出適合我家的車。

0382 **debate** [dɪ`bet] 名 辯論

They held a debate on the war in Iraq.

他們為伊拉克戰爭辦過一場辯論。

0383 **debt** [dɛt] 名 債務

I have a lot of debts to pay by the end of the month.

我在月底前有好多債得付。

0384 **decade** [`dɛked] 名 十年

After a decade, the case is still unsolved.

過了十年，這個案子仍未解決。

0385 **decision** [dɪ`sɪʒən] 名 決定

I have to make a decision about my career.

我必須為我的職業生涯做個決定。

0386 **decorate** [`dɛkə͵ret] 動 裝飾

Mother decorated the Christmas tree with colored balls.

媽媽用彩球裝飾耶誕樹。

0387 **deed** [did] 名 行動，契約

If we all did a good deed every day, the world would be a better place.

如果我們每天都做好事，世界會是個更美好的地方。

0388 **deepen** [`dipən] 動 使變深，使加深

The river deepens at this point.

這條河在這個時節會變深。

0389 **define** [dɪ`faɪn] 動 解釋，給……下定義

The teacher asked the student to define the word.

老師要學生給這個單字下定義。

0390 **definition** [͵dɛfə`nɪʃən] 名 定義，解釋

You can find the definition in the dictionary.

你可以在字典裡找到字義。

0391 **degree** [dɪˋgri] 名 度數

It's 30 degrees Celsius today.

今天攝氏三十度。

0392 **delay** [dɪˋle] 動 延期

The plane was delayed due to the typhoon.

班機因為颱風延誤了。

0393 **delicious** [dɪˋlɪʃəs] 形 美味的

The pancake here are delicious.

這裡的鬆餅很美味。

0394 **democracy** [dɪˋmɑkrəsɪ] 名 民主，民主主義

The United States is a democracy.

美國是民主國家。

0395 **democratic** [dɛməˋkrætɪk] 形 民主政治的，民主黨的

The Democratic Party won the election.

民主黨贏得了這場選舉。

0396 **dentist** [ˋdɛntɪst] 名 牙醫

I have an appointment with my dentist.

我和牙醫有約。

0397 **deny** [dɪˋnaɪ] 動 否認

She denied stealing the money, even though she was caught on video.

縱使被錄影帶拍到，她依然否認偷錢。

0398 **depend** [dɪˋpɛnd] 動 依賴

Your grades will depend on your test grade.

你的成績將由考試分數決定。

0399 **deposit** [dɪˋpɑzɪt] 動 儲存，存放

You should deposit the money in the bank.

你應該把錢存在銀行。

0400 **describe** [dɪˋskraɪb] 動 描寫

Please describe what happened yesterday.

請描述一下昨晚發生的事。

0401 **description** [dɪˋskrɪpʃən] 名 描寫，敘述，形容

The description in this travel guide is not very clear.

這本旅遊指南的敘述不是很清楚。

0402 **desert** [ˋdɛzɚt] 名 沙漠

The country is in the middle of the desert.

這個國家在沙漠中央。

0403 **design** [dɪˋzaɪn] 動 設計

The lady designed lots of popular dresses.

那位女士設計了許多受歡迎的洋裝。

0404 **designer** [dɪˋzaɪnɚ] 名 設計師

We hired a designer to help us decorate our house.

我們雇了一位設計師幫我們裝潢房子。

0405 **desirable** [dɪˋzaɪrəbḷ] 形 值得嚮往的

He got a desirable job at a big company.

他在大公司得到一個令人嚮往的工作。

0406 **desire** [dɪˋzaɪr] 名 慾望

Angie has a great desire to be a model.

安琪非常渴望成為模特兒。

0407 **dessert** [dɪˋzɝt] 名 點心

You can choose cake, cookies, or ice cream for dessert.

你可以選蛋糕、餅乾或冰淇淋當點心。

0408 **destroy** [dɪˋstrɔɪ] 動 毀壞，破壞

The typhoon destroyed the house.

颱風把房子給毀了。

0409 **detail** [ˋditel] 名 詳述，詳細說明，細節

We can discuss the details tomorrow.

我們明天可以討論細節

0410 **determine** [dɪˋtɝmɪn] 動 判定，使下定決心

The police detective determined that the death was a suicide.

警方判定這起死亡是自殺。

0411 **develop** [dɪ`vɛləp] 動 發展

Drawing helps children develop their imagination.

畫圖可以幫助孩子們發展想像力。

0412 **devil** [`dɛvl̩] 名 惡魔

Some people believe that earthquakes are the work of the devil.

有些人認為地震是惡魔所為。

0413 **dial** [daɪl] 動 撥號，打（電話）

If you get in trouble, dial 911.

假如遇上麻煩，就打九一一求救。

0414 **diamond** [`daɪmənd] 名 鑽石

I never met a woman who didn't like diamonds.

我從沒見過不喜歡鑽石的女人。

0415 **diary** [`daɪərɪ] 名 日記

I have a habit of writing in my diary every day.

我有每天寫日記的習慣。

0416 **dictionary** [`dɪkʃən͵ɛrɪ] 名 字典

Look the word up in the dictionary.

在字典裡查出這個字。

0417 **diet** [`daɪət] 名 節食

My sister went on a diet before getting married.

我的姊姊在結婚前進行節食。

0418 **difference** [`dɪfərəns] 名 差別，差異

What's the difference between these two things?

這兩者之間有何不同？

0419 **difficulty** [`dɪfə͵kʌltɪ] 名 困難

My younger sister has learning difficulties.

我的妹妹有學習障礙。

0420 **diligent** [`dɪlədʒənt] 形 勤勉的

He's very diligent in his work.

他工作很勤勉。

0421 **dim** [dɪm] 形 微暗，暗淡

I can't see a thing in this dim light.

在這暗淡的燈光下，我什麼也看不到。

0422 **dime** [daɪm] 名 一角硬幣

A dime is a coin worth ten cents.

一角硬幣價值十分錢。

0423 **dine** [daɪn] 動 進餐，用餐

Jean left the office and dined with her boyfriend at the restaurant.

珍離開辦公室跟男友在餐廳用餐。

0424 **dinosaur** [ˋdaɪnə͵sɔr] 名 恐龍

Many boys love dinosaurs.

許多男孩喜愛恐龍。

0425 **dip** [dɪp] 動 浸，泡

The little girl dipped her toes into the lake.

小女孩將腳趾浸到湖裡。

0426 **director** [dəˋrɛktɚ] 名 導演

The director of the film is from England.

這部電影的導演來自英國。

0427 **dirt** [dɝt] 名 土，泥

Ray's mother told him not to play in the dirt.

雷的母親告訴他不要在土裏玩。

0428 **disappear** [͵dɪsəˋpɪr] 動 消失

She disappeared a week ago.

她一個星期前消失了。

0429 **discount** [ˋdɪskaʊnt] 名 折扣

Can you give me a discount?

你可以給我打個折嗎？

0430 **discovery** [dɪsˋkʌvərɪ] 名 發現

The discovery of gold in California led many people to move there.

加州發現金礦，導致許多人遷往當地。

0431 discussion [dɪ`skʌʃən] 名 討論

They had a serious discussion about the issue.

他們針對這個議題做過嚴肅的討論。

0432 disease [dɪ`ziz] 名 疾病

This disease is fatal.

這個疾病會致命。

0433 dishonest [dɪs`ɑnɪst] 形 不誠實的

He was fired for being dishonest.

他因為不誠實而被辭退。

0434 disk [dɪsk] 名 磁碟

He inserted the disk into the computer.

他把光碟放進電腦。

0435 dislike [dɪ`slaɪk] 動 不喜歡，討厭

I dislike eating eggplant.

我不喜歡吃茄子。

0436 distant [`dɪstənt] 形 遠的

We sailed to a distant island and stayed there for a week.

我們航行到遠處的小島，在那邊待了一個禮拜。

0437 ditch [dɪtʃ] 名 溝

The ditch is full of trash.

這條水溝都是垃圾。

0438 dive [daɪv] 動 跳水，潛水

The lifeguard dived into the pool to save a boy.

救生員跳入游泳池救一個男孩。

0439 divide [də`vaɪd] 動 分配

Mom divided the cake in half.

媽媽將蛋糕分成兩半。

0440 division [də`vɪʒən] 名 部門

The secretary was transferred to another division.

這名祕書被調到另一個部門。

0441 **dizzy** [ˋdɪzɪ] 形 頭暈的

I felt dizzy this morning.

我今天早上覺得頭暈。

0442 **dodge** [dɑdʒ] 動 閃開，躲開

The president dodged all the questions.

總統迴避了所有問題。

0443 **domestic** [dəˋmɛstɪk] 形 家庭的，家事的

His wife doesn't like to do domestic chores.

他太太不喜歡做家事。

0444 **donkey** [ˋdɑŋkɪ] 名 驢

He is as stupid as a donkey.

他笨得跟驢一樣。

0445 **dose** [doz] 名 一劑，一服，劑量

A small dose of the poison can kill a bull.

這種毒藥只要一點點劑量就可以殺死一隻公牛。

0446 **dot** [dɑt] 名 點

There's a red dot on the tags of all the sale items.

所有拍賣物品的標籤上都有一個紅點。

0447 **double** [ˋdʌbḷ] 形 雙的

She will pay me double if I work overtime.

如果我加班，她會付我雙倍工資。

0448 **doubt** [daʊt] 動 懷疑

I doubt I will ever see him again.

我懷疑是否會再見到他。

0449 **doubtful** [ˋdaʊtfəl] 形 感到懷疑的，令人懷疑的

I am doubtful about his sincerity.

我懷疑他的誠意。

0450 **doughnut** [ˋdo͵nʌt] 名 甜甜圈

I always have doughnuts in the afternoon.

我每到下午就會吃甜甜圈。

0451 **downtown** [ˋdaʊn͵taʊn] 名 市區，市中心

The shopping mall is a mile from downtown.

這間購物中心離市中心一英里。

0452 **dragon** [ˋdrægən] 名 龍

We have dragon boat races during the Dragon Boat Festival.

我們在端午節有龍舟比賽。

0453 **drama** [ˋdrɑmə] 名 戲劇

He studies drama at university.

他在大學裡主修戲劇。

0454 **dramatic** [drəˋmætɪk] 形 戲劇性的

The climax of the movie is very dramatic.

這部電影的高潮很富戲劇性。

0455 **dress** [drɛs] 名 洋裝

My mom bought a purple dress for me.

媽媽買了一件紫色洋裝給我。

0456 **drip** [drɪp] 動 流下，滴下

The rain is dripping down the wall.

雨水從牆壁滴下來。

0457 **drop** [drɑp] 動 使掉下

Be careful not to drop that box!

小心不要讓箱子掉下來！

0458 **drown** [draʊn] 動 淹死，淹沒

The boy drowned while swimming in the river.

男孩在河裡游泳時淹死。

0459 **drowsy** [ˋdraʊzɪ] 形 昏昏欲睡的，睏倦的

The boring class made me drowsy.

這堂無聊的課讓我昏昏欲睡。

0460 **drug** [drʌg] 名 藥物，毒品

Stay away from drugs.

遠離毒品。

0461 **drugstore** [ˋdrʌg͵stor] 名 藥局

George bought some cold medicine at the drugstore.

喬治在藥房買了一些感冒藥。

0462 **drum** [drʌm] 名 鼓，鼓聲

My brother plays the drums in a rock band.

我哥哥在搖滾樂團裡打鼓。

0463 **drunk** [drʌŋk] 形 喝醉的

He was dead drunk after the party.

派對過後他喝得爛醉如泥。

0464 **due** [dju] 形 由於，因為

Due to the heavy rain, lots of students were late to school.

因為這場大雨，很多學生上學遲到。

0465 **dumb** [dʌm] 形 啞的

The old lady is deaf and dumb.

那位老太太又聾又啞。

0466 **dump** [dʌmp] 動 傾倒，拋棄

Don't dump the garbage on the street.

別把垃圾倒在街上。

0467 **dumpling** [ˋdʌmplɪŋ] 名 餃子

Many people like to eat dumplings.

很多人喜歡吃餃子。

0468 **dust** [dʌst] 名 灰塵

The factory is filled with dust.

這間工廠到處都是灰塵。

0469 **duty** [ˋdjutɪ] 名 責任

It is her duty to clean the house.

打掃這間房子是她的責任。

0470 **eager** [ˋigɚ] 形 熱心的，渴望的

The boy is eager to see his parents.

這個男孩渴望見他的父母親。

0471 **earnings** [ˋɝnɪŋz] 名 收入

My earnings increase every year by ten percent.

我的收入每年成長百分之十。

0472 **earthquake** [ˋɝθ͵kwek] 名 地震

A large earthquake struck Japan early this morning.

今天早晨一個大地震侵襲日本。

0473 **eastern** [ˋistɚn] 形 東方的，東部的

She's from eastern Europe.

她來自歐洲東部。

0474 **echo** [ˋɛko] 動 產生回音

The girls' voices echoed in the hallway.

女孩的聲音在大廳裡產生回音。

0475 **edit** [ˋɛdɪt] 動 編輯，剪接

I spent all morning editing the book.

我花了一整個早上編這本書。

0476 **editor** [ˋɛdɪtɚ] 名 編輯

She's an editor at a newspaper.

她在報社擔任編輯。

0477 **educate** [ˋɛdʒə͵ket] 動 教育，培養

I was educated at this university.

我在這所大學接受教育。

0478 **education** [͵ɛdʒʊˋkeʃən] 名 教育

Education is the primary concern for all countries.

對所有國家來說，教育皆為首要考量。

0479 **educational** [͵ɛdʒəˋkeʃənḷ] 形 教育的

We gave Timmy educational software for his computer.

我們送提米教育軟體安裝在他的電腦上。

0480 **effect** [ɪˋfɛkt] 名 影響

Nelson Mandela had a great effect on South Africa.

曼德拉在過去對南非有極大的影響。

0481 effective [ɪ`fɛktɪv] 形 有效的

This heater is effective at keeping you warm.

這暖爐能有效讓人保暖。

0482 efficient [ɪ`fɪʃənt] 形 有能力，能勝任的

That man is efficient at managing the hotel.

那位男士管理這家旅館勝任愉快。

0483 effort [`ɛfɚt] 名 努力

We should put more effort into our studies.

我們應該更加努力用功。

0484 elbow [`ɛlbo] 名 肘部

The boy hurt his elbow playing tennis.

男孩打網球時傷了手肘。

0485 elder [`ɛldɚ] 形 年紀大的

Her elder sister is a famous singer.

她的姊姊是有名的歌手。

0486 elderly [`ɛldɚlɪ] 形 年老的，上了年紀的

I had to take care of my elderly parents.

我得照顧我年邁的父母。

0487 elect [ɪ`lɛkt] 動 選舉

The people elect a new president every four years.

人民每四年選一次總統。

0488 election [ɪ`lɛkʃən] 名 選舉

The Democratic Party won this election.

民主黨贏得了這場選舉。

0489 electric [ɪ`lɛktrɪk] 形 電的

Sally got an electric shock from the hair drier.

莎莉被吹風機電到了。

0490 electric [ɪ`lɛktrɪk] 形 導電的，電的

Computers needs electric power to run.

電腦需要電力才能運作。

0491 electricity [ˌɪlɛkˋtrɪsətɪ] 名 電力
Did you pay my electricity bill?
你有幫我繳電費嗎？

0492 electronic [ɪlɛkˋtrɑnɪk] 形 電子的
Many students rely heavily on electronic dictionaries now.
現在許多學生非常依賴電子辭典。

0493 element [ˋɛləmənt] 名 要素
Our teacher taught us the elements of a good essay.
老師教我們一篇好文章有哪些要素。

0494 emergency [ɪˋmɜdʒənsɪ] 名 緊急狀況
In case of emergency, please contact my wife at this number.
要是發生緊急狀況，請打這個電話號碼通知我太太。

0495 emotion [ɪˋmoʃən] 名 情感
I was filled with emotion after hearing her speech.
聽完她的演說，我心中充滿激動。

0496 emperor [ˋɛmpərɚ] 名 皇帝
The emperor was murdered in his bed.
這皇帝在床上被謀殺了。

0497 emphasize [ˋɛmfəˌsaɪz] 動 強調
He emphasized the main point by underlining it with a red pen.
他用紅筆畫底線來強調重點。

0498 employ [ɪmˋplɔɪ] 動 雇用
We need to employ another part-time worker.
我們需要再雇一位兼差人員。

0499 employer [ɪmˋplɔɪɚ] 片 雇主
The employer laid off lots of workers.
這名雇主遣散了很多員工。

0500 encourage [ɪnˋkɜɪdʒ] 動 鼓勵
My mother encouraged me to go to college.
我母親鼓勵我上大學。

0501 **enemy** [ˋɛnəmɪ] 名 敵人

Our country has an enemy.

我們國家有敵人。

0502 **energetic** [ˏɛnɚˋdʒɛtɪk] 形 有活力的

Practicing yoga makes me feel more energetic.

練習瑜伽讓我感覺更有活力。

0503 **energy** [ˋɛnɚdʒɪ] 名 精力

I don't have enough energy to go hiking.

我沒有足夠的精力去登山。

0504 **engage** [ɪnˋgedʒ] 動 從事，致力於

He is engaged in studying English literature.

他致力於研究英國文學。

0505 **engine** [ˋɛndʒɪn] 名 引擎

My new car has a large and powerful engine.

我的新車有大型強力引擎。

0506 **enjoy** [ɪnˋdʒɔɪ] 動 喜愛

Michael enjoyed his steak very much.

麥克吃牛排吃得很高興。

0507 **enjoyable** [ɪnˋdʒɔɪəbl̩] 形 有趣的，有樂趣的

Having a picnic on Sunday is enjoyable.

星期天去野餐很有趣。

0508 **entire** [ɪnˋtaɪr] 形 全部的

This book took him the entire summer to finish.

這本書花了他整個夏天才完成。

0509 **entry** [ˋɛntrɪ] 名 進入，入口

Entry is restricted to authorized personnel.

只限獲得授權的員工可以進入。

0510 **envelope** [ˋɛnvəˏlop] 名 信封

The envelope was addressed to my neighbor, but it was delivered to my house.

信封上的地址是我鄰居的，信卻寄到我家來。

0511 **environment** [ɪn`vaɪrənmənt] 名 環境

We have to protect our environment.

我們必須保護我們的環境。

0512 **envy** [`ɛnvɪ] 動 嫉妒，羨慕

All Mark's friends envy him for his high salary.

馬克所有朋友都羨慕他的高收入。

0513 **erase** [ɪ`rez] 動 擦掉，抹去

Could you erase all the words on the blackboard?

請把黑板上所有的字都擦掉好嗎？

0514 **eraser** [ɪ`resɚ] 名 橡皮擦，板擦

Please hand me the eraser so I can change these answers.

請把橡皮擦遞給我，我才能改這些答案。

0515 **error** [`ɛrɚ] 名 錯誤

She made an error on her test.

她在考試時犯了個錯誤。

0516 **escape** [ɪ`skep] 動 逃出，脫逃

The killer escaped from prison and is somewhere in the state of California.

殺人犯逃出監獄，藏身加州某處。

0517 **especially** [ə`spɛʃəlɪ] 副 特別地

Be especially careful when walking alone at night.

單獨在夜裡行走時要特別小心。

0518 **evil** [`ivḷ] 名 邪惡，罪惡

Greed is the root of all evil.

貪婪為萬惡之源。

0519 **evil** [`ivḷ] 形 邪惡的

Cinderella has an evil stepmother.

灰姑娘有一個邪惡的繼母。

0520 **exact** [ɪg`zækt] 形 精確的

The restaurant recorded the exact time of the earthquake.

這家餐館記錄了地震發生的確切時間。

0521 **excellence** [`ɛksələns] 名 傑出，卓越

The excellence of his performance won him an award.

他傑出的表現讓他贏得一座獎。

0522 **excellent** [`ɛksələnt] 形 傑出的

Robert is an excellent student.

羅伯特是一位優秀的學生。

0523 **exchange** [ɪk`stʃendʒ] 名 交換

I'm an exchange student from Japan.

我是日本來的交換學生。

0524 **excite** [ɪk`saɪt] 動 刺激

The work of art excited Emily's imagination.

這件藝術作品激起了愛蜜莉的想像力。

0525 **excuse** [ɪk`skjuz] 名 藉口

There is no excuse for being late.

遲到是沒有藉口的。

0526 **exercise** [`ɛksɚ,saɪz] 名 運動

I do exercises every day to stay healthy.

我每天做運動保持健康。

0527 **exercise** [`ɛksɚ,saɪz] 名 練習，習題

The math exercise is on page ten.

數學習題在第十頁。

0528 **exist** [ɪg`zɪst] 動 存在

Do you think ghosts really exist?

你認為真的有鬼嗎？

0529 **existence** [ɪg`zɪstəns] 名 存在

I believe in the existence of heaven and hell.

我相信天堂和地獄的存在。

0530 **expect** [ɪk`spɛkt] 動 預期，預計

My mom expects me to be at home by five.

媽媽預計我五點前到家。

0531 **expensive** [ɪk`spɛnsɪv] 形 昂貴的
I bought an expensive TV.
我買了一台昂貴的電視。

0532 **experience** [ɪk`spɪrɪəns] 名 經驗
He has lots of teaching experience.
他有很多教學經驗。

0533 **expert** [`ɛkspɚt] 名 專家
Our company hired a marketing expert.
我們公司雇用了一位行銷專家。

0534 **explain** [ɪk`splen] 動 解釋
I can't explain his strange behavior.
我無法解釋他的詭異行徑。

0535 **explode** [ɪk`splod] 動 爆炸，爆發
The bomb exploded ten minutes later.
這顆炸彈十分鐘後爆炸了。

0536 **export** [ɪk`sport] 動 出口
The company exports goods to Japan.
這間公司外銷商品到日本。

0537 **express** [ɪk`sprɛs] 動 表達
It's hard sometimes for men to express their feelings.
對男人來說，有時表達情感是困難的。

0538 **expression** [ɪk`sprɛʃən] 名 表達，表情
The boy had a happy expression on his face.
男孩的臉上有開心的表情。

0539 **expressive** [ɪk`sprɛsɪv] 形 表現的，表達的
The smile on his face is expressive of his gratitude.
他臉上的微笑表達出他的感激。

0540 **extra** [`ɛkstrə] 形 額外的
We need extra help.
我們需要再多一點幫助。

0541 **extreme** [ɪk`strim] 名 極端

He goes from one extreme to the other, not eating one week, and eating too much the next.

他吃東西很極端，先是一星期不吃，下個星期又狂吃。

0542 **fable** [`febḷ] 名 寓言，虛構

Aesop's fables are famous all over the world.

伊索寓言舉世皆知。

0543 **factor** [`fæktɚ] 名 因素，原因

The factor that caused the experiment to fail is still unknown.

造成實驗失敗的因素至今不明。

0544 **fade** [fed] 動 枯萎，凋謝，褪色

The shirt faded when I washed it.

我洗了這件襯衫之後就褪色了。

0545 **fail** [fel] 動 失敗，不及格

I failed my math test this morning.

我今天早上數學考不及格。

0546 **failure** [`feljɚ] 名 失敗，失敗者

Our efforts ended in failure.

我們的努力以失敗收場。

0547 **faint** [fent] 動 昏倒，暈倒

I fainted this morning.

今天早上我昏倒了。

0548 **fair** [fɛr] 形 公平的

The teacher is fair to all the students.

這位老師公平對待所有學生。

0549 **fairy** [`fɛrɪ] 形 幻想中的

She is fascinated by fairy stories.

她很迷童話故事。

0550 **faith** [feθ] 名 信任，信念

We don't have faith in the new government.

我們對新政府沒有信心。

0551 **fake** [fek] 形 假的，仿的

That diamond ring is fake.

那顆鑽戒是仿冒品。

0552 **familiar** [fə`mɪljɚ] 形 熟悉的

I am not familiar with the neighborhood.

我對這一帶不熟。

0553 **famous** [`feməs] 形 出名的，有名的

Hawaii is famous for its beaches.

夏威夷以海灘聞名。

0554 **fare** [fɛr] 名 票價

The air fare to New York is not cheap.

到紐約的航空票價並不便宜。

0555 **farther** [`fɑrðɚ] 形 更遠的，更往前

My new school is farther than my old school.

我的新學校比原來的學校遠。

0556 **fashion** [`fæʃən] 名 流行樣式，時尚

One of the latest fashions is wearing miniskirts with boots.

一個最新時尚流行是穿迷你裙配長靴。

0557 **fashionable** [`fæʃənəbl̩] 形 流行的，時髦的

She always wears a pair of fashionable glasses.

她總是戴著一副時髦的眼鏡。

0558 **fasten** [`fæsn̩] 動 紮牢，繫緊

Please fasten your seat belt.

請繫好安全帶。

0559 **fate** [fet] 名 命運

It was his fate to die young.

英年早逝是他的命運。

0560 **faucet** [`fɔsɪt] 名 龍頭

The faucet is leaking.

水龍頭在漏水。

0561 **fault** [fɔlt] 名 錯誤

It's not your fault.

不是你的錯。

0562 **favor** [`fevɚ] 名 恩惠

Can I ask you a favor?

我可以請你幫個忙嗎？

0563 **favorite** [`fevərɪt] 形 最愛的

Pizza is my favorite food.

披薩是我最愛的食物。

0564 **fax** [fæks] 動 傳真

Could you fax me the document?

你可以傳真那份文件給我嗎？

0565 **feather** [`fɛðɚ] 名 羽毛

My parrot is sick and is losing its feathers.

我的鸚鵡病了，在掉羽毛。

0566 **feature** [`fitʃɚ] 名 特徵，特色

The Internet has become an important feature of modern life.

網路已經成為現代生活的一項重要特色。

0567 **fee** [fi] 名 費用

I am afraid that I won't be able to pay the fee.

我恐怕付不起這個費用。

0568 **fellow** [`fɛlo] 名（口）夥伴，傢伙

He's a strange fellow.

他是個奇怪的傢伙。

0569 **female** [`fimel] 名 女性的，雌的

We have one female dog and one male dog.

我們養了一隻母狗和一隻公狗。

0570 **fence** [fɛns] 名 籬笆

The dog jumped over the fence.

狗跳過了籬笆。

0571 **festival** [ˋfɛstəvḷ] 名 節日

Taiwan celebrates many festivals.

台灣慶祝的節日很多。

0572 **fever** [ˋfivɚ] 名 發燒

You are running a fever, so you should get plenty of rest.

你在發燒，所以應該好好休息。

0573 **field** [fild] 名 田野

We are going on a field trip tomorrow.

我們明天有校外教學。

0574 **figure** [ˋfɪgjɚ] 名 身材，數字

She has a great figure.

她的身材很棒。

0575 **film** [fɪlm] 名 影片

The film is definitely worth seeing.

這部電影絕對值得一看。

0576 **firm** [fɝm] 形 堅固的

This building is tall and firm.

這棟建築物又高又堅固。

0577 **fisherman** [ˋfɪʃɚmən] 名 漁夫

The fisherman has been on the boat for 3 days.

這個漁夫已經待在船上三天了。

0578 **fit** [fɪt] 動 合身，適合

This pair of pants doesn't fit.

這條褲子不合身。

0579 **fix** [fɪks] 動 修理，安排

Someone is coming to fix the printer.

有人會來修理印表機。

0580 **flag** [flæg] 名 旗幟

The students raised the flag.

學生們舉起這面旗子。

0581 **flame** [flem] 名 火焰

Don't put oil on the flame.

不要火上加油。

0582 **flashlight** [`flæʃ͵laɪt] 名 手電筒

The batteries in this flashlight are dead.

這個手電筒的電池沒電了。

0583 **flat** [flæt] 形 平坦的

She has a really flat tummy!

她有非常平坦的小腹！

0584 **flavor** [`flevɚ] 名 味道，風味

Many children don't like the flavor of eggplants.

很多小孩不喜歡茄子的味道。

0585 **flea** [fli] 名 跳蚤

Jerry's dog has fleas.

傑瑞的狗身上有跳蚤。

0586 **flesh** [flɛʃ] 名 肉，血肉

The burning flesh smelled terrible.

皮肉燒焦的味道很可怕。

0587 **float** [flot] 動 飄，漂泊

I learned how to float on my back in swim class.

我在游泳課學會怎麼仰著漂浮。

0588 **flock** [flɑk] 名（飛禽、牲畜等的）群

A flock of seagulls gathered on the shore.

一群海鷗在岸上聚集。

0589 **flour** [flaʊr] 名 麵粉

The bread is made of flour, eggs and milk.

麵包是麵粉、蛋和牛奶製成的。

0590 **flow** [flo] 動 流動

This river flows into the ocean.

這條河流入海洋。

0591 **flu** [flu] 名（口）流行性感冒

Ian had a bad case of the flu.

伊恩患了嚴重的流行性感冒。

0592 **focus** [`fokəs] 動 聚焦，集中

I have trouble focusing on one thing at a time.

我很難一次專心做一件事。

0593 **foggy** [`fɑgɪ] 形 多霧的

It is always foggy in the mountains.

山區一向多霧。

0594 **fold** [fold] 動 折疊，對折

He folded the letter neatly.

他把信件整齊對折。

0595 **folk** [folk] 名（口）父母

My brother writes letters to our folks regularly.

我哥哥定期寫信給我的父母。

0596 **follower** [`fɑloə] 名 追隨者，部下

That politician has many followers.

那個政治人物有很多追隨者。

0597 **following** [`fɑloɪŋ] 形 接著的，下面的

Please answer the following questions.

請回答以下問題。

0598 **fond** [fɑnd] 形 喜歡的，愛好的

He isn't fond of going hiking in the mountains.

他不喜歡到山區健行。

0599 **fool** [ful] 名 傻瓜

You are such a fool.

你真是個傻瓜。

0600 **foolish** [`fulɪʃ] 形 愚笨的

You've made a foolish mistake.

你犯了一個愚蠢的錯誤。

0601 **football** [ˋfut,bɔl] 名（美）美式足球，（英）足球

We play football every week.

我們每個星期都會打美式足球。

0602 **forehead** [ˋfɔr,hɛd] 名額頭，前額

The father kissed his baby girl on the forehead.

那個爸爸親吻他小女兒的額頭。

0603 **foreigner** [ˋfɔrɪnɚ] 名外國人

Many foreigners visit Japan every year.

每年有很多外國人造訪日本。

0604 **forever** [fɔrˋɛvɚ] 副永遠，老是

I don't want to work here forever, but I'm not quitting anytime soon.

我不打算在這裡工作一輩子，但我近期不會離職。

0605 **forgive** [fɚˋgɪv] 動原諒

Please forgive me for lying.

請原諒我說謊。

0606 **form** [fɔrm] 動形成，組成

The parade formed a beautiful pattern.

遊行隊伍排成一個漂亮的圖案。

0607 **formal** [ˋfɔrml̩] 形正式的

I only wear this suit on formal occasions.

我只有在正式場合才穿這套西裝。

0608 **former** [ˋfɔrmɚ] 形先前的

He is the former president of the United States.

他是前美國總統。

0609 **forth** [fɔrθ] 副向前，向前方

He came forth and told the teacher he had cheated on the test.

他走上前去，告訴老師他考試作弊。

0610 **fortune** [ˋfɔrtʃən] 名財產，財富

It cost me a fortune to buy that house.

買那間房子花了我一大筆錢。

0611 **forty** [`fɔrtɪ] 名 四十

My father is forty years old.

我爸爸現年四十歲。

0612 **forward** [`fɔrwɚd] 副 向前

Let's move forward so we can hear the music better.

我們往前移一點，這樣才可以更清楚聽到音樂。

0613 **found** [faʊnd] 動 設立

The company was founded in 1968.

該公司成立於 1968 年。

0614 **fountain** [`faʊtən] 名 噴水池，噴泉

There is a fountain in the center of the park.

公園中央有一個噴水池。

0615 **fox** [fɑks] 名 狐狸

The hunters are hunting foxes in the forest.

獵人在森林中獵捕狐狸。

0616 **frank** [fræŋk] 形 坦白的，直率的

To be frank, I am not interested in you as a girlfriend.

坦白說，我沒興趣把你當女朋友。

0617 **freedom** [`fridəm] 名 自由

I enjoy the freedom of single life.

我很喜歡單身生活的自由。

0618 **freeze** [friz] 動 凍僵，凍結

That cola will freeze if you leave it in the car.

如果你把可樂留在車上，它會結冰。

0619 **freezer** [`frizɚ] 名 冷凍庫，冰櫃

The freezer is packed.

這個冰櫃塞得滿滿的。

0620 **frequent** [`frikwənt] 形 時常發生的

Storms are frequent in the summer.

夏天時常有暴風雨。

0621 **friendly** [`frɛndlɪ] 形 友善的

The locals there are very friendly.

那裡的當地人很友善。

0622 **friendship** [`frɛndʃɪp] 名 友誼

Their friendship lasted for twenty years.

他們的友誼維持了二十年之久。

0623 **frighten** [`fraɪtn̩] 動 使害怕

That ghost story really frightened me.

那個鬼故事真的嚇死我了。

0624 **frustrate** [`frʌs,tret] 動 挫敗，阻撓

I was frustrated by the difficult math problem.

這題難解的數學題讓我深感挫敗。

0625 **fry** [fraɪ] 動 煎，炸，炒

He fried some bacon and eggs for breakfast.

他煎培根蛋當早餐。

0626 **fund** [fʌnd] 名 資金，基金

They raise funds to help the poor.

他們募集資金來幫助窮人。

0627 **fur** [fɝ] 名 毛皮，軟毛

Polar bears have thick fur to protect them from the cold.

北極熊有厚厚的皮毛來抵禦寒冷。

0628 **furniture** [`fɝnɪtʃɚ] 名 家具

The furniture in this room is exotic.

這間房間裡的家具富有異國情調。

0629 **further** [`fɝðɚ] 形 另外的，進一步的

If you have further questions, please call me.

如果還有其他問題，請打電話給我。

0630 **future** [`fjutʃɚ] 名 未來

I want to be famous in the future.

未來我想要出名。

0631 **gain** [gen] 動 增加

Sally gained five pounds in a week.

莎莉一星期內胖了五磅。

0632 **gallon** [ˋgælən] 名 加侖

I bought a gallon of milk at the grocery store.

我在超商買了一加侖牛奶。

0633 **gamble** [ˋgæmbḷ] 動 賭掉，賭博

My uncle gambled all his money away when he was young.

我叔叔年輕時賭光所有錢。

0634 **gang** [gæŋ] 名 一幫，一群

The police caught a gang of robbers inside the bank.

警方在銀行內抓到一幫搶匪。

0635 **garage** [gəˋrɑʒ] 名 車庫

The car is parked in the garage.

車子停在車庫裡。

0636 **garbage** [ˋgɑrbɪdʒ] 名 垃圾

Please take out the garbage.

請去倒垃圾。

0637 **garlic** [ˋgɑrlɪk] 名 大蒜

The chef chopped up some garlic and added it to the sauce.

廚師剁碎一些大蒜加到醬汁裡。

0638 **gasoline** [ˋgæsə͵lin] 名 汽油

Gasoline is getting more and more expensive.

汽油越來越貴。

0639 **gather** [ˋgæðɚ] 動 聚集

The writer is gathering information for his new novel.

那位作家正在為他的新小說收集資料。

0640 **generous** [ˋdʒɛnərəs] 形 大方的，慷慨的

The charity thanked the donor for his generous donation.

慈善組織感謝這位捐贈者的大方捐贈。

0641 **gentle** [ˋdʒɛntḷ] 形 溫和的

Aunt Mary is a gentle woman.

瑪麗嬸嬸是一位溫柔的女士。

0642 **gentleman** [ˋdʒɛntḷmən] 名 紳士

My grandfather is a real gentleman.

我爺爺是真正的紳士。

0643 **geography** [dʒiˋɑgrəfɪ] 名 地理學

She is good at geography.

她地理很好。

0644 **gesture** [ˋdʒɛstʃɚ] 名 姿勢，手勢

Sometimes you can use gestures to express your thoughts.

有時候你可以用手勢來表達你的想法。

0645 **giant** [ˋdʒaɪnt] 名 巨人

Standing next to tiny Anita, Karl looked like a giant.

站在小不點艾妮塔旁邊，卡爾看起來像個巨人。

0646 **glance** [glæns] 動 一瞥，掃視

The man glanced at his watch as he got off the bus.

那人下公車時看了一下手錶。

0647 **global** [ˋglobḷ] 形 全世界的，總體的

The world is becoming a global village.

世界正逐漸變成一個地球村。

0648 **glory** [ˋglorɪ] 名 光榮，榮譽

The soldiers won glory on the battlefield.

軍人在戰場上贏得了榮耀。

0649 **glove** [glʌv] 名 手套

Gloves will keep your hands warm.

手套會讓你的手保持溫暖。

0650 **glow** [glo] 動 發光，灼熱

The street lights glowed in the mist.

街燈在霧中發出光亮。

0651 **glue** [glu] 名 黏膠

The child attached the poster to the wall with glue.

那小孩用膠水把海報黏在牆上。

0652 **goal** [gol] 名 目標

My goal in life is to become a famous teacher.

我的人生目標是成為一位名師。

0653 **goat** [got] 名 山羊

Goats are different from sheep.

山羊和綿羊不同。

0654 **golden** [`goldn̩] 形 金色的

Mila has bright golden hair.

米拉有一頭明亮的金髮。

0655 **golf** [gɑlf] 名 高爾夫球

The former president likes to play golf.

前任總統喜歡打高爾夫球。

0656 **gossip** [`gɑsəp] 動 說閒話，八卦

Schoolgirls like to gossip.

女學生喜歡聊八卦。

0657 **government** [`gʌvɚnmənt] 名 政府

This building is owned by the government.

這棟樓為政府所有。

0658 **governor** [`gʌvənɚ] 名 州長

Do you know who the governor of California is?

你知道誰是加州州長嗎？

0659 **gown** [gaʊn] 名 （女用）長禮服，睡袍

Bernice arrived at the party wearing a beautiful evening gown.

貝妮絲身穿美麗的晚禮服抵達舞會。

0660 **grab** [græb] 動 攫取，抓取

The policemen grabbed the thief by the arm.

警察一把抓住小偷的手臂。

0661 **grade** [ɡred] 名 成績

I always get good grades in school.

我住學校成績向來很好。

0662 **graduate** [ˋɡrædʒʊˌet] 動 畢業

I graduated from this university.

我畢業於這所大學。

0663 **grain** [ɡren] 名 穀物，穀類

Lots of grain is stored in the barn.

這間穀倉儲存了很多穀物。

0664 **gram** [ɡræm] 名 公克

One thousand grams is equal to one kilogram.

一千公克等於一公斤。

0665 **grape** [ɡrep] 名 葡萄

Wine is made from grapes.

葡萄酒是葡萄製成的。

0666 **grasp** [ɡræsp] 動 抓牢，理解

The climber grasped the rope with both hands.

登山客用雙手緊緊抓住繩索。

0667 **grasshopper** [ˋɡræsˌhɑpɚ] 名 蚱蜢

Grasshoppers like to hide in the grass.

蚱蜢喜歡藏在草叢裡。

0668 **greedy** [ˋɡridɪ] 形 貪心的

The greedy gambler ended up losing all his money.

那個貪心的賭徒最後輸掉所有錢。

0669 **greenhouse** [ˋɡrinˌhaʊs] 名 溫室，暖房

They grow tomatoes in the greenhouse.

他們在溫室裡種番茄。

0670 **greet** [ɡrit] 動 問候

The host greeted guests at the door.

主人在門口迎接客人。

0671 **grin** [grɪn] 動露齒而笑

Susan had a big grin on her face after she won the race.

蘇珊贏得賽跑後笑開了。

0672 **grocery** [`grosərɪ] 名食品雜貨，雜貨店

We usually go grocery shopping on Saturday.

我們通常星期六去採買雜貨。

0673 **growth** [groθ] 名成長

Exercise is important for the growth of a child.

運動對孩子的成長很重要。

0674 **guard** [gɑrd] 名警衛

The bank is protected by armed guards.

這家銀行由武裝警衛保護。

0675 **guardian** [`gɑrdɪən] 名監護人

I am the boy's legal guardian.

我是這男孩的法定監護人。

0676 **guava** [`gwɑvə] 名番石榴

Guavas contain lots of vitamin C.

芭樂含有大量維他命 C。

0677 **guidance** [`gaɪdəns] 名輔導，諮詢

The professor's students often come to him for guidance.

教授的學生常常找他指導。

0678 **guitar** [gɪ`tɑr] 名吉他

John knows how to play the guitar.

約翰很懂怎麼彈吉他。

0679 **gum** [gʌm] 名口香糖（chewing gum 的簡稱）

Gum is not allowed on the MRT.

捷運上禁止吃口香糖。

0680 **guy** [gaɪ] 名傢伙（指男性），當面叫 guys 指大家時，不分男女

There were more guys than girls at the club.

夜店裡的男生比女生多。

0681 **gym** [dʒɪm] ㊔體育館，健身房

The gym is packed with students.

體育館裡擠滿學生。

0682 **habit** [ˋhæbɪt] ㊔習慣

Smoking and drinking are bad habits.

抽菸和喝酒是不好的習慣。

0683 **hairdresser** [ˋhɛr͵drɛsɚ] ㊔美髮師

The hair salon just hired a new hairdresser.

這家美髮沙龍剛剛聘請一位新的美髮師。

0684 **hall** [hɔl] ㊔走廊，大廳

There is a performance at the concert hall tonight.

今晚在音樂廳有場表演。

0685 **hamburger** [ˋhæmbɝgɚ] ㊔漢堡

My little brother loves hamburgers.

我弟弟非常喜歡漢堡。

0686 **handful** [ˋhænd͵ful] ㊔一把，少量

The boy has a handful of candy.

這男孩手上有一把糖果。

0687 **handkerchief** [ˋhæŋkɚ͵tʃif] ㊔手帕

The man wiped the sweat off his face with a handkerchief.

那名男子用手帕擦去臉上的汗水。

0688 **handle** [ˋhændḷ] ㊊處理

I hired a lawyer to handle my divorce.

我請了律師處理我的離婚事宜。

0689 **handsome** [ˋhænsəm] ㊋英俊的，好看的

Tom is a very handsome boy.

湯姆是個非常英俊的男孩。

0690 **handy** [ˋhændɪ] ㊋就手的，方便的

This pocket dictionary is very handy.

這本口袋字典非常方便。

0691 **hang** [hæŋ] 動 把……掛起

Could you hang up the phone?

你可以把電話掛了嗎？

0692 **hanger** [ˋhæŋɚ] 名 衣架

I like to keep all of my suits on hangers.

我喜歡把西裝掛上衣架來保存。

0693 **hardly** [ˋhɑrdlɪ] 副 幾乎不……

I hardly ever talk to my teacher.

我很少和老師說話。

0694 **harm** [hɑrm] 動 損害，危害

Cigarettes will do you harm.

香菸對你有害。

0695 **harmful** [ˋhɑrmfəl] 形 有害的

Smoking is harmful to your health.

抽菸對你的健康有害。

0696 **harvest** [ˋhɑrvɪst] 名 收穫

The farmer has had good harvests three years in a row.

這個農夫連續三年都大豐收。

0697 **hasty** [ˋhestɪ] 形 匆忙的，急忙的

The army made a hasty retreat.

軍隊匆忙撤退。

0698 **hawk** [hɔk] 名 鷹

You can see hawks circling in the sky.

你可以看見老鷹在天空上盤旋。

0699 **hay** [he] 名 牧草，乾草

The farmer fed fresh hay to his horse every morning.

那個農夫每天早上餵他的馬吃新鮮牧草。

0700 **headline** [ˋhɛd͵laɪn] 名 頭條，大標題

The singer was in the headlines of all the newspapers.

這位歌手登上所有報紙的頭條。

0701 **headquarters** [ˋhɛd͵kwɔrtɚz] 名 總部，總公司

The police headquarters is right down the road from where I live.

警政署就位於我住的那條路上。

0702 **heal** [hil] 動 治癒，使恢復健康

The cut on my back has already healed.

我背部的割傷已癒合。

0703 **healthy** [ˋhɛlθɪ] 形 健康的，有益健康的

Fruits and vegetables are healthy foods.

蔬果是有益健康的食物。

0704 **heap** [hip] 名 堆積，積聚

There was a heap of dirty clothes next to John's bed.

約翰床邊有一堆髒衣服。

0705 **heater** [ˋhitɚ] 名 暖氣

Could you turn down the heater?

可以把暖氣調弱嗎？

0706 **heaven** [ˋhɛvən] 名 天堂

Do you believe in heaven?

你相信有天堂嗎？

0707 **heel** [hil] 名 腳跟

I have a blister on my heel.

我的腳跟長了個水泡。

0708 **height** [haɪt] 名 高度

Please write down your height and weight.

請寫下你的身高和體重。

0709 **hell** [hɛl] 名 地獄

It's hot as hell in here.

這裡熱的要命。

0710 **helmet** [ˋhɛlmɪt] 名 安全帽

You should always wear a helmet when you ride a scooter.

騎機車時一定要戴安全帽。

0711 **helpful** [ˋhɛlpfəl] 形 有幫助的

You have been very helpful these past few days!

這幾天你幫了很大的忙！

0712 **hen** [hɛn] 名 母雞

Hens lay eggs.

母雞會生蛋。

0713 **hero** [ˋhɪro] 名 英雄

The firefighter became a hero.

那位消防員成了英雄。

0714 **hesitate** [ˋhɛzə͵tet] 動 躊躇，猶豫

Don't hesitate to call me if you have any questions.

有問題就打電話給我，不要不好意思。

0715 **hide** [haɪd] 動 藏

Billy is hiding behind the door.

比利躲在門後。

0716 **hike** [haɪk] 動 健行

My dad likes to hike along the river.

我爸爸喜歡沿著河畔健走。

0717 **hint** [hɪnt] 動 暗示，示意

The lady hinted that she wouldn't accept the offer.

那個女士暗示她不會接受這項條件。

0718 **hip** [hɪp] 名 髖部

Grandma fell down and broke her hip.

奶奶跌倒，傷了髖部。

0719 **hippo** [ˋhɪpo] 名 河馬

Hippos live in rivers and lakes.

河馬住在河邊或湖邊。

0720 **hire** [haɪr] 動 雇用

We hired a tour guide to show us around.

我們雇了一個導遊帶我們到處參觀。

0721 **historian** [hɪs`torɪən] 名 歷史學家

This book was written by a famous historian.

這本書是一位知名歷史學家寫的。

0722 **historic** [hɪs`tɔrɪk] 形 歷史上著名的

The election of a female president was a historic occasion.

女總統的當選是一個歷史性時刻。

0723 **historical** [hɪs`tɔrɪkl̩] 形 歷史的，史學的

I like to visit historical sites when I travel.

我旅遊時喜歡去參觀歷史古蹟。

0724 **hive** [haɪv] 名 蜂窩

There is a bee hive under the porch—be careful when walking near there.

門廊下有一個蜂窩——經過那附近要小心。

0725 **hobby** [`hɑbɪ] 名 嗜好

Reading is one of her favorite hobbies.

閱讀是她最愛的嗜好之一。

0726 **hollow** [`hɑlo] 形 空的，中空

I hid the money inside a hollow tree.

我把錢藏在一棵中空的樹裡。

0727 **holy** [`holɪ] 形 神聖的，獻身於宗教的

The temple was built on a holy site.

這座聖殿建於聖地。

0728 **homesick** [`hom͵sɪk] 形 想家的

I was homesick when I lived in the U.S.

我住在美國的時候很想家。

0729 **hometown** [`hom`taʊn] 名 故鄉，家鄉

His hometown has a population of only 2,500.

他的家鄉只有兩千五百個居民。

0730 **honest** [`ɑnɪst] 形 誠實的

She wants to marry an honest man.

她想嫁給一個誠實的人。

0731 **honesty** [ˋɑnɪstɪ] 名 誠實

Honesty is the first quality we look for in employees.

誠實是我們招募員工最重視的特質。

0732 **honey** [ˋhʌnɪ] 名 蜂蜜

The tea will taste better if you add a little honey.

這茶加點蜂蜜會更好喝。

0733 **honor** [ˋɑnɚ] 名 榮譽，名譽

The players fought for the honor of their team.

這些選手為了團隊榮譽而戰。

0734 **hop** [hɑp] 動 單腳跳，躍過

The rabbit hopped across the field.

兔子一路跳著越過田野。

0735 **horn** [hɔrn] 名 角，喇叭

That bull has very sharp horns—be careful.

那頭公牛的角很尖銳——要小心。

0736 **horrible** [ˋhɔrəbl̩] 形 可怕的

It was horrible to witness the car accident.

目睹那場車禍真是可怕。

0737 **horror** [ˋhɔrɚ] 名 恐怖，震驚

I watched with horror as the man tripped and fell in front of the bus.

我看著那個男人絆倒摔在公車前面，看得我心驚膽戰。

0738 **hospital** [ˋhɑspɪtl̩] 名 醫院

The car crash victim died in the hospital.

車禍受害者在醫院過世了。

0739 **host** [host] 名 主人

The host gave a short speech to welcome all the guests.

主人發表一個簡短的演說歡迎所有賓客。

0740 **hotel** [hoˋtɛl] 名 旅館

We stayed at a hotel near the beach.

我們下榻於海灘附近的旅館。

0741 **housekeeper** [ˋhaʊs͵kipɚ] 名（女）管家

We can't afford to hire a housekeeper.

我們請不起管家。

0742 **however** [haʊˋɛvɚ] 連 不過

He wants to buy that computer. However, he has to ask his dad first.

他想買那部電腦。不過，他得先問他爸爸。

0743 **hug** [hʌg] 動 擁抱

They hugged each other at the airport.

他們在機場互相擁抱。

0744 **humble** [ˋhʌmbl̩] 形 謙遜的

Dr. Brown became very famous, but he remained as humble as ever.

布朗博士變得很有名，但他依然保持謙遜的態度。

0745 **humid** [ˋhjumɪd] 形 潮溼的

Taipei is very hot and humid in the summer.

台北的夏天炎熱潮濕。

0746 **humor** [ˋhjumɚ] 名 幽默

My dad has a good sense of humor.

爸爸很有幽默感。

0747 **humorous** [ˋhjumərəs] 形 幽默的，詼諧的

His humorous speech made everyone laugh.

他幽默的演說讓大家開懷大笑。

0748 **hunger** [ˋhʌŋgɚ] 名 飢餓

Many people in Africa suffer from hunger.

非洲很多人受飢餓之苦。

0749 **hunt** [hʌnt] 動 打獵

That Indian tribe used to hunt buffalo.

那個印地安部落過去會獵捕水牛。

0750 **hunter** [ˋhʌntɚ] 名 獵人

The hunter caught a lion.

這個獵人捉到一隻獅子。

0751 **hurry** [ˋhɝɪ] 動 趕緊

We need to hurry in order to make it to the airport on time.

我們得快一點才能準時抵達機場。

0752 **hush** [hʌʃ] 動 安靜下來，沈默

The mother tried to hush her crying baby.

媽媽試圖讓哭泣的嬰兒安靜下來。

0753 **hut** [hʌt] 名 小屋

A family of four lives in that tiny hut on the hill.

有一家四口住在山上那棟小屋裡。

0754 **icy** [ˋaɪsɪ] 形 結冰的，覆蓋著冰的

The icy roads are very dangerous to drive on.

在結冰的路面上開車是很危險的。

0755 **ideal** [aɪˋdil] 形 理想的，完美的

A handsome, tall man is her ideal husband.

一個又帥又高的男人是她理想中的老公。

0756 **identity** [aɪˋdɛntətɪ] 名 身分，本身

I lost my identity card.

我弄丟了我的身分證。

0757 **ignorance** [ˋɪgnərəns] 名 愚昧，無知

The only way to fight ignorance is with education.

戰勝無知唯有教育一途。

0758 **ignore** [ɪgˋnor] 動 不理會，忽略

Why do you always ignore me?

為甚麼你總是不理我？

0759 **ill** [ɪl] 形 生病的

I was too ill to go on the company trip last weekend.

我病得太嚴重，無法參加公司上週的旅遊。

0760 **image** [ˋɪmɪdʒ] 名 形象，肖像

The president's image is printed on the bill.

這位總統的肖像被印在紙鈔上。

0761 **imagination** [ɪ͵mædʒə`neʃən] 名 想像力，創造力

The artist's imagination enriches his paintings.

這位藝術家的想像力豐富了他的畫作。

0762 **imagine** [ɪ`mædʒɪn] 動 想像

Can you imagine the earth without water?

你可以想像地球沒有水的景象嗎？

0763 **immediate** [ɪ`midɪ͵ɪt] 形 立即的，即刻的

Please send me an immediate answer by email.

請以電子郵件給我最即時的答覆。

0764 **import** [ɪm`port] 動 進口，輸入

They import furniture from England.

他們從英國進口家具。

0765 **importance** [ɪm`pɔrtəns] 名 重要性

We must understand the importance of education.

我們必須了解教育的重要性。

0766 **impress** [ɪm`prɛs] 動 給極深的印象，使感動

My boss was impressed by my work performance.

老闆對我的工作表現印象深刻。

0767 **impressive** [ɪm`prɛsɪv] 形 予人深刻印象的，感人的

His speech was really impressive.

他的演講真的好感人。

0768 **include** [ɪn`klud] 動 包含

The price includes both room and board.

這個價錢包含食宿。

0769 **income** [`ɪn͵kʌm] 名 收入

His income doesn't cover his expenses.

他入不敷出。

0770 **increase** [ɪn`kris] 動 增加

The price of oil has increased a lot over the past few months.

油價過去幾個月已經漲很多。

0771 **indeed** [ɪn`did] 副 真正地，確實

There indeed seems to be something wrong with your health.

你的健康看來真的有問題。

0772 **indicate** [`ɪndə͵ket] 動 指示出，表明

The study indicated that the population has increased over the past two years.

這項研究顯示，過去兩年人口數量增加了。

0773 **individual** [͵ɪndə`vɪdʒuəl] 形 個人的，特有的

Each person has individual tastes.

每個人都有自己獨有的喜好。

0774 **indoor** [`ɪn͵dor] 形 室內的，戶內的

There is an indoor basketball court in the gym.

體育館裡有一座室內籃球場。

0775 **indoors** [`ɪn͵dorz] 副 在室內，在屋裡

We play basketball indoors when it rains.

下雨時，我們在室內打籃球。

0776 **industrial** [ɪn`dʌstrɪəl] 形 工業的，產業的

The American economy has changed from an industrial economy to a service economy.

美國經濟已由製造業經濟轉為服務業經濟。

0777 **industry** [`ɪndəstrɪ] 名 工業，產業

My dad works in the computer industry.

爸爸從事電腦業。

0778 **inferior** [ɪn`fɪrɪɚ] 形 次級的，較劣質的

This type of wood is clearly inferior to that type.

這種木材的品質明顯不如那種。

0779 **influence** [`ɪnfluəns] 名 影響

My English teacher has had a large influence on me.

我的英文老師對我的影響很大。

0780 **inform** [ɪn`fɔrm] 動 通知，告知

You should inform your teacher ahead of time if you can't make it to a class.

如果你沒辦法來上課，應該要事先通知老師。

0781 **injure** [`ɪndʒɚ] 動 傷害，損害

I injured my back while fixing my roof.

我修理我家屋頂時傷到背。

0782 **injury** [`ɪndʒərɪ] 名 損壞，傷害

My knee still hurts from an injury I got playing football in college.

我念大學時打美式足球膝蓋受傷，到現在還會痛。

0783 **ink** [ɪŋk] 名 墨水

The marker is out of ink.

這支麥克筆沒有墨水了。

0784 **inn** [ɪn] 名（公路邊或鄉間的）旅館

There are many lovely inns in the English countryside.

英國鄉間有許多可愛的旅館。

0785 **inner** [`ɪnɚ] 形 內部的，裡面的

He seldom expresses his inner feelings.

他很少表達內心的感受。

0786 **innocent** [`ɪnəsənt] 形 清白的，單純的

The man claimed that he was completely innocent of the crime.

那位男子聲稱他在那起犯罪完全是清白的。

0787 **insect** [`ɪnsɛkt] 名 昆蟲

I zipped up the tent to keep the insects out during the night.

我把帳篷拉鍊拉上，免得昆蟲在夜裡跑進來。

0788 **insist** [ɪn`sɪst] 動 堅持

The poor man insisted that he should pay for his meal.

這個貧窮的男人堅持要自己付飯錢。

0789 **inspect** [ɪn`spɛkt] 動 檢查，審查

The police inspected the bags of every passenger entering the airport.

每個進入機場的旅客，包包都要接受警方檢查。

0790 **inspector** [ɪn`spɛktɚ] 名 檢查員，視察員

The restaurant was visited by a food inspector.

有食品檢驗員到這家餐廳視察。

0791 **instance** [ˋɪnstəns] 名 實例

The attack was the third instance of violence in the area in the last week.

這次攻擊是該地區過去一週第三起暴力事件。

0792 **instead** [ɪnˋstɛd] 副 反而，卻

Instead of sleeping, I stayed up watching TV.

我沒睡覺，反而熬夜看電視。

0793 **instruction** [ɪnˋstrʌkʃən] 名 用法說明，操作指南

Please read the instructions before taking the medicine.

服用藥物之前，請先閱讀說明書。

0794 **instrument** [ˋɪnstrəmənt] 名 樂器，儀器

She wishes she could play an instrument.

她真希望自己會彈奏一種樂器。

0795 **internal** [ɪnˋtɝnḷ] 形 內部的，固有的

The internal parts of the washing machine are out of order.

這部洗衣機的內部零件壞了。

0796 **international** [ˌɪntɚˋnæʃənḷ] 形 國際的

There are many international students studying in California.

有許多國際學生在加州讀書。

0797 **interrupt** [ˌɪntəˋrʌpt] 動 打斷

Don't interrupt when people are talking.

別人說話時別插嘴。

0798 **interview** [ˋɪntɚˌvju] 名 面試，採訪

My sister has an interview at a computer company today.

我姊姊今天要去電腦公司面試。

0799 **introduce** [ˌɪntrəˋdjus] 動 介紹，引薦

Let me introduce you to my family.

我來介紹你給我的家人認識。

0800 **introduction** [ˌɪntrəˋdʌkʃən] 名 介紹，正式引見

This film is a short introduction of our company.

這部影片是我們公司的簡介。

0801 **invent** [ɪn`vɛnt] 動 發明

He invented a new product.

他發明了一個新產品。

0802 **inventor** [ɪn`vɛntɚ] 名 發明家，發明者

Edison was the inventor of the light bulb.

愛迪生是發明燈泡的人。

0803 **investigate** [ɪn`vɛstə͵get] 動 調查，研究

The police are investigating the cause of the fire.

警方正在調查火災原因。

0804 **invitation** [͵ɪnvə`teʃən] 名 邀請（函）

I got an invitation to the Christmas party.

我收到一封耶誕派對的邀請函。

0805 **invite** [ɪn`vaɪt] 動 邀請

She invited me to her birthday party.

她邀請我參加她的生日派對。

0806 **island** [`aɪlənd] 名 島嶼

Taiwan is an island.

台灣是一座島嶼。

0807 **item** [`aɪtəm] 名 品項，物件

How many items are there on the list?

這張清單上有多少品項？

0808 **ivory** [`aɪvərɪ] 名 象牙

Piano keys used to be made of ivory.

以前的鋼琴鍵盤是象牙製成。

0809 **jacket** [`dʒækɪt] 名 夾克

The jacket is too small to wear.

這件夾克太小穿不下。

0810 **jail** [dʒel] 名 監獄，拘留所

The thief ended up in jail.

那個小偷最後被關進監獄。

0811 **jar** [dʒɑr] 名罐，瓶
There are jars of honey in the cupboard.
在櫃子裡有幾罐蜂蜜。

0812 **jaw** [dʒɔ] 名下顎
The girl fell from the tree and hurt her jaw.
小女孩從樹上摔下來，傷到下巴。

0813 **jazz** [dʒæz] 名爵士樂
Julian loves to listen to live jazz performances.
朱立安喜歡聽爵士樂現場演奏。

0814 **jealous** [ˋdʒɛləs] 形嫉妒
Doug is jealous of his wealthy brother.
道格很嫉妒他有錢的哥哥。

0815 **jeans** [dʒinz] 名牛仔褲
Teenagers like to wear jeans.
青少年喜歡穿牛仔褲。

0816 **jeep** [dʒip] 名吉普車
My grandfather was a jeep driver in World War II.
我祖父在二次大戰時是吉普車駕駛。

0817 **jelly** [ˋdʒɛlɪ] 名果凍
After the dinner, we had some jelly.
晚餐過後，我們吃了一些果凍。

0818 **jet** [dʒɛt] 名噴射機
The jet is preparing to take off.
噴射機準備要起飛了。

0819 **jewel** [ˋdʒuəl] 名寶石，首飾
She hid all her jewels in the wall.
她把她所有首飾藏在牆壁裡。

0820 **journey** [ˋdʒɝnɪ] 名旅程，行程
I'd like to take a journey through the Sahara Desert.
我想來一趟穿越撒哈拉沙漠的旅行。

0821 **joyful** [ˋdʒɔɪfəl] 形 令人高興的，充滿喜悅的

It was a joyful day when Susie got married to her sweetheart.

蘇西和心上人結婚的那一天真是充滿喜悅。

0822 **judge** [dʒʌdʒ] 動 判斷，評斷

I don't think that you should judge others so critically.

我覺得你不應該這麼嚴苛地評斷別人。

0823 **jungle** [ˋdʒʌŋg!] 名 叢林

The mountaineers got lost in the jungle.

這群登山客在叢林裡迷路了。

0824 **justice** [ˋdʒʌstɪs] 名 正義，公平

Everyone should be treated with justice.

每個人都應該受到公平對待。

0825 **kangaroo** [͵kæŋgəˋru] 名 袋鼠

I saw a kangaroo for the first time when I was in Australia.

我在澳洲時第一次看到袋鼠。

0826 **ketchup** [ˋkɛtʃəp] 名 番茄醬

Mary likes to put lots of ketchup on hot dogs.

瑪莉喜歡在熱狗上加很多番茄醬。

0827 **kettle** [ˋkɛt!] 名 水壺

I'm boiling some water in the kettle on the stove.

我正在爐子上用水壺燒開水。

0828 **keyboard** [ˋki͵bord] 名 鍵盤

I bought a new keyboard for my computer last week.

我上週替電腦買了新的鍵盤。

0829 **kidney** [ˋkɪdnɪ] 名 腎臟

The human body has two kidneys.

人體有兩個腎臟。

0830 **kilogram** [ˋkɪlə͵græm] 名 公斤（縮寫為 kg）

I've gained five kilograms since I started working in an office.

我開始坐在辦公室工作之後胖了五公斤。

0831 **kilometer** [ˋkɪlə͵mitɚ] 名 公里（縮寫為 km）

It's about 40 kilometers by car from here to Taoyuan.

從這裡開車到桃園大約四十公里。

0832 **kindergarten** [ˋkɪndɚ͵gɑrtn̩] 名 幼稚園

There are 22 students in my son's kindergarten class.

我兒子幼稚園班上有二十二個學生。

0833 **kingdom** [ˋkɪŋdəm] 名 王國

The king rules his kingdom well.

這位國王將他的王國治理得很好。

0834 **kit** [kɪt] 名 工具箱，成套工具

I keep a first-aid kit in my car.

我車上都會放一個急救箱。

0835 **kneel** [nil] 動 跪，跪下

He kneeled down to beg for her forgiveness.

他跪下求她原諒。

0836 **knight** [naɪt] 名 騎士，武士

The knight rescued the princess just in time.

那名騎士及時救了公主。

0837 **knit** [nɪt] 動 編織

My mom knitted me a sweater.

媽媽織了一件毛衣給我。

0838 **knob** [nɑb] 名 球形把手

The drawer is missing a knob.

抽屜少了一個把手。

0839 **knot** [nɑt] 名 結

He tied a knot in the rope.

他在繩子上打了一個結。

0840 **knowledge** [ˋnɑlɪdʒ] 名 知識

Knowledge is the key to success.

知識是成功之鑰。

0841 **koala** [ko`ɑlə] 名 無尾熊

Koalas are my favorite animal—they're so cute!

無尾熊是我最喜歡的動物——牠們好可愛！

0842 **label** [`lebḷ] 名 貼紙，標籤

Attach this label to your luggage.

把這張標籤貼在你的行李上。

0843 **lace** [les] 名 鞋帶，帶子，花邊

The boy doesn't know how to tie his laces.

這個小男孩不知道如何綁鞋帶。

0844 **language** [`læŋgwɪdʒ] 名 語言

How many languages can you speak?

你會說幾種語言？

0845 **latter** [`lætɚ] 形 後面的

Between pork and beef; I prefer the latter.

豬肉和牛肉讓我選，我會選後者。

0846 **laughter** [`læftɚ] 名 笑聲

We all burst into laughter.

我們都笑了出來。

0847 **laundry** [`lɔndrɪ] 名 洗衣店，待洗或洗好的衣服

I do laundry once a week.

我每週洗一次衣服。

0848 **leak** [lik] 動 漏

The plumber couldn't stop the pipe from leaking.

這個水管工無法讓水管停止漏水。

0849 **leap** [lip] 動 跳，跳躍

I tried to grab the frog but it leapt into the lake.

我想抓那隻青蛙，但牠跳進湖裡了。

0850 **leather** [`lɛðɚ] 名 皮革製品

This bag is made of leather.

這個背包是用皮革製成。

0851 **leisure** [ˋliʒɚ] 名 閒暇，空暇時間

Sean likes to read in his leisure time.

西恩喜歡在閒暇時間閱讀。

0852 **lemon** [ˋlɛmən] 名 檸檬

Lemons taste sour.

檸檬吃起來很酸。

0853 **lend** [lɛnd] 動 把……借給

Could you lend me some money?

你能借我一些錢嗎？

0854 **length** [lɛŋθ] 名 長度

What's the length of this table?

這張桌子有多長？

0855 **lengthen** [ˋlɛŋθən] 動 使加長，使延長

Could you lengthen my pants?

你可以把我的褲子放長嗎？

0856 **lens** [lɛnz] 名 透鏡，鏡片

He wears contact lenses.

他戴隱形眼鏡。

0857 **liar** [ˋlaɪɚ] 名 說謊的人

I can't be friends with someone who is a liar.

我無法和說謊的人交朋友。

0858 **liberal** [ˋlɪbərəl] 形 開明的，自由主義的

Young people today seem to have more liberal attitudes about sex.

現在的年輕人對性似乎有比較開放的態度。

0859 **liberty** [ˋlɪbɚtɪ] 名 自由，自由權

I value liberty far more than wealth.

我重視自由遠勝於財富。

0860 **librarian** [laɪˋbrɛrɪən] 名 圖書館員，圖書館館長

If you can't find the book you are looking for, you can always ask the librarian.

如果找不到書，隨時都可以請圖書館員幫忙。

0861 **library** [ˋlaɪ͵brɛrɪ] 名 圖書館

Allison usually studies at the library.

艾莉森經常在圖書館讀書。

0862 **lick** [lɪk] 動 舔

Cats clean themselves by licking their fur.

貓舔牠們的毛來清洗自己。

0863 **lid** [lɪd] 名 蓋子

The boy broke the lid of the expensive teapot.

那個男孩把那只昂貴茶壺的蓋子打破了。

0864 **lifeboat** [ˋlaɪf͵bot] 名 救生艇，救生船

There are not enough lifeboats on this ship.

這艘船上的救生艇數量不夠。

0865 **lifeguard** [ˋlaɪf͵gɑrd] 名 救生員

There should be lifeguards on all the beaches.

每座海灘都應該有救生員。

0866 **lifetime** [ˋlaɪf͵taɪm] 名 一生，終生

The shop owner told me that this watch would last a lifetime.

店老闆告訴我這只錶能用上一輩子。

0867 **lighthouse** [ˋlaɪt͵haʊs] 名 燈塔

The lighthouse guides ships safely into the harbor.

燈塔指引著船隻安全進港。

0868 **lightning** [ˋlaɪtnɪŋ] 名 閃電

We ran inside as soon as we saw the flashes of lightning in the sky.

我們一看到空中的閃電就趕緊跑進來。

0869 **limb** [lɪm] 名 肢，臂，腳

After I got home I stretched out my limbs like a cat and immediately fell asleep.

我一到家就像貓一樣四肢攤開，立刻睡著。

0870 **limit** [ˋlɪmɪt] 名 限制

I know my own limits.

我知道我自己的極限。

0871 **linen** [ˋlɪnən] 名 亞麻布，亞麻紗

Clothes made of linen wrinkle easily.

亞麻布製的衣服很容易皺。

0872 **lipstick** [ˋlɪp͵stɪk] 名 口紅

Carol likes to wear dark red lipstick when she goes to clubs.

卡蘿上夜店時喜歡塗深紅色口紅。

0873 **litter** [ˋlɪtɚ] 動 丟垃圾

Don't litter in the park.

在公園裡別亂丟垃圾。

0874 **lively** [ˋlaɪvlɪ] 形 輕快，活潑

The band played a lively tune.

樂團彈奏輕快的歌曲。

0875 **liver** [ˋlɪvɚ] 名 肝臟

Heavy drinking can cause liver disease.

大量飲酒可能造成肝病。

0876 **loaf** [lof] 名 一條（麵包）

Dad went to the store to buy a loaf of bread.

爸爸去那家店買一條麵包。

0877 **lobster** [ˋlɑbstɚ] 名 龍蝦

The restaurant is famous for its delicious lobster.

這間餐廳以美味龍蝦聞名。

0878 **local** [ˋlokḷ] 形 當地的，本地的

Tom reads the local newspaper every morning.

湯姆每天早上都會看本地新聞。

0879 **lollipop** [ˋlɑlɪ͵pɑp] 名 棒棒糖

The little boy licked the lollipop happily.

這個小男孩快樂地舔著棒棒糖。

0880 **lonely** [ˋlonlɪ] 形 孤獨的

She feels lonely by herself.

她自己一個人覺得孤單。

0881 **loose** [lus] 形 鬆開的，鬆散的

My mother likes to wear loose pants.

我媽媽喜歡穿寬鬆的褲子。

0882 **loosen** [ˋlusn̩] 動 鬆開，鬆弛

The businessman loosened his tie after the meeting.

會議結束後，這個生意人將他的領帶鬆開。

0883 **lord** [lɔrd] 名 君主，（L 大寫）上帝

They treat the boss like a lord.

他們待老闆如國王。

0884 **lose** [luz] 動 失敗

Nobody wants to lose the game.

沒有人想輸掉這場比賽。

0885 **loser** [ˋluzɚ] 名 輸家

The loser of this match will be eliminated from the competition.

這場比賽的輸家將被淘汰。

0886 **loss** [lɔs] 名 損失

The typhoon didn't lead to any deaths, but it caused tremendous financial loss.

這場颱風未使任何人死亡，但造成極大的財務損失。

0887 **loudspeaker** [ˋlaʊd͵spikɚ] 名 擴聲器，喇叭

I just had a new pair of loudspeakers installed in my car.

我的車子剛裝了一對新喇叭。

0888 **lovely** [ˋlʌvlɪ] 形 可愛的

The girl looks lovely in pink.

那女孩穿粉紅色看起來很可愛。

0889 **lover** [ˋlʌvɚ] 名 情人

Carrie flew to Paris to meet her lover for Christmas.

凱莉飛到巴黎與情人相會過耶誕節。

0890 **lullaby** [ˋlʌlə͵baɪ] 名 催眠曲，搖籃曲

The mother hummed a lullaby to her baby.

這個媽媽哼搖籃曲給她的寶寶聽。

0891 **lung** [lʌŋ] 名 肺部，肺

My uncle died of lung cancer when he was only 43.

我的伯父才四十三歲就死於肺癌。

0892 **magazine** [ˌmægəˋzin] 名 雜誌

There are a variety of magazines in the bookstore.

書店裡有各式各樣的雜誌。

0893 **magic** [ˋmædʒɪk] 形 魔法的，魔術的

My classmate taught me how to do several magic tricks yesterday.

我班上同學昨天教我玩幾招魔術戲法。

0894 **magical** [ˋmædʒɪkl̩] 形 魔術的，迷人的，神奇的

The herbs the doctor gave me had a magical effect on my health.

醫生給我的草藥對我的健康有神奇效果。

0895 **magician** [məˋdʒɪʃən] 名 魔術師

I love trying to figure out how magicians do their tricks.

我很喜歡試者搞懂魔術師如何變戲法。

0896 **magnet** [ˋmægnɪt] 名 磁鐵，磁石

The note was attached to the refrigerator with a magnet.

這張紙條用磁鐵吸在冰箱上。

0897 **main** [men] 形 主要的

What's the main idea of the article?

這篇文章的主旨為何？

0898 **maintain** [menˋten] 動 保持，維持

How do you maintain your weight?

你如何維持體重？

0899 **major** [ˋmedʒɚ] 形 主要的

Hepatitis is a major health problem in China.

肝炎是中國一大健康問題。

0900 **major** [ˋmedʒɚ] 動 主修

He majored in literature in university.

他大學主修文學。

0901 **majority** [mə`dʒɔrətɪ] 名 多數，過半數

A majority of residents in the area supported the construction of the new school.

本地區過半數居民支持興建新學校。

0902 **male** [mel] 名 雄性，男性

Males are usually stronger than females.

男性通常比女性強壯。

0903 **mall** [mɔl] 名 購物中心

The shopping mall attracts lots of people on weekends.

這間購物中心在週末吸引大批人潮。

0904 **manage** [`mænɪdʒ] 動 設法做到，得以完成

He managed to solve all the problems.

他成功解決了所有問題。

0905 **manageable** [`mænɪdʒəbl̩] 形 可控制的

Although the situation got worse, it was still manageable.

雖然情況惡化，但仍然控制得住。

0906 **manager** [`mænɪdʒɚ] 名 經理，負責人

The manager tried his best to encourage the new salespeople.

這位經理盡力鼓勵新進業務人員。

0907 **Mandarin** [`mændərɪn] 名 華語

More and more people are learning Mandarin.

越來越多人學習說華語。

0908 **mango** [`mæŋgo] 名 芒果

Mango milkshakes are one of my favorite things to drink in the summer.

芒果奶昔是我夏天最喜歡喝的飲料之一。

0909 **mankind** [mæn`kaɪnd] 名 人類

Mankind learned how to use tools many thousands of years ago.

人類在好幾千年前學會使用工具。

0910 **manner** [`mænɚ] 名 方法，態度

Dr. James has a nice manner when talking with patients.

詹姆士醫師對病患說話時態度很好。

0911 **manners** [`mænɚz] 名 禮貌，規矩

Parents should teach their children table manners.

父母應該教導孩子餐桌禮儀。

0912 **marble** [`mɑrbḷ] 名 大理石，彈珠

We used to play marbles on the ground.

我們以前會在地上玩彈珠。

0913 **march** [mɑrtʃ] 動 行進，行軍

How far has the army marched since 6 a.m.?

軍隊從早上六點開始到現在行軍多遠了？

0914 **mark** [mɑrk] 名 記號

The father made marks on the wall to show how tall his son was.

那位父親在牆上做記號，標出他兒子當時有多高。

0915 **marriage** [`mærɪdʒ] 名 婚姻

My aunt and uncle have a happy marriage.

我的嬸嬸和叔叔有個幸福的婚姻。

0916 **marvelous** [`mɑrvələs] 形 極好的，非凡的

She has a marvelous gift for languages.

她有極佳的語言天分。

0917 **mask** [mæsk] 名 面具

She wore a mask to scare her brother.

她戴了一個面具嚇她的弟弟。

0918 **mass** [mæs] 名 大眾，民眾

Do you think the government is really concerned with the interests of the masses?

你認為政府真的關心民眾的利益嗎？

0919 **mat** [mæt] 名 地墊，墊子

Please wipe your feet on the mat before coming in.

進來前請先在地墊上擦腳。

0920 **material** [mə`tɪrɪəl] 名 原料，料子

Her dress was made from beautiful material.

她的衣服是用漂亮料子織成的。

0921 **mathematical** [ˌmæθəˋmætɪkḷ] 形 數學的

John is a mathematical genius.

約翰是數學天才。

0922 **mature** [məˋtʃʊr] 形 成熟的，穩重的

A mature adult wouldn't do such a thing.

一個成熟大人不會做這種事。

0923 **mayor** [ˋmeɚ] 名 市長，鎮長

Taipei residents recently elected a new mayor.

台北居民最近選出新市長。

0924 **meadow** [ˋmɛdo] 名 草地，牧草地

Let's take a rest in that beautiful meadow over there.

我們到那片美麗的草地上休息一下。

0925 **meal** [mil] 名 一餐

We should eat three meals a day.

我們一天應該吃三餐。

0926 **meaning** [ˋminɪŋ] 名 意思，意義

Do you know the meaning of this word?

你知道這個字的意思嗎？

0927 **meaningful** [ˋminɪŋfəl] 形 意味深長的，有意義的

The philosopher's speech was very meaningful.

這位哲學家的演講意味深長。

0928 **meanwhile** [ˋminˌwaɪl] 副 同時

John is sleeping; meanwhile, his wife is cooking.

約翰在睡覺，而他老婆在煮飯。

0929 **measure** [ˋmɛʒɚ] 動 測量

You can use a ruler to measure the length of the table.

你可以用尺測量這張桌子的長度。

0930 **medal** [ˋmɛdḷ] 名 獎牌，紀念章

Lily won a medal for placing 2nd in the race.

莉莉賽跑第二名贏得一面獎牌。

0931 **medical** [ˋmɛdɪkḷ] 形 醫學的，醫術

The army needed more medical supplies to care for the injured soldiers.

軍隊需要更多醫藥補給來照顧傷兵。

0932 **medicine** [ˋmɛdəsn̩] 名 藥

You have to take your medicine twice a day.

你必須一天服兩次藥。

0933 **medium** [ˋmidiəm] 形 適中的

I'd like a medium coke.

我要一杯中杯可樂。

0934 **melon** [ˋmɛlən] 名 瓜

It's refreshing to eat cool melon in the summer.

在夏天吃冰涼的瓜，感覺很清爽。

0935 **melt** [mɛlt] 動 融化，熔化

The ice cream is melting.

冰淇淋正在融化。

0936 **member** [ˋmɛmbɚ] 名 成員

Two members of the famous band are high school students.

這個知名樂團有兩名成員是高中生。

0937 **memory** [ˋmɛmərɪ] 名 記性，記憶，回憶

Seth has a good memory.

塞斯有很好的記憶力。

0938 **mend** [mɛnd] 動 修補，改善

The farmer spent several days mending fences after the storm.

暴風雨過後，農人花了好幾天修復籬笆。

0939 **mental** [ˋmɛntḷ] 形 心理的，精神的

The girl went to see a doctor for her mental illness.

這女孩因為心理疾病去看醫生。

0940 **merchant** [ˋmɝtʃənt] 名 商人

His ancestors were wealthy merchants.

他的祖先是富商。

0941 **merry** [ˋmɛrɪ] 動 歡樂的，愉快的

Merry Christmas to you!

祝你耶誕節快樂！

0942 **mess** [mɛs] 名 混亂，凌亂的狀態

Your room is a mess.

你的房間一團亂。

0943 **message** [ˋmɛsɪdʒ] 名 訊息，留言

Did you get my message?

你有收到我的留言嗎？

0944 **metal** [ˋmɛtḷ] 名 金屬

Would you like your picture frame to be made of wood or metal?

你的相框要用木頭還是金屬材質？

0945 **method** [ˋmɛθəd] 名 方法

There are many methods for learning English.

學英文的方法有很多種。

0946 **microphone** [ˋmaɪkrə͵fon] 名 麥克風

The microphone doesn't work.

這支麥克風壞了。

0947 **microwave** [ˋmaɪkrə͵wev] 名 微波爐，微波

You can heat up the leftovers in the microwave.

你可以用微波爐加熱飯菜。

0948 **might** [maɪt] 名 力量，威力

The soldier fought back with all his might.

這名士兵傾全力反擊。

0949 **mighty** [ˋmaɪtɪ] 形 強大的，巨大的

This stream was once a mighty river.

這條小溪曾是一條大河流。

0950 **military** [ˋmɪlə͵tɛrɪ] 名 軍方，軍隊

The U.S. military is much smaller than it was 10 years ago.

相較十年前，美國現在的軍力小多了。

0951 **mill** [mɪl] 名 磨坊

Grandpa took his corn to the mill.

爺爺把他的玉米拿去磨坊。

0952 **million** [ˋmɪljən] 名 一百萬

Millions of people are watching the soccer game.

數百萬人正在觀賞這場足球賽。

0953 **millionaire** [ˌmɪljənˋɛr] 名 百萬富翁

I want to be a millionaire.

我想要成為百萬富翁。

0954 **mine** [maɪn] 代 我的東西

The wallet is mine.

這個皮夾是我的。

0955 **miner** [ˋmaɪnɚ] 名 礦工

My father used to work as a miner.

我的父親曾是礦工。

0956 **minor** [ˋmaɪnɚ] 形 次要的

Don't worry; it's a minor problem.

別擔心，那只是小問題。

0957 **minority** [maɪˋnɔrətɪ] 名 少數，少數族群

Asians are a minority in the United states.

亞洲人在美國是少數族群。

0958 **minus** [ˋmaɪnəs] 介 減去

Five minus three is two.

五減三等於二。

0959 **miracle** [ˋmɪrəkl̩] 名 奇蹟

It's a miracle that she wasn't killed in the car accident.

她沒在車禍中喪生真是奇蹟。

0960 **mirror** [ˋmɪrɚ] 名 鏡子

Alice likes to look at herself in the mirror.

愛麗絲喜歡照鏡子。

0961 **misery** [`mɪzərɪ] 名 **痛苦，不幸**

Grandmother has lived in misery since Grandfather passed away.

爺爺過世後奶奶一直活在痛苦當中。

0962 **missile** [`mɪsḷ] 名 **飛彈，導彈**

North Korea's military is developing a number of new missiles.

北韓軍方正在發展數種新飛彈。

0963 **missing** [`mɪsɪŋ] 形 **失蹤的**

Lila has been missing for three days.

萊拉已經失蹤三天了。

0964 **mission** [`mɪʃən] 名 **任務**

The soldier completed the mission on time.

這個士兵準時完成任務。

0965 **mist** [mɪst] 名 **薄霧，靄**

The mountain is hidden in the mist.

這座山藏在薄霧之中。

0966 **mix** [mɪks] 動 **使混合**

Ann mixed all the ingredients in the bowl.

安把所有材料混合在碗裡。

0967 **mixture** [`mɪkstʃɚ] 名 **混合**

The juice is a mixture of vegetables and fruits.

這杯果汁由蔬菜與水果混合而成。

0968 **mob** [mɑb] 名 **暴民，黑幫**

Uncle used to be a member of the mob.

叔叔曾經是黑幫成員。

0969 **mobile** [`mobḷ] 形 **可移動的**

There are mobile toilets in the park.

公園裡有流動廁所。

0970 **model** [`mɑdḷ] 名 **模型，模特兒**

The young fashion model doesn't even know how to walk the runway.

這個年輕模特兒甚至不知該如何走伸展台。

0971 modern [`madən] 形 現代化的，時髦的
Shanghai is a very modern city.
上海一座很現代的城市。

0972 moist [mɔɪst] 形 潮溼的，含淚的
Orchids grow best in a warm, moist environment.
蘭花在溫暖潮濕的環境長得最好。

0973 moisture [`mɔɪstʃə] 名 溼氣，水分
Air conditioners remove moisture from the air.
空調把空氣中的濕氣除掉。

0974 monk [mʌŋk] 名 修道士，僧侶
Many monks live in that temple on the hill.
許多和尚住在山上的那座廟裡。

0975 monster [`manstə] 名 怪物
Are your afraid of monsters?
你怕怪物嗎？

0976 mood [mud] 名 心情
She's in a bad mood.
她心情不好。

0977 mop [map] 名 拖把
Mother cleans the floor with a mop.
媽媽用拖把拖地。

0978 moral [`mɔrəl] 形 道德的，精神上的
My parents will give me moral support.
我父母會給我精神上的支持。

0979 mosquito [mə`skito] 名 蚊子
Summer is the season for mosquitoes.
夏天是蚊子出沒的季節。

0980 motel [mo`tɛl] 名 汽車旅館
They will be staying at a motel tonight.
他們今晚會住在汽車旅館。

0981 **motion** [ˋmoʃən] 名 移動

The rocking motion of the boat made Amy sick.

船的晃動讓艾咪暈船。

0982 **motor** [ˋmotɚ] 名 馬達，引擎

The motor in my lawnmower is broken.

我的除草機的馬達壞了。

0983 **murder** [ˋmɝdɚ] 動 名 謀殺

The police are busy investigating the murder case.

警察正忙著調查這件謀殺案。

0984 **muscle** [ˋmʌsḷ] 名 肌肉

The bones are covered by muscle.

骨骼被肌肉包覆。

0985 **museum** [mjuˋziəm] 名 博物館

There are a lot of famous museums in France.

法國有許多著名的博物館。

0986 **mushroom** [ˋmʌʃˏrum] 名 磨菇

Some mushrooms are poisonous.

有些磨菇是有毒的。

0987 **musical** [ˋmjuzɪkḷ] 形 音樂的

Do you play a musical instrument?

你會彈奏樂器嗎？

0988 **musician** [ˏmjuˋzɪʃən] 名 音樂家

My sister is determined to be a famous musician.

我姊姊決心要成為出名的音樂家。

0989 **mystery** [ˋmɪstərɪ] 名 神祕，謎

The death of President Kennedy remains a mystery.

甘迺迪總統的死至今仍是個謎。

0990 **nanny** [ˋnænɪ] 名 保母

My first paid job was working as a nanny.

我第一份有薪水的工作是當保母。

0991 nap [næp] 名 午睡，打盹兒
My grandparents are tired so they are taking a nap.
爺爺奶奶都累了，所以他們正在睡午覺。

0992 narrow [ˋnæro] 形 狹窄的
The streets in this neighborhood are very narrow.
這附近的巷弄很窄。

0993 national [ˋnæʃənḷ] 形 全國的，國家的
He plays baseball for the national team.
他為國家棒球隊效力。

0994 native [ˋnetɪv] 形 祖國的，本國的
They are native speakers of Japanese.
日語是他們的母語。

0995 naughty [ˋnɔtɪ] 形 頑皮的
Mary's children are very naughty.
瑪莉的小孩非常頑皮。

0996 navy [ˋnevɪ] 名 海軍的
My brother is serving in the navy.
我的哥哥在海軍服役。

0997 nearly [ˋnɪrlɪ] 副 幾乎
Bill nearly missed his flight.
比爾差一點就錯過飛機。

0998 necessary [ˋnɛsə͵sɛrɪ] 形 必須的
Oxygen is necessary for sustaining life.
氧氣是維繫生命必要的東西。

0999 necessity [nəˋsɛsətɪ] 名 必需品，必要性
Water is a necessity for humans life.
水是人類生活必需品。

1000 necklace [ˋnɛklɪs] 名 項鍊
The lady wore a fancy necklace.
那位女士戴著一串華麗的項鍊。

1001 **needle** [ˋnidḷ] 名 針

Kathy mended the shirt with a needle and thread.

凱西用針線修補襯衫。

1002 **negative** [ˋnɛgətɪv] 形 否定的，負面的

You'll never succeed with such a negative attitude.

用這麼負面的態度，你永遠不會成功。

1003 **neighbor** [ˋnebɚ] 名 鄰居

My neighbors come to see me every weekend.

我的鄰居每個週末都來看我。

1004 **neighborhood** [ˋnebɚ͵hʊd] 名 鄰近地區，地段

We live in a good neighborhood.

我們住在不錯的地段。

1005 **neither** [ˋniðɚ] 形 兩者皆不的

Neither one of you will be home early.

你們兩人都不會早到家。

1006 **nephew** [ˋnɛfju] 名 姪兒，外甥

Her nephew lives in the United States.

她的姪兒住在美國。

1007 **nerve** [nɝv] 名 神經，膽量

I don't have the nerve to ask her out.

我沒有膽量約她出去。

1008 **nervous** [ˋnɝvəs] 形 緊張的

Michael was nervous about his wedding.

麥克對他的婚禮很緊張。

1009 **nest** [nɛst] 名 巢

There are two birds in the nest.

鳥巢裡有兩隻鳥。

1010 **network** [ˋnɛt͵wɝk] 名 網路，廣播網

The computer network at our office is down.

我們公司的電腦網路斷線了。

1011 **nickname** [ˋnɪk͵nem] 名 別名，小名

Do you have a nickname?

你有小名嗎？

1012 **niece** [nis] 名 姪女，外甥女

My niece, Nicole, is five years old now.

我的姪女妮可現在五歲。

1013 **noble** [ˋnobḷ] 形 貴族的，高貴的

He was born into a noble family.

他出生於貴族家庭。

1014 **nobody** [ˋno͵bɑdɪ] 代 沒有人

When I arrived at the office, nobody was there.

我到辦公室的時候，一個人都沒有。

1015 **nod** [nɑd] 動 點頭

She nodded her head.

她點了點頭。

1016 **none** [nʌn] 代 沒有任何人（物）

None of the students finished their homework.

沒有一個學生有把功課做完。

1017 **noodle** [ˋnudḷ] 名 麵

We had beef noodles for dinner.

我們晚餐吃牛肉麵。

1018 **normal** [ˋnɔrmḷ] 形 正常的

It's normal for me to come home at five.

對我來說，五點回到家很正常。

1019 **northern** [ˋnɔrðɚn] 形 北方的

I grew up in northern Maine.

我在緬因州北部長大。

1020 **notebook** [ˋnot͵bʊk] 名 筆記本

I always keep a notebook with me.

我總是隨身攜帶筆記本。

1021 **novel** [ˋnɑvḷ] 名小說

The author is working on a new novel.

這位作家正在寫一本新的小說。

1022 **novelist** [ˋnɑvəlɪst] 名小說家

William Faulkner is a famous novelist.

威廉福克納是知名小說家。

1023 **nun** [nʌn] 名尼姑，修女

She was raised by nuns.

她由尼姑扶養長大。

1024 **nut** [nʌt] 名堅果

Squirrels stores nuts away for winter.

松鼠儲藏堅果來過冬。

1025 **obey** [oˋbe] 動服從

Fiona was taught to obey her parents.

菲奧娜被教導要服從她的父母。

1026 **object** [ˋɑbdʒɪkt] 名物體，對象

Do you see that object in the distance?

你有看到遠方那個物體嗎？

1027 **obvious** [ˋɑbvɪəs] 形明顯的

It's quite obvious that they are dating.

很明顯，他們在約會。

1028 **occur** [əˋkɝ] 動發生，出現，被想到

Where did the accident occur?

意外在哪裡發生的？

1029 **odd** [ɑd] 形古怪的，奇特的

She is an odd old lady.

她是個古怪的老女人。

1030 **offer** [ˋɔfɚ] 動提供

He offered me a cup of coffee.

他給我一杯咖啡。

1031 **official** [əˋfɪʃəl] 名 官員

The officials at city hall are very efficient.

市政府的官員非常有效率。

1032 **omit** [oˋmɪt] 動 遺漏，刪除

Omit unnecessary words in your writing.

把文章中不必要的字刪掉。

1033 **onion** [ˋʌnjən] 名 洋蔥

Do you want onions on your sandwich?

你的三明治要加洋蔥嗎？

1034 **onto** [ˋɑntu] 片 向……之上

My cat jumped onto the computer.

我的貓咪跳到電腦上。

1035 **operate** [ˋɑpəˏret] 動 運作，操作

I don't know how to operate this machine.

我不會操作這部機器。

1036 **operator** [ˋɑpəˏretɚ] 名 接線生，操作者

My sister works as a telephone operator.

我的姊姊是電話接線生。

1037 **opinion** [əˋpɪnjən] 名 觀點

Do you have any opinions on this topic?

你對這個主題有什麼意見嗎？

1038 **opportunity** [ˏɑpɚˋtjunətɪ] 名 機會

I'm very grateful for this opportunity.

我非常感謝有這個機會。

1039 **optimistic** [ˏɑptəˋmɪstɪk] 形 樂觀的

My parents are optimistic people.

我父母親是樂觀的人。

1040 **ordinary** [ˋɔrdəˏnɛrɪ] 形 平常的，普通的

The famous star looks like an ordinary person.

那位知名明星看起來像個普通人。

1041 **organization** [ˌɔrgənəˋzeʃən] 名 組織

I work for a non-profit organization.

我在一個非營利組織工作。

1042 **organize** [ˋɔrgəˌnaɪz] 動 組織

Mother always organizes her free time well.

媽媽總是把她的空閒時間安排得很好。

1043 **origin** [ˋɔrədʒɪn] 名 起源，由來，血統

Do you know the origin of this custom?

你知道這個習俗的由來？

1044 **original** [əˋrɪdʒənl̩] 形 原始的

The original price of the house was too high.

這房子的原價太高。

1045 **orphan** [ˋɔrfən] 名 孤兒

I became an orphan at the age of four.

我四歲時成為孤兒。

1046 **outdoors** [ˋaʊtˌdorz] 副 在戶外

They played outdoors until the sun set.

他們在戶外一直玩到太陽下山。

1047 **outer** [ˋaʊtɚ] 形 在外的，外面的

The outer walls of the house are made of brick.

這棟房子的外牆是用磚砌成的。

1048 **outline** [ˋaʊtˌlaɪn] 名 外型，輪廓，概要

The boy traced the outline of his hand on a piece of paper.

男孩在紙上描繪出手的輪廓。

1049 **oven** [ˋʌvən] 名 烤箱

We don't have an oven to make pizza.

我們沒有烤箱可以做披薩。

1050 **overcoat** [ˋovɚˌkot] 名 外套，大衣

It's very cold outside; put on your overcoat.

外面很冷，把外套穿上。

1051 **overpass** [`ovə,pæs] 名 天橋，高架道

Taking the overpass is safer than walking across the street.

走天橋比橫越馬路安全。

1052 **overseas** [`ovə`siz] 形 國外的

They are overseas now.

他們目前人在國外。

1053 **owe** [o] 動 欠，應該給……

I owe you an apology.

我應該向你道歉。

1054 **owner** [`onə] 名 擁有者，所有人

Tina is the owner of the record store.

蒂娜是那家唱片行的老闆。

1055 **ownership** [`onə,ʃɪp] 名 所有權

There is a dispute over the ownership of that property.

那個房地產的所有權有糾紛。

1056 **ox** [ɑks] 名 牛，複數為 oxen [`ɑksən]

That man is strong as an ox.

那個人壯得跟牛一樣。

1057 **pack** [pæk] 名 包

My father smokes two packs of cigarettes a day.

我父親每天抽兩包菸。

1058 **pack** [pæk] 動 打包，包裝

How long will it take you to pack your luggage?

你打包行李要花多少時間？

1059 **package** [`pækɪdʒ] 名 包裹

I just received a package from my family.

我剛剛收到家人寄來的包裹。

1060 **pail** [pel] 名 桶

Could you fill this pail with water?

可以請你把桶子加滿水嗎？

1061 **pain** [pen] 名 疼痛

I felt a sharp pain in my left knee while running.

我跑步的時候左膝覺得刺痛。

1062 **painful** [`penfəl] 形 疼痛的，痛苦的

It took him months to recover from his painful injury.

他花了一個月才疼痛的受傷中復原。

1063 **painting** [`pentɪŋ] 名 畫作

There's an oil painting hanging on the wall.

牆上掛了一幅油畫。

1064 **pajamas** [pə`dʒæməz] 名 睡衣

I'm not used to sleeping in pajamas.

我不習慣穿睡衣睡覺。

1065 **pal** [pæl] 名 朋友，同伴

We became good pals in school.

我們在學校變成好朋友。

1066 **palace** [`pælɪs] 名 皇宮

He lives in a palace on a small island.

他住在一座小島上的皇宮。

1067 **pale** [pel] 形 蒼白的

Her skin is so pale.

她的皮膚好蒼白。

1068 **pan** [pæn] 名 平底鍋

The pans are in the cupboard over the stove.

平底鍋在爐子上方的碗櫥裡。

1069 **pancake** [`pæn͵kek] 名 薄煎餅

Blueberry pancakes are my favorite breakfast!

藍莓薄餅是我最愛吃的早餐！

1070 **panda** [`pændə] 名 貓熊

Pandas are native to China.

貓熊產於中國。

1071 **panic** [ˋpænɪk] 動 恐慌

Don't panic when there is an earthquake.

遇到地震時別恐慌。

1072 **papaya** [pəˋpɑjə] 名 木瓜

Papayas grow best in tropical climates.

木瓜在熱帶氣候生長得最好。

1073 **parade** [pəˋred] 名 閱兵，慶祝遊行

There will be a parade on New Year's Day.

元旦那天會有慶祝遊行。

1074 **paradise** [ˋpærə͵daɪz] 名 天堂

Hawaii is a tropical paradise.

夏威夷是熱帶天堂。

1075 **parcel** [ˋpɑrsl̩] 名 包裹

The mailman is at the door—are you expecting a parcel?

郵差在門口——你在等包裹送來嗎？

1076 **pardon** [ˋpɑrdn̩] 動 原諒，赦免

Pardon me for not writing to you sooner.

原諒我沒有盡早寫信給你。

1077 **parrot** [ˋpærət] 名 鸚鵡

My parrot isn't very smart—he can only say three words.

我的鸚鵡不太聰明——牠只會說三個字。

1078 **participate** [pɑrˋtɪsə͵pet] 動 參與

I am going to participate in the speech contest.

我將要參加演講比賽。

1079 **particular** [pəˋtɪkjələ] 形 特定的，獨特的，講究的

Harry wants a particular type of cellphone.

哈利想要某種特定款式的行動電話。

1080 **partner** [ˋpɑrtnə] 名 夥伴

He is my father's business partner.

他是我爸爸的生意夥伴。

1081 **passage** [ˋpæsɪdʒ] 名 走廊，通路

Take the door at the end of the passage.

走這條通道盡頭那道門。

1082 **passenger** [ˋpæsəndʒɚ] 名 乘客

After the emergency landing, all the passengers were safe and sound.

緊急迫降後，所有乘客都安然無恙。

1083 **passion** [ˋpæʃən] 名 熱情

Vanessa has a great passion for painting.

凡妮莎對畫畫有很大的熱情。

1084 **password** [ˋpæs͵wɜd] 名 密碼

The password is a ten-digit number.

這組密碼是十個數字的號碼。

1085 **paste** [pest] 動 黏貼

Michelle pasted her photo on the application form.

蜜雪兒將照片貼在申請表上。

1086 **path** [pæθ] 名 路徑

There is a little path leading to the riverside.

有一條小徑通往河邊。

1087 **patience** [ˋpeʃəns] 名 耐心

Taking care of old people requires great patience.

照顧老人需要很大的耐心。

1088 **patient** [ˋpeʃənt] 名 病患

Many patients lost their lives in the hospital fire.

許多病患在醫院大火中喪命。

1089 **patient** [ˋpeʃənt] 形 有耐心的

Miss Lin is a patient teacher.

林小姐是位有耐心的老師。

1090 **pattern** [ˋpætɚn] 名 圖案

It's said that the huge patterns in the cornfield were made by aliens.

據說玉米田裡的巨大圖案是外星人做的。

1091 pause [pɔz] 名 暫停
She continued her speech after a brief pause.
她稍作暫停之後繼續她的演講。

1092 paw [pɔ] 名 爪子
The cat has an injured paw.
那貓的爪子受傷了。

1093 pea [pi] 名 豌豆
Peas are my favorite vegetable.
豌豆是我最喜歡的蔬菜。

1094 peace [pis] 名 平靜，和平
The two countries signed a place agreement.
這兩個國家簽署了和平協定。

1095 peaceful [`pisfəl] 形 和平的，安寧的
John wants to live a peaceful life in the country.
約翰想在鄉下過平靜的生活。

1096 peach [pitʃ] 名 桃子
Peaches are more expensive than apples.
桃子比蘋果還貴。

1097 peak [pik] 形 高峰的
Plane tickets are more expensive during peak travel season.
旅遊旺季的機票比較貴。

1098 pearl [pɜl] 名 珍珠
The model is wearing a pearl necklace.
這模特兒戴著珍珠項鍊。

1099 peel [pil] 動 削，剝
Could you peel an orange for me?
可以幫我剝柳橙皮嗎？

1100 peep [pip] 動 偷窺
Don't peep through the keyhole.
別從鑰匙孔裡偷窺。

1101 **penny** [ˋpɛnɪ] 名 一分錢

My mother keeps a jar of pennies in the kitchen.

我媽媽在廚房放了一個罐子的一分錢硬幣。

1102 **pepper** [ˋpɛpɚ] 名 胡椒

I like to put salt and pepper on my eggs.

我喜歡在蛋裡加鹽和胡椒。

1103 **perfect** [ˋpɝfɪkt] 形 完美的

Sarah says that she has found her perfect match.

莎拉說她已經找到她的完美伴侶。

1104 **perform** [pɚˋfɔrm] 動 表演，演奏，表現

Phil performed well in the play.

菲爾在話劇中表演得很好。

1105 **performance** [pɚˋfɔrməns] 名 演出

The performance begins at six tonight.

表演在今天晚上六點開始。

1106 **period** [ˋpɪrɪəd] 名 時期，句點

The photo was taken during an exciting period of her life.

這張照片是在她人生中精彩階段拍的。

1107 **permission** [pɚˋmɪʃən] 名 許可

I got permission to be home after twelve tonight.

我今晚獲准可十二點後回家。

1108 **permit** [pɚˋmɪt] 動 允許

She was not permitted to enter the country.

她不被允許進入這個國家。

1109 **personal** [ˋpɝsənl̩] 形 私人的

John doesn't like being asked too many personal questions.

約翰不喜歡被問到太多私人問題。

1110 **personality** [ˌpɝsəˋnælətɪ] 名 個性

My brother has a strong personality.

我哥哥很有個性。

1111 **persuade** [pɚˋswed] 動說服

Mom persuaded Dad to buy a new car.

媽媽說服爸爸買新車。

1112 **pest** [pɛst] 名討厭的人，害蟲

Don't be such a pest!

不要這麼討人厭！

1113 **photograph** [ˋfotə͵græf] 名照片

He took lots of photographs on my wedding day.

我結婚那天他拍了好多照片。

1114 **pick** [pɪk] 動挑選，採

The magician asked the man to pick a card from the deck.

魔術師請男子從一副牌裡挑一張。

1115 **pickle** [ˋpɪkl̩] 名酸黃瓜

Do you want pickles on your hamburger?

你的漢堡要加酸黃瓜嗎？

1116 **picnic** [ˋpɪknɪk] 名野餐

We go on a picnic every Sunday.

我們每個星期天都去野餐。

1117 **pigeon** [ˋpɪdʒən] 名鴿子

There are a lot of pigeons in the park.

公園裡有很多鴿子。

1118 **pile** [paɪl] 名堆

Please throw these piles of newspapers away.

請把這幾堆報紙丟掉。

1119 **pill** [pɪl] 名藥丸

Dorothy relies on sleeping pills to fall asleep every night.

桃樂西每晚都靠安眠藥入睡。

1120 **pilot** [ˋpaɪlət] 名飛行員

Jay has always wanted to be a pilot.

傑一直想成為飛行員。

1121 pin [pɪn] 名 別針

Kate cried out when she stepped on the pin.

凱特踩到別針，痛得大叫。

1122 pine [paɪn] 名 松樹，松木

The cabin is surrounded by pine trees.

這棟小屋四周有松樹環繞。

1123 pineapple [ˋpaɪn͵æpl̩] 名 鳳梨

This pineapple isn't sweet.

這顆鳳梨不甜。

1124 pink [pɪŋk] 形 粉紅色的

Pink doesn't go with black.

粉紅色和黑色不搭。

1125 pint [paɪnt] 名 品脫

Can you buy me a pint of milk?

你可以幫我買一品脫牛奶嗎？

1126 pipe [paɪp] 名 管子

A pipe in the bathroom is leaking.

浴室有根水管在漏水。

1127 pit [pɪt] 名 凹處

There is a huge pit in the road.

路上有一個大坑。

1128 pity [ˋpɪtɪ] 名 憐憫

Scrooge has no pity for the poor.

史庫齊對窮人毫無憐憫之心。

1129 pizza [ˋpitsə] 名 披薩

I often have pizza on the weekend.

我週末常吃披薩。

1130 plain [plen] 名 平原，原野

After you pass the small hill, you will see a green plain.

越過小山丘之後，就可以看到一片綠野。

1131 planet [ˋplænɪt] 名 行星，星球

The planets move around the sun.

行星繞著太陽運行。

1132 plastic [ˋplæstɪk] 形 塑膠的，整形的

Stores can't provide customers with plastic bags now.

商店現在不可以提供塑膠袋給顧客。

1133 platform [ˋplæt͵fɔrm] 名 月台，講台，平台

I don't know which platform to go to.

我不知道該去哪個月台。

1134 pleasant [ˋplɛzənt] 形 令人愉快的

We had a pleasant evening at the party.

我們在宴會上度過愉快的夜晚。

1135 plenty [ˋplɛntɪ] 名 豐富，充足

There is plenty of food for us for five months.

食物很充足，夠我們維持五個月。

1136 plug [plʌg] 名 插頭

The electrical plugs in Europe are different than in Taiwan.

歐洲使用的電插頭和台灣不同。

1137 plum [plʌm] 名 梅子

This wine is made of plums.

這是梅子釀的酒。

1138 plumber [ˋplʌmɚ] 名 水管工

The toilet isn't working; we need a plumber.

馬桶壞了，需要叫水電工。

1139 plus [plʌs] 介 加上

Eight plus two is ten.

八加二等於十。

1140 poem [ˋpoɪm] 名 詩

Chinese poems are so beautiful.

中文詩好美啊。

1141 **poison** [ˋpɔɪzn̩] 名 毒藥，毒物

The man committed suicide by swallowing poison.

男子吞下毒藥自殺。

1142 **poisonous** [ˋpɔɪzənəs] 形 有毒的

Some Chinese medicine is poisonous.

有些中藥有毒。

1143 **policy** [ˋpɑləsɪ] 名 政策

Many people are unhappy about the government's policies.

很多人對政府的政策不滿意。

1144 **polite** [pəˋlaɪt] 形 禮貌的

It's not polite to stare.

盯著人是很不禮貌的。

1145 **political** [pəˋlɪtɪkl̩] 形 政治的，政黨的

Which political party do you support?

你支持哪個政黨？

1146 **politician** [ˏpɑləˋtɪʃən] 名 從政者

Politicians are always busy during elections.

政治人物在選舉期間總是非常忙碌。

1147 **politics** [ˋpɑlətɪks] 名 政治（學）

My brother wants to study politics.

我哥哥想研究政治學。

1148 **poll** [pol] 名 民意調查

The public opinion poll shows that most people are against the war.

民意調查顯示多數人反對戰爭。

1149 **pollute** [pəˋlut] 動 污染

The factory was fined for polluting the river.

這家工廠污染河流而被罰款。

1150 **pony** [ˋponɪ] 名 小馬

The little girl wants a pony for her birthday.

小女孩想要一匹小馬當作生日禮物。

1151 **pop** [pɑp] 動 發出碰的一聲，碰的一聲爆裂

The boy popped the balloon with a pin.

這男孩用別針碰的一聲刺破氣球。

1152 **popular** [ˋpɑpjələ] 形 受歡迎的

The mayor is very popular with the public.

這位市長很受人民歡迎。

1153 **population** [ˌpɑpjəˋleʃən] 名 人口

The population of the country rose by 5%.

這個國家的人口成長了百分之五。

1154 **porcelain** [ˋpɔrslɪn] 名 瓷器

Ron bought his mother a porcelain vase for her birthday.

羅恩買了一個瓷花瓶給他的母親當生日禮物。

1155 **pork** [pɔrk] 名 豬肉

Muslims are forbidden from eating pork.

穆斯林禁止食用豬肉。

1156 **postage** [ˋpostɪdʒ] 名 郵資

What is the postage to send a letter from Taiwan to Japan?

從台灣寄信到日本的郵資要多少錢？

1157 **postcard** [ˋpostˌkɑrd] 名 明信片

I always send postcards back home when traveling.

旅行時我都會寄明信片回家。

1158 **poster** [ˋpostə] 名 海報

Steve decorated his room with movie posters.

史提夫用電影海報裝飾他的房間。

1159 **postpone** [postˋpon] 動 延期

The meeting must be postponed until next week.

會議必須延到下星期。

1160 **pot** [pɑt] 名 鍋，罐，壺

Vicky made a pot of tea.

維琪泡了一壺茶。

1161 **potato** [pə`teto] 名 馬鈴薯

The poor family only had potatoes for dinner.

那戶窮人家晚餐只吃了馬鈴薯。

1162 **pottery** [`pɑtərɪ] 名 陶藝

Pottery is one of my hobbies.

陶藝是我的嗜好之一。

1163 **pound** [paʊnd] 名 磅（重量單位），英鎊（貨幣）

He weighs 90 pounds.

他有九十磅重。

1164 **poverty** [`pɑvətɪ] 名 貧窮

She lives in poverty.

她的生活很貧窮。

1165 **powder** [`paʊdɚ] 名 粉末

The cook seasoned the soup with chili powder.

廚師撒辣椒粉來給湯調味。

1166 **powerful** [`paʊɚfəl] 形 有力量的

The president of the U.S. is the most powerful president in the world.

美國總統是全球最有權力的總統。

1167 **practical** [`præktɪkḷ] 形 實際的

Mark has no practical experience in sales.

馬克沒有實際銷售經驗。

1168 **praise** [prez] 名 讚美

Mike had lots of praise for the work that Jonny did.

麥可對強尼的工作成果讚不絕口。

1169 **pray** [pre] 動 祈禱

He prays to God every day.

他每天向上帝祈禱。

1170 **prayer** [`preɚ] 名 祈禱文

We say our prayers every night before we go to bed.

我們每晚睡前都會禱告。

1171 **precious** [ˋprɛʃəs] 形 寶貴的

Life is precious.

生命是寶貴的。

1172 **prefer** [prɪˋfɝ] 動 更喜歡

I prefer to study in the library.

我比較喜歡在圖書館念書。

1173 **preparation** [͵prɛpəˋreʃən] 名 準備

After weeks of preparation, we're finally ready to leave.

經過幾個星期的準備，我們終於準備動身。

1174 **present** [ˋprɛzənt] 名 禮物

My parents put many presents under the Christmas tree.

我父母親在耶誕樹下放了好多禮物。

1175 **present** [prɪˋzɛnt] 動 呈現，提交

The lawyer presented the judge with lots of evidence.

律師向法官出示多項證據。

1176 **president** [ˋprɛzədənt] 名 總統

She's the country's first female president.

她是這個國家第一位女總統。

1177 **press** [prɛs] 動 按

To turn on the machine, just press the button.

要啟動機器，只要按那個按鈕就行。

1178 **pressure** [ˋprɛʃɚ] 名 壓力

He is under a lot of pressure right now.

他現在壓力很大。

1179 **pretend** [prɪˋtɛnd] 動 假裝

She pretends to be busy at the office.

她在辦公室裡裝忙。

1180 **prevent** [prɪˋvɛnt] 動 預防，防止

Eating healthy food can help prevent disease.

吃健康的食物可以預防疾病。

1181 **priest** [prist] 名教士，神父

I go to my priest when I feel lost.

當我感到迷惘時，就去找我的神父。

1182 **prince** [prɪns] 名王子

The prince finally won the girl's heart.

王子終於贏得女孩的芳心。

1183 **princess** [ˋprɪnsɪs] 名公主，王妃

The girl become a princess when she married the prince.

女孩嫁給王子之後就變成王妃。

1184 **principle** [ˋprɪnsəpl̩] 名原則，原理

Time travel is possible in principle.

時光旅行在原理上是可能的。

1185 **printer** [ˋprɪntɚ] 名印表機

The printer is out of paper.

印表機沒紙了。

1186 **prison** [ˋprɪzn̩] 名監獄

They were in prison for five years.

他們坐了五年的牢。

1187 **prisoner** [ˋprɪzənɚ] 名囚犯

Prisoners are required to wear uniforms.

囚犯都必須穿制服。

1188 **private** [ˋpraɪvɪt] 形私人的

This is her mother's private office.

這是他媽媽的私人辦公室。

1189 **prize** [praɪz] 名獎品

First prize in this contest is a brand new car.

這項競賽的頭獎是一輛全新汽車。

1190 **probable** [ˋprɑbəbl̩] 形很有可能的

It is highly probable that it will snow today.

今天很有可能會下雪。

1191 **process** [ˋprasɛs] 名 過程，步驟
Selling a house is a complicated process.
賣房子是一個複雜的過程。

1192 **produce** [prəˋdjus] 動 生產，製造
The factory produces shoes.
這間工廠製造鞋子。

1193 **product** [ˋpradəkt] 名 產品
What kind of products does your company sell?
你們公司是銷售哪一種產品？

1194 **profit** [ˋprafɪt] 名 利潤，利益
Selling ice-cream brings her a lot of profit.
賣冰淇淋為她帶來很多利潤。

1195 **program** [ˋprogræm] 名 節目
I never watch sports programs on TV.
我從不看電視的運動節目。

1196 **progress** [ˋpragrɛs] 名 前進，進步
We made slow progress towards the mountain peak.
我們緩緩往山頂前進。

1197 **project** [ˋpradʒɛkt] 名 企畫，方案
The students are working on a science project.
學生們正在進行一項科學企畫。

1198 **promise** [ˋpramɪs] 動 承諾
She promised not to cry again.
她答應不會再哭了。

1199 **promote** [prəˋmot] 動 晉升，拔擢
James was just promoted to manager.
詹姆斯剛被晉升為經理。

1200 **pronounce** [prəˋnaʊns] 動 發……音
Do you know how to pronounce this word?
你知道這個字如何發音嗎？

1201 **proof** [pruf] 名 證據

Do you have any proof of your innocence?

你有什麼證據能證明你的清白？

1202 **proper** [`prɑpɚ] 形 適合的，恰當的

When is the proper time to plant tomatoes?

何時是種植番茄最適當時機？

1203 **property** [`prɑpɚtɪ] 名 資產

That house is my mother's only property.

那棟房子是我媽媽唯一的資產。

1204 **proposal** [prə`pozḷ] 名 建議，提案，求婚

Roger will present a proposal at the meeting.

羅傑會在會議中提出一個建議。

1205 **propose** [prə`poz] 動 提議

What do you propose we do about this problem?

你建議我們怎麼處理這個問題？

1206 **protect** [prə`tɛkt] 動 保護

The witness was protected by a police officer.

目擊者受到一名警察的保護。

1207 **protection** [prə`tɛkʃən] 名 保護

People who ride motorcycles should wear helmets for protection.

機車騎士應該戴安全帽來保護。

1208 **protective** [prə`tɛktɪv] 形 防護的，保護的

Her mother is too protective of her children.

她的媽媽太過保護她的孩子。

1209 **proud** [praʊd] 形 自豪的，驕傲的

My parents are proud of me.

我雙親對我感到驕傲。

1210 **pub** [pʌb] 名（英）酒吧

She held her birthday party at a pub.

她在一間酒吧舉辦她的生日派對。

1211 pump [pʌmp] 名動 水泵，幫浦；打水，汲水
We use this pump to pump water from our basement.
我們用這種水泵把水從地下室抽出來。

1212 pumpkin [`pʌmpkɪn] 名 南瓜
Pumpkin pie is my favorite dessert.
南瓜派是我最愛吃的甜點。

1213 punch [pʌntʃ] 動 用拳猛擊
He was so angry that he punched a hole in the door.
他氣到用拳頭把門打出一個洞。

1214 punish [`pʌnɪʃ] 動 懲罰
My English teacher never punishes students.
我的英文老師從不處罰學生。

1215 puppy [`pʌpɪ] 名 小狗
I got a puppy for my birthday when I was ten.
我十歲的生日禮物是一隻小狗。

1216 pure [pjʊr] 形 純粹的
This bowl is made from pure gold.
這只碗是純金打造的。

1217 purse [pɝs] 名 皮包
She lost her purse at the mall.
她的皮包在購物中心不見了。

1218 pursue [pɚ`su] 動 追求，進行，從事
She has set her mind on pursuing advanced study overseas.
她下定決心要去國外進修。

1219 puzzle [`pʌzḷ] 名 拼圖
How long did it take you to put the puzzle together?
你花了多久時間才把拼圖完成？

1220 puzzle [`pʌzḷ] 動 使困惑
The mystery puzzled me for a long time.
這個謎團讓我百思不得其解。

1221 **quality** [`kwɑlətɪ] 名 品質

The quality of this computer is not very good.

這部電腦的品質不是很好。

1222 **quarrel** [`kwɔrəl] 名 爭吵

My mother has never had a quarrel with anyone.

媽媽從沒跟誰吵過架。

1223 **quarter** [`kwɔrtɚ] 名 四分之一，一刻鐘

It's a quarter to eight.

現在是七點四十五分。

1224 **queer** [kwɪr] 形 古怪的，奇怪的

Some thing queer happened to me today.

我今天發生了奇怪的事情.

1225 **quilt** [kwɪlt] 名 被子

The mother covered her baby with a quilt.

媽媽替她的嬰兒蓋上被子。

1226 **quote** [kwot] 動 引用，引述

The lecturer quoted some lines from the movie.

演講者引用了這部電影的一些對白。

1227 **rabbit** [`ræbɪt] 名 兔子

Rabbits have long ears.

兔子有長耳朵。

1228 **racial** [`reʃəl] 形 人種的

Many countries are still dealing with racial problems.

很多國家仍有種族問題。

1229 **radar** [`redɑr] 名 雷達

The radar detected an enemy ship.

雷達偵測到敵方船艦。

1230 **rag** [ræg] 名 抹布，碎布

We used some rags to wipe up the oil on the ground.

我們用一些抹布把地上的油擦掉。

1231 **rainy** [ˋrenɪ] 形 下雨的
She likes rainy days.
她喜歡雨天。

1232 **range** [rendʒ] 名 範圍
This missile has a range of over 100 kilometers.
這種飛彈的射程超過一百公里。

1233 **rank** [ræŋk] 名 等級，身分
You can tell the rank of a general by the number of stars on his uniform.
從軍服上的星星數量就可以分辨將軍的階級。

1234 **rapid** [ˋræpɪd] 形 迅速的
Grandma had a rapid recovery from her illness.
奶奶的病很快就痊癒了。

1235 **rare** [rɛr] 形 稀有的
The man contracted a rare disease.
男子染上一種罕見疾病。

1236 **rate** [ret] 名 比率
The unemployment rate has increased for the past two years.
過去兩年的失業率上升了。

1237 **rather** [ˋræðɚ] 副 寧願
Dad would rather play golf than go shopping with Mom.
爸爸寧願打高爾夫球也不陪媽逛街。

1238 **raw** [rɔ] 形 生的，未煮過
I can't eat raw beef.
生牛肉我無法下嚥。

1239 **ray** [re] 名 光線，射線
Rays of morning light came streaming through the windows at 6 a.m.
早上六點，一道道晨光透過窗子照進來。

1240 **razor** [ˋrezɚ] 名 剃刀，刮鬍刀
That is a sharp razor.
那是一把銳利的剃刀。

1241 **react** [rɪˋækt] 動 做出反應

How did he react to the news?

他對這則新聞有什麼反應？

1242 **reaction** [rɪˋækʃən] 名 反應

I was surprised by his reaction to your remarks.

他對你的發言所做的反應令我驚訝。

1243 **realize** [ˋriə͵laɪz] 動 明白，察覺

Mandy finally realized how to solve the problem.

曼蒂終於明白這題目該怎麼解了。

1244 **reasonable** [ˋrizənəbl̩] 形 講道理的

My parents were always reasonable.

我的父母過去一直都很明理。

1245 **receiver** [rɪˋsivɚ] 名 收件人

Who is the receiver of this letter?

這封信的收件人是誰？

1246 **recent** [ˋrisənt] 形 最近的

Recent studies show that 70% of people don't have dinner at home.

最近的研究顯示，有七成的人不在家吃晚餐。

1247 **recognize** [ˋrɛkəg͵naɪz] 動 識別

She didn't recognize me after two years.

兩年不見，她認不出我了。

1248 **record** [ˋrɛkɚd] 名 紀錄，唱片

The swimmer set a new world record at the Olympics.

這名游泳選手在奧運刷新世界紀錄。

1249 **recorder** [rɪˋkɔrdɚ] 名 錄音器

There's a recorder on the phone.

這部電話有裝錄音器。

1250 **recover** [rɪˋkʌvɚ] 動 恢復

She was sick a few days ago, but she has recovered now.

她前幾天生病，不過現在已經復原了。

1251 **rectangle** [`rɛk͵tæŋgḷ] 名 矩形，長方形

A rectangle has four sides.

矩形有四個邊。

1252 **reduce** [rɪ`djus] 動 縮短

Our five-day holiday has been reduced to two days.

我們五天的假期已經被減為兩天。

1253 **refrigerator** [rɪ`frɪdʒə͵retɚ] 名 冰箱

The new refrigerator doesn't work at all.

這台新冰箱根本就不能用。

1254 **refuse** [rɪ`fjuz] 動 拒絕，不肯

Andy refused to go to school.

安迪不肯去上學。

1255 **regard** [rɪ`gɑrd] 動 認為

He is regarded as the best teacher in the school.

他是學校裡公認最棒的老師。

1256 **region** [`ridʒən] 名 地區

Which region of the United States are you living in?

你住在美國哪一個地區？

1257 **regional** [`ridʒənḷ] 形 地區的

In the U.S., there are regional differences in pronunciation.

在美國，發音因地區而有差異。

1258 **regret** [rɪ`grɛt] 動 後悔，遺憾

I regret that I can't come to your party this weekend.

我很遺憾這個週末沒辦法參加你的派對。

1259 **regular** [`rɛgjəlɚ] 形 正常的，固定的

Her dad doesn't have a regular job.

她的爸爸沒有固定的工作。

1260 **reject** [rɪ`dʒɛkt] 動 拒絕

The university rejected my application.

這所大學拒絕了我的申請。

1261 **relate** [rɪˋlet] 動 有關，涉及

The two events are not related.

這兩起事件沒有關聯。

1262 **relax** [rɪˋlæks] 動 放輕鬆

Fishing is a great way to relax.

釣魚是一種很好的放鬆方式。

1263 **release** [rɪˋlis] 動 釋放

The thief will be released from prison soon.

這小偷很快就會從牢裡放出來。

1264 **reliable** [rɪˋlaɪəbl̩] 形 可靠的

That employee isn't reliable.

那個員工並不可靠。

1265 **relief** [rɪˋlif] 名 緩和，寬心

Much to my relief, I didn't fail my math test.

我大大鬆了一口氣，我的數學考試沒有當掉。

1266 **religion** [rɪˋlɪdʒən] 名 宗教

What is your religion?

你的宗教信仰是什麼？

1267 **religious** [rɪˋlɪdʒəs] 形 虔誠的

Grandma is a religious person.

奶奶是個虔誠的教徒。

1268 **rely** [rɪˋlaɪ] 動 依靠，信賴

You can always rely on me .

你永遠都可以信賴我。

1269 **remain** [rɪˋmen] 動 剩下，留下

There are only two students remaining in the classroom.

教室裡只剩下兩位學生。

1270 **remind** [rɪˋmaɪnd] 動 提醒

Remind me to call her tomorrow.

提醒我明天要打電話給她。

1271 **remote** [rɪ`mot] 名 遙控器

Mother couldn't find the TV remote.

媽媽找不到電視遙控器。

1272 **remove** [rɪ`muv] 動 移走

Please remove your car from my parking space.

你的車停在我的停車位上，請把它開走。

1273 **renew** [rɪ`nju] 動 更新，換新

I need to renew my driver's license.

我需要去換新的駕照了。

1274 **rent** [rɛnt] 動 租

You can rent bicycles at the park.

你在公園可以租腳踏車。

1275 **repair** [rɪ`pɛr] 動 修理

How much will it cost to repair the floor?

修理這片地板大約要花多少錢？

1276 **repeat** [rɪ`pit] 動 重複

Please repeat after me.

請跟著我複誦。

1277 **replace** [rɪ`ples] 動 取代

The workers were replaced with robots.

工人被機器人給取代了。

1278 **reply** [rɪ`plaɪ] 動 回答

Ben did not reply to the question.

班沒有回答問題。

1279 **reporter** [rɪ`portɚ] 名 記者

He is a reporter for the *Washington Post*.

他是《華盛頓郵報》的記者。

1280 **represent** [͵rɛprɪ`zɛnt] 動 代表

I represented my school in the swimming contest.

我代表學校參加游泳比賽。

1281 **request** [rɪ`kwɛst] 動 請求
Could I request that you wait outside for a minute?
可以請你在外面稍等一下嗎？

1282 **request** [rɪ`kwɛst] 名 請求
This is his last request before he leaves.
這是他離開前最後一個請求。

1283 **require** [rɪ`kwaɪr] 動 要求
You are required to bring two pencils with you to the test.
請務必攜帶兩支鉛筆來應考。

1284 **reserve** [rɪ`zɜv] 動 儲備，保存，預訂
I'd like to reserve a table for two.
請幫我保留兩個人的桌子。

1285 **resist** [rɪ`zɪst] 動 抗拒
These chocolates are hard to resist!
那些巧克力令人難以抗拒！

1286 **resource** [rɪ`sors] 名 資源
Africa is rich in natural resources like oil, coal and diamonds.
非洲擁有豐富的自然資源，如石油、煤及鑽石。

1287 **respect** [rɪ`spɛkt] 動 尊敬
I respect my teachers.
我尊敬我的老師們。

1288 **respond** [rɪ`spɑnd] 動 回答，回應
I don't know how to respond to the question.
我不知該如何回應這個問題。

1289 **response** [rɪ`spɑns] 名 回答，答覆
I'm waiting for a response form the school.
我在等待學校的回覆。

1290 **responsibility** [rɪs͵pɑnsə`bɪlətɪ] 名 責任
You must take responsibility for your behavior.
你必須為你的行為負責。

1291 **responsible** [rɪˋspɑnsəbḷ] 形 負責的

Who is responsible for this mess?

誰該為這團混亂負責？

1292 **restaurant** [ˋrɛstərənt] 名 餐廳

There is a nice French restaurant around the corner.

轉角有一家不錯的法國餐廳。

1293 **restrict** [rɪˋstrɪkt] 動 限制

Travel to Iraq has been restricted due to the war there.

由於當地發生戰爭，前往伊拉克旅遊受到限制。

1294 **restroom** [ˋrɛst͵rum] 名 廁所

There is a restroom near the entrance to the park.

公園入口附近有一間廁所。

1295 **result** [rɪˋzʌlt] 名 結果

Grandpa's health exam results were normal.

爺爺的健康檢查結果正常。

1296 **reveal** [rɪˋvil] 動 公開，透露

She has revealed her ambition to become successful.

她展現出一定要成功的雄心壯志。

1297 **review** [rɪˋvju] 動 複習

I need to review my notes before tomorrow's test.

我必須在明天考試前複習我的筆記。

1298 **ribbon** [ˋrɪbən] 名 緞帶

The girl tied her hair with a pink ribbon.

小女孩用粉紅色緞帶綁頭髮。

1299 **rid** [rɪd] 動 擺脫，去除

How can I rid the house of cockroaches?

我如何才能除掉屋子裡的蟑螂？

1300 **riddle** [ˋrɪdḷ] 名 謎語

What's the answer to this riddle?

這個謎語的解答是什麼？

1301 ripe [raɪp] 形 成熟的，適合食用的

The peaches are ripe.

這些桃子熟了。

1302 risk [rɪsk] 名 風險

I try to avoid risk when I invest my money.

我投資時都會盡量避開風險。

1303 risk [rɪsk] 動 冒險

The firefighter risked his life to save others.

那位消防隊員冒生命危險拯救他人。

1304 roar [ror] 動 大聲喊叫

My boss roared with anger.

我的老闆氣得大叫。

1305 roast [rost] 動 烤，烘烤

Mother roasted some beef for dinner.

媽媽烤了一些牛肉當晚餐。

1306 rob [rɑb] 動 搶劫

He was robbed last weekend.

他上週末被搶了。

1307 robber [`rɑbɚ] 名 搶劫者，強盜

The police officer shot at the robber.

警察朝搶匪開槍。

1308 robbery [`rɑbərɪ] 名 搶案

There were two bank robberies on Tuesday.

星期二發生兩起銀行搶案。

1309 robe [rob] 名 袍

The priest wore a long black robe.

神父穿著一件黑色長袍。

1310 rocket [`rɑkɪt] 名 火箭

He made a small rocket for his science project.

他為科學作業造了一枚小火箭。

1311 **role** [rol] 名 角色

Everyone has his own role to play.

每個人都有自己該扮演的角色。

1312 **rot** [rɑt] 動 腐爛，腐敗

The meat will rot if you leave it out.

如果你把肉晾在外頭，它就會腐爛。

1313 **rotten** [`rɑtn̩] 形 腐爛的

The eggs are rotten.

這些蛋壞掉了。

1314 **routine** [ru`tin] 名 例行公事

Going jogging is part of my daily routine.

慢跑是我每天的例行公事。

1315 **royal** [`rɔɪəl] 形 皇室的

Michelle was born into a royal family.

米雪兒出生於皇室家族。

1316 **rude** [rud] 形 粗魯的，無禮的

It's rude to talk when you are eating.

邊吃東西邊講話很沒禮貌。

1317 **ruler** [`rulɚ] 名 統治者，尺

The ruler was kind to his people.

這位統治者對自己的人民很仁慈。

1318 **rusty** [`rʌstɪ] 形 荒廢的，生鏽的

My German is a bit rusty.

我的德語有點荒廢了。

1319 **sack** [sæk] 名 袋，（俚）hit the sack 上床睡覺

I want to hit the sack.

我要去睡覺了。

1320 **safety** [`seftɪ] 名 安全

For safety, please put the baby in the back seat.

為安全起見，請把嬰兒置於後座。

1321 **sake** [sek] 名 利益，緣故

Howard went to university for his own sake.

霍爾念大學是為了自己。

1322 **salad** [ˋsæləd] 名 沙拉

She always has salad for lunch.

她午餐總是吃沙拉。

1323 **sample** [ˋsæmpḷ] 名 樣本

These are the free samples for the new cosmetics.

這些是新化妝品的免費試用品。

1324 **satisfactory** [ˏsætɪsˋfæktərɪ] 形 令人滿意的

She gave a satisfactory answer.

她給了一個令人滿意的答案。

1325 **satisfy** [ˋsætɪsˏfaɪ] 動 使滿意

My teacher wasn't satisfied with my homework.

我的老師對我的作業不滿意。

1326 **saucer** [ˋsɔsɚ] 名 茶碟

The cup and saucer don't match.

這杯子和碟子不成對。

1327 **sausage** [ˋsɔsɪdʒ] 名 香腸

Sausage goes well with garlic.

大蒜跟香腸很配。

1328 **scale** [skel] 名 刻度

This ruler has one scale in centimeters and another in inches.

這把尺有公分及英寸的刻度。

1329 **scarce** [skɛrs] 形 缺乏的

Fresh water was scarce after the typhoon.

颱風過後缺乏乾淨的水。

1330 **scarecrow** [ˋskɛrˏkro] 名 稻草人

The scarecrows will frighten birds away from the field.

稻草人會把田裡的鳥嚇跑。

1331 scarf [skɑrf] 名圍巾
My mom knitted a scarf for me this winter.
媽媽今年冬天織了一條圍巾給我。

1332 scary [ˋskɛrɪ] 形恐怖的
You shouldn't read scary stories before bedtime.
你不應該在睡前閱讀恐怖故事。

1333 scatter [ˋskætɚ] 動撒，散布
The toys were scattered all over the floor.
玩具散落一地。

1334 scenery [ˋsinərɪ] 名風景
This is the most beautiful scenery I've ever seen!
這是我見過最漂亮的風景了！

1335 schedule [ˋskɛdʒʊl] 名清單，時刻表
Do you have tonight's TV schedule?
你有今晚的電視節目時刻表嗎？

1336 scholar [ˋskɑlɚ] 名學者
Many scholar were invited to the conference.
許多學者應邀出席這場會議。

1337 scholarship [ˋskɑlɚˏʃɪp] 名獎學金
I obtained a scholarship for this semester.
我這學期獲得獎學金。

1338 scientific [ˏsaɪənˋtɪfɪk] 形科學的
The investigator used scientific methods to solve the case.
調查人員運用科學方法破案。

1339 scientist [ˋsaɪəntɪst] 名科學家
Many Jewish scientists were killed during World War II.
二次大戰期間有許多猶太科學家被殺。

1340 scoop [skup] 名一勺
Can I have two scoops of chocolate ice cream?
請給我兩球巧克力冰淇淋好嗎？

1341 **score** [skor] 名 分數

What is your score on the test?

你這次考試拿幾分？

1342 **scout** [skaʊt] 名 偵察兵，偵察機，童子軍

The commander sent a scout to spy on the enemy.

指揮官派偵察兵去打探敵軍。

1343 **scream** [skrim] 動 尖叫

The woman screamed when she was attacked in the park.

這女子在公園遭到攻擊時大聲尖叫。

1344 **screen** [skrin] 名 螢幕

That movie theater has a huge screen.

電影院有很大的螢幕。

1345 **screw** [skru] 名 螺絲釘

Please tighten the loose screw.

請把鬆掉的螺絲釘鎖緊。

1346 **scrub** [skrʌb] 動 用力擦洗，刷洗

The maid scrubs the floor once a week.

女傭每星期擦地板一次。

1347 **seal** [sil] 動 密閉，蓋章

He sealed the package with tape.

他用膠帶把包裹密封。

1348 **search** [sɝtʃ] 動 搜尋

They searched everywhere for the lost child.

他們到處尋找走失的小孩。

1349 **secret** [`sikrɪt] 名 秘密

Can you keep a secret?

你能保守祕密嗎？

1350 **security** [sɪ`kjʊrətɪ] 名 安全，保全措施

Security at the airport is very strict.

機場的保全措施非常嚴格。

1351 **seek** [sik] 動 搜索
The police officers are seeking the killer.
這些警察正在搜尋殺人犯。

1352 **seize** [siz] 動 抓住
We seized the opportunity to go abroad.
我們把握機會出國。

1353 **seldom** [\`sɛldəm] 副 不常
I seldom go hiking.
我很少去健行。

1354 **select** [sə\`lɛkt] 動 選擇
They selected a class leader.
他們選出一個班長。

1355 **semester** [sə\`mɛstɚ] 名 學期
There are two semesters in a year.
一年有兩個學期。

1356 **sensible** [\`sɛnsəbl̩] 形 通情達理的，明智的
Going to university is a sensible choice.
上大學是一個明智的選擇。

1357 **sensitive** [\`sɛnsətɪv] 名 敏感的，易受傷的
She has very sensitive skin.
她有敏感性膚質。

1358 **separate** [\`sɛpə͵ret] 動 分開
My parents sleep in separate beds.
我的父母分床睡。

1359 **serious** [\`sirɪəs] 形 嚴重的
His illness is getting more serious.
他的病情越來越嚴重了。

1360 **servant** [\`sɝvənt] 名 佣人
Few American families have servants.
很少有美國家庭雇用佣人。

1361 **sew** [so] 動 縫，縫製

My mother taught me how to sew.

媽媽教我如何縫紉。

1362 **sex** [sɛks] 名 性別，性，性行為

What sex is the baby?

這個小嬰兒是男生還是女生啊？

1363 **sexual** [ˋsɛkʃuəl] 形 性的，兩性的

It's never appropriate for teachers to have sexual relations with their students.

老師和學生發生性關係絕對是不恰當的。

1364 **sexy** [ˋsɛksɪ] 形 性感，迷人的

The girl is really sexy in her miniskirt.

那位女孩穿迷你裙真性感。

1365 **shadow** [ˋʃædo] 名 影子，陰暗的地方

There's a strange man hiding in the shadows.

有個奇怪的男人躲在陰暗處。

1366 **shady** [ˋʃedɪ] 形 多蔭的，可疑的

The old man walked along the shady path.

那老人沿著林蔭小路走。

1367 **shallow** [ˋʃælo] 形 淺的

The river is quite shallow.

這條河相當淺。

1368 **shame** [ʃem] 名 羞恥

Her behavior brought shame on her whole family.

她的行為讓全家人蒙羞。

1369 **shampoo** [ʃæmˋpu] 名 洗髮精

I use different shampoos every day.

我每天用不一樣的洗髮精。

1370 **share** [ʃɛr] 動 分享

May I share this cake with you?

我可以和你分享這個蛋糕嗎？

1371 **shave** [ʃev] 動 刮
Dad shaves three times a week.
爸爸一星期刮三次鬍子。

1372 **shepherd** [`ʃɛpəd] 名 牧羊人
The shepherd herded his sheep into the meadow.
牧羊人把羊群趕到草地上。

1373 **shiny** [`ʃaɪnɪ] 形 發光的，閃亮的
The stars wore shiny silver dresses.
明星們穿著閃亮的銀色洋裝。

1374 **shock** [ʃɑk] 名 震驚
My parents' divorce was a shock to me.
我父母離婚令我很震驚。

1375 **shoot** [ʃut] 動 發射
The police officer shot at him.
警察對他開槍。

1376 **shorten** [`ʃɔrtn̩] 動 縮短，減少
This new freeway shortens the trip.
新的高速公路縮短了行程。

1377 **shortly** [`ʃɔrtlɪ] 副 立刻，不久
I'm going to Germany shortly.
我過不久要去德國。

1378 **shorts** [ʃɔrts] 名 短褲
Jake likes to wear shorts when the weather is hot.
天氣炎熱時，杰克喜歡穿短褲。

1379 **shovel** [`ʃʌvl̩] 名 鏟子
The worker dug a ditch with a shovel.
工人用鏟子挖了一條溝。

1380 **shower** [`ʃauə] 名 淋浴，陣雨
I needed a hot shower after playing basketball.
打完籃球我需要沖個熱水澡。

1381 **shrimp** [ʃrɪmp] 名 蝦

The restaurant is famous for its grilled shrimp.

這家餐廳以烤蝦聞名。

1382 **shrink** [ʃrɪŋk] 動 收縮，縮短

My shirt shrank after my mom washed it.

我的襯衫被媽媽洗過之後縮水了。

1383 **sigh** [saɪ] 動 嘆息，嘆氣

I heard him sigh after he saw the sales report.

我聽到他看了業績報告之後在嘆氣。

1384 **signal** [`sɪgn̩] 名 信號，暗號

Give me a signal when you are ready.

準備好就跟我打個信號。

1385 **significant** [sɪg`nɪfəkənt] 形 有意義的

It's significant to all the people in the office who lost jobs.

這對所有辦公室裡失去工作的人意義重大。

1386 **silence** [`saɪləns] 名 寂靜

The speaker raised his hands and asked for silence.

主講者舉手請大家安靜。

1387 **silent** [`saɪlənt] 形 沈默的

The couple walked down the silent path.

這對伴侶沿著這條寂靜的小路走下去。

1388 **similar** [`sɪmələ] 形 相似的

The two pictures look similar.

這兩張照片看起來很相似。

1389 **similarity** [ˌsɪmə`lærətɪ] 名 類似

The similarity between the two writers is obvious.

這兩位作家的相似處非常明顯。

1390 **simply** [`sɪmplɪ] 副 簡單地，簡直地，只要

The old man was dressed simply.

這位老人衣著樸素。

1391 **sin** [sɪn] 名 罪孽

It's a sin to lie.

說謊是一種罪。

1392 **sincere** [sɪn`sɪr] 形 真心的

Please accept my sincere apology.

請接受我誠心的道歉。

1393 **single** [`sɪŋgl̩] 形 單一的，單身的

Is your brother still single?

你哥還是單身嗎？

1394 **sip** [sɪp] 名 一小口

May I have a sip of your coffee?

我可以喝一小口你的咖啡嗎？

1395 **situation** [͵sɪtʃʊ`eʃən] 名 處境

She is in a difficult situation now.

她正處於困境。

1396 **skate** [sket] 動 溜冰

Can you show me how to ice skate?

你能示範給我看要怎麼溜冰嗎？

1397 **ski** [ski] 名 滑雪，滑雪板，雪屐

I just bought a pair of new skis.

我剛剛買了新的雪屐。

1398 **skillful** [`skɪlfəl] 形 有技巧的

He is a skillful mechanic.

他是一位技術純熟的技師。

1399 **skinny** [`skɪnɪ] 形 瘦的

Harry is a skinny boy.

哈利是個瘦巴巴的男孩。

1400 **skip** [skɪp] 動 略過，漏掉

The teacher skipped me when she took the register.

老師點名時把我漏掉。

1401 **skirt** [skɝt] 名 裙子

The weather was too cold for her to wear a skirt.

天氣太冷了，她沒辦法穿裙子。

1402 **slave** [slev] 名 奴隸

Kevin's great grandfather was a slave.

凱文的曾祖父曾經是奴隸。

1403 **sleepy** [\`slipɪ] 形 想睡的

I always feel sleepy after lunch.

我吃完午餐後總是很想睡覺。

1404 **sleeve** [sliv] 名 袖子

Roll up your sleeves before you wash the dishes.

洗碗前先把袖子捲起來。

1405 **slender** [\`slɛndɚ] 形 苗條的

She was slender as a child.

她小時候很苗條。

1406 **slice** [slaɪs] 名 切片，片

I want a slice of pizza.

我想要一片披薩。

1407 **slim** [slɪm] 形 苗條的

She was very slim when I last saw her.

我上次看到她時，她還很瘦。

1408 **slip** [slɪp] 動 失足

Grandma slipped on the bathroom floor.

奶奶在浴室地板跌滑倒。

1409 **slippery** [\`slɪpərɪ] 形 滑的

The floor is very slippery.

地板非常滑。

1410 **slope** [slop] 名 坡，斜面

The house was built on a slope.

那棟房子蓋在斜坡上。

1411 **smooth** [smuð] 形 平滑的，平坦的

The new road is very smooth.

這條新路非常平。

1412 **snack** [snæk] 名 點心

He always has a snack when he comes home from school.

他放學回家後總是要吃點心。

1413 **snail** [snel] 名 蝸牛

There are snails all over on the riverbank.

河岸上到處都是蝸牛。

1414 **snap** [snæp] 動 拉斷

The branch snapped because of the heavy snow.

因為積雪太重，樹枝折斷了。

1415 **snowy** [`snoɪ] 形 下雪的，多雪的

We're having a snowy winter this year.

今年冬天多雪。

1416 **soccer** [`sakɚ] 名 足球

Michael is on the high school soccer team.

麥克是高中足球校隊。

1417 **social** [`soʃəl] 形 社會的，社交的

There are many social problem in our community.

我們社區有許多社會問題。

1418 **society** [sə`saɪətɪ] 名 社會

I want to live in France for a year so I can learn about French society.

我想在法國住一年，以了解法國社會。

1419 **soldier** [`soldʒɚ] 名 士兵，軍人

We need soldiers to protect our country.

我們需要軍人保家衛國。

1420 **solid** [`salɪd] 形 實心的，堅固的，純的

The ring is made of solid gold.

這只戒指是純金做的。

1421 **solution** [sə`luʃən] 名 解決方式

There is no solution to the problem.

這個問題沒有解決辦法。

1422 **solve** [sɑlv] 動 解決

She doesn't know how to solve this problem.

她不知道如何解決這個問題。

1423 **somebody** [`sʌm͵bɑdɪ] 代 某人

Somebody stole my bike.

有人偷了我的腳踏車。

1424 **someday** [`sʌm͵de] 副 有朝一日

Someday, I will see you again.

總有一天，我會再見到你。

1425 **somehow** [`sʌm͵haʊ] 副 不知怎麼

Somehow, I was able to swim to shore.

不知怎麼了，我竟然能游到對岸。

1426 **somewhat** [`sʌm͵hwɑt] 副 有點，稍微

The news was somewhat of a surprise.

這則新聞有點令人驚訝。

1427 **sore** [sor] 形 疼痛的，痠痛的

I have a sore back.

我的背痛。

1428 **sorrow** [`sɑro] 名 悲傷

The woman was filled with sorrow at the death of her husband.

面對丈夫過世，這位女性充滿悲傷。

1429 **sort** [sɔrt] 動 分類

The librarian sorted books by number.

圖書館員按照號碼將書分類。

1430 **source** [sors] 名 來源

Cherries are a good source of vitamin C.

櫻桃是很好的維他命C來源。

1431 **southern** [ˋsʌðən] 形 南方的

Miami is in southern Florida.

邁阿密位在佛羅里達的南部。

1432 **spade** [sped] 名 鏟子

The man dug in the garden with a spade.

男子用鏟子在花園裡挖洞。

1433 **spaghetti** [spəˋgɛtɪ] 名 義大利麵

I love spaghetti with white sauce.

我喜歡加奶油白醬的義大利麵。

1434 **specific** [spɪˋsɪfɪk] 形 特定的

Do I need any specific equipment to go mountain climbing?

登山需要特定的裝備嗎？

1435 **speed** [spid] 名 速度

The maximum speed of this car is 300 km per hour.

這輛車最高時速三百公里。

1436 **spelling** [ˋspɛlɪŋ] 名 拼寫

We will have a spelling contest tomorrow.

我們明天有一場拼字比賽。

1437 **spice** [spaɪs] 名 香料

Curry powder is made from a number of different spices.

咖哩粉是用多種香料製成。

1438 **spider** [ˋspaɪdɚ] 名 蜘蛛

Spiders have eight legs.

蜘蛛有八隻腳。

1439 **spill** [spɪl] 動 溢出，流出

Who spilled the milk on the floor?

是誰把牛奶灑在地上的？

1440 **spin** [spɪn] 動 旋轉

The neon light is spinning on the wall.

霓虹燈在牆上旋轉。

1441 **spirit** [ˋspɪrɪt] 名精神，志氣，心靈，幽靈

People say the castle is haunted by spirits.

人們說這座城堡鬧鬼。

1442 **spit** [spɪt] 動吐

In some countries, it's illegal to spit on the sidewalk.

在某些國家，在人行道上吐痰是違法的。

1443 **spite** [spaɪt] 名怨恨，惡意

He went out with his ex-girlfriend's sister out of spite.

他跟前女友的妹妹交往是出於怨恨。

1444 **splash** [splæʃ] 動濺，潑

A car splashed mud all over my pants.

一輛車濺起泥巴噴得我褲子都是。

1445 **spoil** [spɔɪl] 動寵愛，溺愛

You will spoil your children if you give them everything they ask for.

對孩子有求必應會把他們寵壞。

1446 **spot** [spɑt] 名斑點

The dog has spots all over his body.

這隻狗全身都是斑點。

1447 **sprain** [spren] 動扭傷

I sprained my ankle yesterday.

我昨天扭傷腳踝。

1448 **spray** [spre] 動噴液，噴灑

He sprayed paint all over the factory wall.

他在工廠的牆上噴滿油漆。

1449 **spread** [sprɛd] 動散播

The terrible rumor spread all over the country.

這個可怕的謠言傳遍了整個國家。

1450 **sprinkle** [ˋsprɪŋkḷ] 動點綴，撒

The cake is sprinkled with powdered sugar.

這個蛋糕上撒了糖霜。

1451 **spy** [spaɪ] 名 間諜

The spy was caught and put on trial for treason.

那名間諜被逮捕，以叛國罪受審。

1452 **squeeze** [skwiz] 動 擠，壓，榨

Mom squeezed some orange juice.

媽媽榨了一些柳橙汁。

1453 **stab** [stæb] 動 刺，刺入

A woman was stabbed to death in her home yesterday afternoon.

一名婦女昨天下午在家被人用刀捅死。

1454 **stable** [ˋstebḷ] 形 可信賴的，穩定的，牢固的

I just want to find a stable job.

我只想找一份穩定的工作。

1455 **stadium** [ˋstedɪəm] 名 體育場

The stadium was packed with people for the soccer game.

體育場擠滿了來看足球比賽的人。

1456 **stage** [stedʒ] 名 舞台

The students decorated the stage with balloons and ribbons.

學生用氣球和緞帶布置舞台。

1457 **stale** [stel] 形 不新鮮的，厭倦的

The bread is getting stale.

那麵包不新鮮了。

1458 **stamp** [stæmp] 名 郵票

Many children like to collect stamps.

許多小孩喜歡集郵。

1459 **standard** [ˋstændɚd] 名 標準，規範

Our school has high standards.

我們學校的規範很嚴格。

1460 **stare** [stɛr] 動 盯，凝視

It's not polite to stare at people.

盯著別人看是不禮貌的。

1461 **starve** [stɑrv] 動 餓死，非常餓

Many people starved to death in Ethiopia.

衣索比亞有很多人餓死。

1462 **statue** [ˋstætʃʊ] 名 雕像

There is a large statue in the public square.

在公共廣場上有一座大雕像。

1463 **steady** [ˋstɛdɪ] 形 平穩的，穩定的

I just want to find a steady job.

我只想要找一個穩定的工作。

1464 **steak** [stek] 名 牛排

We had steak for dinner.

我們晚餐吃了牛排。

1465 **steal** [stil] 動 偷，竊取

Someone stole my bicycle.

有人偷了我的腳踏車。

1466 **steam** [stim] 名 蒸氣

Steam rose from the boiling water.

煮沸的水冒出蒸氣。

1467 **stepchild** [ˋstɛp͵tʃaɪld] 名 配偶的前夫／妻所生的孩子，繼子／女

He is my stepchild.

他是我的繼子。

1468 **stepfather** [ˋstɛp͵fɑðɚ] 名 繼父

Bryan is my stepfather.

布萊恩是我的繼父。

1469 **stick** [stɪk] 名 枝條，柴枝，棍

Go gather some sticks for the fire.

去收集一些柴枝來生火。

1470 **sticky** [ˋstɪkɪ] 形 黏的

Little Jeff's hands were sticky after he finished the candy.

小傑夫吃完糖之後手黏兮兮的。

1471 **stiff** [stɪf] 形 僵硬的

I felt stiff after sitting down too long.

我坐太久了，感到很僵硬。

1472 **sting** [stɪŋ] 動 刺，螫，叮

A bee stung me on my back.

一隻蜜蜂叮了我的背。

1473 **stitch** [stɪtʃ] 動 縫，繡

The doctor stitched the cut on my leg.

醫生縫合了我腿上的傷口。

1474 **stocking** [ˋstɑkɪŋ] 名 長襪

She likes to wear silk stockings.

她喜歡穿長筒絲襪。

1475 **stomach** [ˋstʌmək] 名 胃

She had an upset stomach after eating the spicy food.

她吃了辛辣食物後胃部不適。

1476 **stool** [stul] 名 凳子，腳凳

Grandmother bought four stools at the mall.

奶奶從大賣場買了四張小凳子。

1477 **storm** [stɔrm] 名 暴風雨

There is a storm coming soon.

暴風雨快要來了。

1478 **stormy** [ˋstɔrmɪ] 形 風強雨大的

The stormy weather damaged all the roads.

狂風暴雨把所有道路破壞殆盡。

1479 **stove** [stov] 名 爐子

My mom made some coffee on the stove.

我媽媽用爐子煮咖啡。

1480 **straight** [stret] 形 筆直的

She has long straight hair.

她有一頭直髮。

1481 **stranger** [ˋstrendʒɚ] 名 陌生人

Never talk to strangers.

別和陌生人說話。

1482 **strategy** [ˋstrætədʒɪ] 名 策略，計謀，對策

The company is trying a new marketing strategy.

這家公司正在嘗試一種新的行銷策略。

1483 **straw** [strɔ] 名 吸管

I always drank soda with a straw.

我喝汽水一定會用吸管。

1484 **strawberry** [ˋstrɔ͵bɛrɪ] 名 草莓

Strawberries taste delicious.

草莓好好吃。

1485 **stream** [strim] 名 溪流

The stream runs through the mountains.

這條小溪流過群山重嶺間。

1486 **strength** [strɛŋθ] 名 力量，力氣

Lifting weights can help build strength.

舉重有助於增大力氣。

1487 **stress** [strɛs] 名 壓力

The young man can't deal with stress.

那個年輕人不會排解壓力。

1488 **strike** [straɪk] 動 打擊

She was struck by lightning.

她被閃電擊中。

1489 **strip** [strɪp] 動 剝，剝去，剝光

My brother stripped off his clothes and jumped into the lake.

我哥哥脫光衣服跳進湖裡。

1490 **structure** [ˋstrʌktʃɚ] 名 結構，構造

This building is 200 years old, but its structure is still sound.

這棟建築有兩百年的歷史，但結構還很堅固。

1491 **struggle** [ˋstrʌgl̩] 動 奮鬥，掙扎

The poor animal **struggles** to stand up.

這隻可憐的動物掙扎著想站起來。

1492 **stubborn** [ˋstʌbən] 形 倔強的，頑固的

He is a **stubborn** old man.

他是頑固的老頭子。

1493 **studio** [ˋstjudɪˏo] 名 攝影棚，影音製作公司

He works for a movie **studio**.

他在電影製作公司上班。

1494 **stuff** [stʌf] 動 把……裝滿，把……塞進

The doll is **stuffed** with cotton.

這個洋娃娃填充了棉花。

1495 **style** [staɪl] 名 風格，作風

I don't like the **style** of his writing.

我不喜歡他的寫作風格。

1496 **subject** [ˋsʌbdʒɪkt] 名 主題，科目

Math is my favorite **subject**.

數學是我最喜歡的科目。

1497 **substance** [ˋsʌbstəns] 名 物質

The water contains a poisonous **substance**.

這水裡含有一種有毒物質。

1498 **suburb** [ˋsʌbɜb] 名 郊區

My family lives in the **suburbs**.

我們家住在郊區。

1499 **subway** [ˋsʌbˏwe] 名 地下鐵

The **subway** is fast, clean, and comfortable.

地鐵迅速、乾淨又舒適。

1500 **succeed** [səkˋsid] 動 成功

I always knew that he would **succeed**.

我一直都知道他會成功的。

1501 **success** [sək`sɛs] ㊔成功

The performance was a great success.

這場表演非常成功。

1502 **successful** [sək`sɛsfəl] ㊒成功的

Tom is a very successful businessman.

湯姆是非常成功的商人。

1503 **suck** [sʌk] ㊖吸，吮，啜

Babies like to suck their thumbs.

嬰兒喜歡吸吮拇指。

1504 **sudden** [`sʌdn̩] ㊒突然的

There is a sudden curve in the road.

這條路有個急轉彎。

1505 **suffer** [`sʌfɚ] ㊖受苦，患病

Many people suffer from headaches.

很多人深受頭痛之苦。

1506 **sufficient** [sə`fɪʃənt] ㊒足夠的，充分的

He has sufficient savings to buy a house.

他的存款足夠買房子。

1507 **suggest** [sə`dʒɛst] ㊖建議

The waiter suggested that we try the steak.

服務生建議我們試試牛排。

1508 **suicide** [`suə͵saɪd] ㊔自殺，自殺行為

Japan has a high suicide rate.

日本的自殺率很高。

1509 **suit** [sut] ㊔套裝，西裝

He is wearing a black suit.

他穿了一套黑色西裝。

1510 **suitable** [`sutəbl̩] ㊒適當的，合適的

I'm afraid you aren't suitable for the position.

恐怕你不適合這個職位。

1511 **sum** [sʌm] 名 總額，一筆

He owes the bank a large sum of money.

他欠銀行一大筆錢。

1512 **summary** [ˋsʌmərɪ] 名 摘要，總結

He gave us a summary of what was discussed at the meeting.

他把會議上討論到的內容摘要給了我們。

1513 **summit** [ˋsʌmɪt] 名 頂峰，絕頂

Many people climbed to the summit to watch sunrise.

許多人爬到山頂看日出。

1514 **sunny** [ˋsʌnɪ] 形 陽光充足的

It is a sunny day today.

今天是晴天。

1515 **superior** [səˋpɪrɪɚ] 形 較好的，優秀的

The scholarship is awarded to superior students.

獎學金頒發給優秀學生。

1516 **supermarket** [ˋsupɚˏmɑrkɪt] 名 超級市場

Let's go shopping at the supermarket.

一起去超級市場買東西吧。

1517 **supply** [səˋplaɪ] 動 提供

This pipe supplies water to the whole community.

這條水管供水給整個社區。

1518 **support** [səˋport] 動 支持，養活

He works two jobs to support his family.

他兼兩份工作來養家。

1519 **suppose** [səˋpoz] 動 猜想，以為

What do you suppose he will do?

你想他會怎麼做？

1520 **surface** [ˋsɝfɪs] 名 表面，水面

The submarine rose to the surface.

該潛艇浮出水面。

1521 **surround** [sə`raʊnd] 動圍，圍繞

The star was surrounded by reporters.

這個明星被記者團團圍住。

1522 **survey** [sɚ`ve] 動考察，調查

Have you seen the results of the customer survey?

你看了客戶調查結果嗎？

1523 **survival** [sɚ`vaɪvḷ] 名倖存，殘存

The doctor said I had a 60% chance of survival.

醫生說我有 60%的存活機會。

1524 **survive** [sɚ`vaɪv] 動生存

People need to learn how to survive on their own.

大家應該學習如何自力更生。

1525 **survivor** [sɚ`vaɪvɚ] 名倖存者，生還者，殘存物

There was only one survivor from the car crash.

這場車禍只有一人生還。

1526 **swallow** [`swɑlo] 動嚥下，吞

These pills are hard to swallow.

這些藥丸很難吞。

1527 **swallow** [`swɑlo] 名燕子

Swallows like to build their nests under roofs.

燕子喜歡在屋頂下築巢。

1528 **swan** [swɑn] 名天鵝

The swans float gracefully on the lake.

天鵝優雅地浮在湖上。

1529 **swear** [swɛr] 動發誓，罵髒話

John swore he didn't steal the money.

約翰發誓錢不是他偷的。

1530 **sweat** [swɛt] 名汗，汗水

After jogging for an hour, the man was covered with sweat.

慢跑一小時之後，這男人渾身是汗。

1531 **sweater** [ˋswɛtɚ] 名 毛衣

I wear heavy sweaters in winter.

我在冬天穿厚毛衣。

1532 **swell** [swɛl] 動 腫起，腫脹

Joseph's thumb began to swell after he hit it with the hammer.

喬瑟夫的拇指被他用鐵鎚敲到之後開始腫脹。

1533 **swing** [swɪŋ] 名 鞦韆

There is a swing in my garden.

我的花園裡有一座鞦韆。

1534 **sword** [sord] 名 劍

The two knights fright with swords.

這兩個騎士拿劍互鬥。

1535 **symbol** [ˋsɪmbl̩] 名 符號，象徵

Doves are a symbol of peace.

鴿子是和平的象徵。

1536 **system** [ˋsɪstəm] 名 系統

The computer system keeps crashing and no one knows how to fix it.

電腦系統一直當機，沒有人知道怎麼修理。

1537 **tablet** [ˋtæblɪt] 名 藥片

The doctor told me to take two tablets after meals.

醫生告訴我三餐飯後吃兩顆藥。

1538 **tack** [tæk] 動 釘（圖釘）

Could you tack the notice on the board?

你可以將公告釘到板子上嗎？

1539 **tag** [tæg] 名 牌子，標籤

There is no tag on the luggage.

這件行李上沒有任何標籤。

1540 **tailor** [ˋtelɚ] 名 裁縫師

My dress was made by a French tailor.

我的洋裝是一位法國裁縫師做的。

1541 **talent** [`tælənt] 名 天才，天分

My brother has a talent for languages.

我哥哥很有語言天分。

1542 **talkative** [`tɔkətɪv] 形 多話的

Alvin is a lively and talkative boy.

艾文是個活潑健談的男孩。

1543 **tame** [tem] 形 溫順的，馴服的

The circus elephant is tame.

馬戲團的大象很溫順。

1544 **tangerine** [tændʒə`rin] 名 橘子

Tangerines contain a lot of vitamin C.

橘子含有豐富維他命 C。

1545 **tank** [tæŋk] 名 坦克車

The soldiers fired a missile at the tank.

士兵向那輛坦克車發射一枚飛彈。

1546 **tap** [tæp] 動 輕拍，輕叩

Everyone was tapping their feet to the music.

大家都隨著音樂用腳打拍子。

1547 **tape** [tep] 名 膠帶

The letter was sealed with tape.

這封信是用膠帶密封。

1548 **target** [`tɑrgɪt] 名 靶子，目標

The salesman didn't meet his sales target.

這個銷售人員沒有達到銷售目標。

1549 **task** [tæsk] 名 任務，工作

Baby-sitting is a difficult task for me.

當保母對我來說是件困難的工作。

1550 **tax** [tæks] 名 稅，稅金

We all have to pay taxes.

我們都必須納稅。

1551 **team** [tim] 名 隊伍，小組

John wants to join the school soccer team.

約翰想要加入足球校隊。

1552 **tear** [tɪr] 名 眼淚

My mother had tears in her eyes when I left for college.

我離家去上大學時，媽媽熱淚盈眶。

1553 **tease** [tiz] 動 戲弄，逗弄

Stop teasing your sister!

別捉弄你妹妹！

1554 **technical** [ˋtɛknɪkḷ] 形 專門的，技術性的

The spaceship launch has been delayed due to technical difficulties.

因為技術上的困難，太空梭一直延後發射。

1555 **technique** [tɛkˋnɪk] 名 技巧，技術

You need to learn some writing techniques to improve your writing.

你得學一些寫作技巧來增進寫作能力。

1556 **technology** [tɛkˋnɑlədʒɪ] 名 科技，技術

Technology advanced greatly in the 20th century.

二十世紀的科技進步神速。

1557 **teenager** [ˋtin͵edʒɚ] 名 青少年

Teenagers like pop music.

青少年喜歡流行音樂。

1558 **telephone** [ˋtɛlə͵fon] 名 電話

He asked that pretty girl for her telephone number.

他跟那漂亮女孩要了電話號碼。

1559 **television** [ˋtɛlə͵vɪʒən] 名 電視機

Don't sit to close to the television.

不要坐太靠近電視機。

1560 **temple** [ˋtɛmpḷ] 名 寺廟

The Buddhist temple is huge.

這座佛寺規模宏大。

1561 **tend** [tɛnd] 動 傾向，趨向

Parents tend to worry about their children.

父母往往容易擔心自己的孩子。

1562 **tender** [`tɛndɚ] 形（肉）嫩的，溫柔的

The steak was tender and juicy.

這牛排又嫩又多汁。

1563 **tennis** [`tɛnɪs] 名 網球

Tennis is one of my favorite sports.

網球是我最喜愛的運動之一。

1564 **tent** [tɛnt] 名 帳篷

We always sleep in a tent when we go camping.

我們去露營時總是睡在帳篷裡。

1565 **term** [tɝm] 名 學期

What classes are you taking this term?

你這學期修哪些課？

1566 **terrible** [`tɛrəbḷ] 形 可怕的，糟糕的

That was a terrible movie.

那是一部很糟糕的電影。

1567 **terrific** [tə`rɪfɪk] 形 很棒的

I had a terrific summer in the U.S.

我在美國過了一個很棒的夏天。

1568 **territory** [`tɛrə͵torɪ] 名 領土，地區，地盤

The country lost half of its territory in the war.

該國在戰爭中失去大半領土。

1569 **test** [tɛst] 名 測驗，考試

I didn't do well on the English test today.

我今天的英文考試考砸了。

1570 **text** [tɛkst] 名 文字，課文

The text of the article is blurry (blurred).

這篇文章的字跡模糊不清。

1571 **textbook** [ˋtɛkst͵bʊk] 名 教科書

Patty forgot to bring her English textbook today.

佩蒂今天忘了帶英文課本。

1572 **thankful** [ˋθæŋkfəl] 形 感謝的，感激的

Be thankful to those who help you.

對幫助你的人要心存感激。

1573 **theory** [ˋθiərɪ] 名 理論，學理

The scientist was unable to prove his theory.

這位科學家無法證明他的理論。

1574 **therefore** [ˋðɛr͵for] 副 因此

She isn't home yet, therefore she couldn't come to the party.

她到現在還沒回家，因此無法前來參加宴會。

1575 **thick** [θɪk] 形 厚的

Is the ice on the lake thick enough as to skate on?

這座湖上的冰夠厚，可以在上邊溜冰嗎？

1576 **thief** [θif] 名 小偷

The police caught the thief as he was trying to escape.

警察在小偷試圖逃跑時抓到他。

1577 **thin** [θɪn] 形 薄的，細瘦的

Most women want to be thin.

大多數女人都想變瘦。

1578 **thirst** [θɜst] 名 口渴，渴望

His thirst for knowledge drove him to study diligently.

他對知識的渴望促使他用功讀書。

1579 **thirsty** [ˋθɜstɪ] 形 口渴的

I felt hot and thirsty after exercising.

運動完我覺得又熱又渴。

1580 **thread** [θrɛd] 名 線，絲

I sewed the button on my jacket with a needle and thread.

我用針線把外套上這個鈕扣縫好。

1581 **threat** [θrɛt] 名威脅，恐嚇

The police are investigating the bomb threat.

警方正在調查這起炸彈威脅。

1582 **threaten** [`θrɛtn̩] 動威脅，恐嚇

The criminal threatened to kill all the hostages.

惡徒揚言要殺害全部人質。

1583 **throat** [θrot] 名喉嚨

Our teacher had a sore throat yesterday.

昨天我們的老師喉嚨痛。

1584 **through** [θru] 片穿越

The train went through the tunnel.

火車穿越過隧道。

1585 **throughout** [θru`aʊt] 片遍及

It was hot throughout the day.

今天一整天都很熱。

1586 **thumb** [θʌm] 名拇指

I sprained my thumb playing basketball.

我打籃球的時候扭傷了拇指。

1587 **thunder** [`θʌndɚ] 名雷

The sound of thunder filled the air.

雷聲響徹空中。

1588 **tickle** [`tɪkl̩] 動呵癢，逗……笑

The grandfather tickled his baby grandson.

那個祖父給他的寶寶孫子呵癢。

1589 **tide** [taɪd] 名潮水，趨勢

The tide will start to rise in about an hour.

大概再過一小時就會開始漲潮。

1590 **tidy** [`taɪdɪ] 形整潔的

Mary's room is always tidy.

瑪麗的房間一直都很整潔。

1591 **tight** [taɪt] 形 緊的，不鬆動的
The knot is so tight that I can't untie it.
這個結好緊，我解不開。

1592 **tighten** [ˋtaɪtn̩] 動 使變緊，使繃緊
The mechanic tightened a few screws on my bicycle.
技師把我腳踏車上幾個螺絲鎖緊。

1593 **timber** [ˋtɪmbɚ] 名 木材，木料
The timber is carried by truck to the sawmill.
木材是由卡車運到鋸木廠。

1594 **tissue** [ˋtɪʃu] 名 面紙，衛生紙，（動植物的）組織
Can you hand me a tissue?
可以給我一張面紙嗎？

1595 **title** [ˋtaɪtl̩] 名 標題，書名
What's the title of your essay?
你的論文標題是什麼？

1596 **toast** [tost] 名 吐司 動 烤
I had eggs and toast for breakfast.
我早餐吃了蛋和吐司。

1597 **tobacco** [təˋbæko] 名 菸草（製品）
Cigars are made from tobacco.
雪茄是用菸草做的。

1598 **toe** [to] 名 腳趾
I hurt my toe in a soccer game last week.
上星期我踢足球傷到腳趾。

1599 **tofu** [ˋtofu] 名 豆腐
Tofu is made from soybeans.
豆腐是用黃豆製成。

1600 **toilet** [ˋtɔɪlɪt] 名 馬桶，盥洗室
Don't forget to flush the toilet.
不要忘了沖馬桶。

1601 **tomato** [tə`meto] 名 番茄

Ketchup is made from tomatoes.

番茄醬是用番茄做的。

1602 **tongue** [tʌŋ] 名 舌頭

I burned my tongue when drinking coffee.

我喝咖啡時燙到舌頭。

1603 **tooth** [tuθ] 名 牙齒

You should brush your teeth after every meal.

你每餐飯後都必須刷牙。

1604 **topic** [`tɑpɪk] 名 主題

Today's discussion topic is the entertainment industry.

今天的討論主題是娛樂業。

1605 **toss** [tɔs] 動 拋，擲幣

The players tossed a coin to decide who would serve first.

球員投擲硬幣來決定誰先發球。

1606 **tough** [tʌf] 形 結實的，咬不動的，堅韌的

The meat will get tough if you cook it too long.

如果你煮太久，肉會變得太老。

1607 **tour** [tʊr] 名 遊覽

We meet on a tour of the Great Wall yesterday.

我們昨天去萬里長城玩碰到。

1608 **tourism** [`tʊrɪzəm] 名 旅遊業，觀光業

The government has launched a new tourism campaign.

政府推出新的觀光宣傳活動。

1609 **tourist** [`tʊrɪst] 名 旅遊者，觀光者

The town is full of tourists in the summer.

這座城鎮夏天擠滿遊客。

1610 **tow** [to] 動 拖，拉

If you park in a red zone, your car may be towed.

如果你停在紅線區，你的車可能會被拖吊。

1611 towel [`tauəl] 名 毛巾

He dried himself with a towel after he got out of the shower.

他沖完澡之後用毛巾把自己擦乾。

1612 trace [tres] 名 痕跡，遺跡

There is not a trace of the deer.

那裡絲毫沒有鹿的蹤跡。

1613 track [træk] 名 軌道足跡，小道

Be careful when you cross the train tracks.

穿越火車鐵軌時要小心。

1614 trade [tred] 名 貿易

The country's economy depends on foreign trade.

這個國家的經濟仰賴對外貿易。

1615 trader [`tredɚ] 名 商人，交易人

I'd like to be a stock trader when I grow up.

我長大後要當股票交易員。

1616 tradition [trə`dɪʃən] 名 傳統

The lion dance is an ancient Chinese tradition.

舞獅是中國古老的傳統。

1617 traditional [trə`dɪʃənl̩] 形 傳統的

We are a traditional Chinese family.

我們是一個傳統的中國家庭。

1618 traffic [`træfɪk] 名 交通，交通量，車陣

I got stuck in traffic on the way home.

我回家的路上被困在車陣中。

1619 trail [trel] 名 痕跡，小徑

There is a trail leading to the seashore.

有一條小徑通到海岸。

1620 transport [træns`pɔrt] 動 運送，運輸

They need to transport the victim to the nearest hospital as soon as possible.

他們必須盡快將受難者運送到最近的醫院。

1621 **trap** [træp] 名陷阱，圈套

The hunter caught the bear in a trap.

獵人用陷阱抓到熊。

1622 **trash** [træʃ] 名廢物，垃圾

After the hurricane, trash was scattered everywhere.

颶風過後，垃圾到處散落。

1623 **travel** [`trævḷ] 動旅行

I want to travel around Africa after finishing school.

我完成學業後想去非洲各地旅行。

1624 **traveler** [`trævələ] 名旅行者，旅客，遊客

This hotel is popular with travelers.

這家旅館深受遊客喜愛。

1625 **treasure** [`trɛʒə] 名寶藏

The pirates buried their treasure near the beach.

海盜把寶藏藏在海灘附近。

1626 **treat** [trit] 動對待，款待

How does your company treat its employees?

的公司對待員工如何？

1627 **treat** [trit] 名請客，難得的樂事

Dinner is my treat.

晚餐我請客。

1628 **tremble** [`trɛmbḷ] 動震顫，發抖

He was trembling with anger.

他氣得發抖。

1629 **trend** [trɛnd] 名趨勢，傾向，潮流

Many women like to follow fashion trends.

許多女性喜歡追隨時尚潮流。

1630 **trial** [traɪl] 名審判，試用，考驗

The criminal was given a fair trial.

這名罪犯獲得了公平的審判。

1631 **triangle** [ˋtraɪ͵æŋgḷ] 名三角形

A triangle has three sides.

三角形有三個邊。

1632 **tribe** [traɪb] 名部落，種族

There are many different tribes on this small island.

這座小島上有許多不同的部落。

1633 **trick** [trɪk] 名戲法，詭計

I know a few magic tricks.

我懂一些魔術戲法。

1634 **trick** [trɪk] 動哄騙

The salesperson tricked me into buying a bunch of stuff I didn't need.

這個推銷員騙我買了一堆我不需要的東西。

1635 **tricky** [ˋtrɪkɪ] 形機警的，足智多謀的

Foxes are really tricky and not easily caught.

狐狸非常機警，不容易被抓到。

1636 **troop** [trup] 名軍隊，部隊

The general ordered his troops to retreat.

將軍命令他的軍隊撤退。

1637 **tropical** [ˋtrɑpɪkḷ] 形熱帶的，位於熱帶的

I love the tropical climate in Thailand.

我喜歡泰國的熱帶氣候。

1638 **trousers** [ˋtraʊzɚz] 名長褲

He needs a new pair of trousers.

他需要一條新的長褲。

1639 **trumpet** [ˋtrʌmpɪt] 名喇叭，小號

He's a good trumpet player.

他是很好的喇叭手。

1640 **trunk** [trʌŋk] 名樹幹

Jimmy tripped over a tree trunk and hurt his leg.

吉米絆到一根樹幹，傷了腿。

1641 **trust** [trʌst] 動 信任

My parents don't trust me.

我父母不信任我。

1642 **truth** [truθ] 名 實話，事實，真相

Do you swear to tell the truth?

你發誓你說的都會是實話？

1643 **truthful** [\`truθfəl] 形 誠實的，講真話的，坦率的

They are truthful children.

他們是誠實的孩子。

1644 **tub** [tʌb] 名 浴缸，桶

The mother bathed her baby in the tub.

媽媽把她的嬰兒放進浴缸裡洗澡。

1645 **tug** [tʌg] 動 用力拉

Don't tug on my skirt, or you'll stretch it.

別拉我的裙子，否則會被你拉鬆。

1646 **tulip** [\`tulɪp] 名 鬱金香

We went to some beautiful tulip gardens in Holland.

我們在荷蘭去了幾個美麗的鬱金香花園。

1647 **tumble** [\`tʌmbl̩] 動 跌倒，滾下

He slipped and tumbled down the stairs.

他滑了一下，從樓梯上摔下來。

1648 **tune** [tjun] 名 曲調，歌曲，旋律

The radio is playing my favorite tune.

廣播正在播放我最喜歡的歌曲。

1649 **turkey** [\`tɝkɪ] 名 火雞

I have a turkey sandwich for lunch every day.

我每天午餐都吃火雞肉三明治。

1650 **turtle** [\`tɝtl̩] 名（海）龜

Turtles have hard shells covering their bodies.

烏龜有硬殼覆蓋著身體。

1651 **tutor** [`tjutɚ] 名家庭教師，私人教師

He needs a tutor to help with his math.

他需要請一位家教補習數學。

1652 **twig** [twɪg] 名細枝，嫩枝

The ground was covered with twigs from the trees.

地上都是樹上掉下來的小樹枝。

1653 **twin** [twɪn] 名孿生兒，雙胞胎

Those twins look exactly alike.

那對雙胞胎長得一模一樣。

1654 **twist** [twɪst] 動扭轉，扭彎，旋轉

He twisted his head and looked over his shoulder.

他轉動頭部往背後看。

1655 **type** [taɪp] 名種類

What type of car do you drive?

你開哪一種車子？

1656 **typhoon** [taɪ`fun] 名颱風

Japan was hit by a huge typhoon.

日本受到強烈颱風的侵襲。

1657 **typical** [`tɪpɪkḷ] 形典型的，有代表性

I grew up in a typical Chinese family.

我生長於典型的中國家庭。

1658 **ugly** [`ʌglɪ] 形醜的

I think modern art is ugly.

我覺得現代藝術很醜。

1659 **umbrella** [ʌm`brɛlə] 名雨傘

She left her umbrella on the bus.

她把傘掉在公車上了。

1660 **underwear** [`ʌndɚ͵wɛr] 名內衣褲

I don't have any clear underwear to wear today.

我今天沒半條乾淨的內衣褲可以穿。

1661 **uniform** [ˋjunə͵fɔrm] 名 制服

We all look the same in our school uniforms.

我們穿學校制服看起來都一樣。

1662 **union** [ˋjunjən] 名 工會，聯合會，協會

The union plans to go on strike next week.

工會計劃下週罷工。

1663 **unite** [juˋnaɪt] 動 聯合，團結

The people unite against the invaders.

人民團結一致對抗侵略者。

1664 **universe** [ˋjunə͵vɝs] 名 宇宙，天地萬物

Scientists believe that the universe is still expanding.

科學家認為宇宙還在不斷擴大。

1665 **unless** [ʌnˋlɛs] 片 如果不，除非

I won’t talk to him again unless he apologizes.

我不會再和他說話了，除非他道歉。

1666 **upon** [əˋpɑn] 介 在（到）……上面

The man climbed upon his horse.

這男子爬到馬背上。

1667 **upper** [ˋʌpɚ] 形 上面的

The rooms on the upper floors of the hotel are more expensive because they have a better view.

這間飯店的高樓層房間比較貴，因為景觀比較好。

1668 **upset** [ʌpˋsɛt] 動（使）心煩意亂，（使）生氣，（使）難過

The bad news upset me.

這個壞消息使我心煩意亂。

1669 **user** [ˋjuzɚ] 名 使用者

The number of intemet users is rapidly growing.

網路使用者的人數快速成長中。

1670 **usual** [ˋjuʒʊəl] 形 平常的

Ten o’clock is our usual bedtime.

十點是我們平常睡覺的時間。

1671 **vacation** [veˋkeʃən] 名 假期

Do you have any plans for your summer vacation?

你的暑假有任何計畫嗎？

1672 **valley** [ˋvælɪ] 名 山谷

A small river runs through the valley.

一條小河流經山谷。

1673 **valuable** [ˋvæljʊəbl] 形 值錢的，貴重的

Platinum is more valuable than gold.

白金比黃金更貴重。

1674 **value** [ˋvælju] 名 價值

My father taught me the value of hard work.

我父親教我努力工作的價值。

1675 **vanish** [ˋvænɪʃ] 動 突然不見，消失

The magician made the rabbit vanish.

那個魔術師把兔子變不見了。

1676 **variety** [vəˋraɪətɪ] 名 多樣化，種類

You should eat a variety of fruits and vegetables.

你應該要吃各種水果跟蔬菜。

1677 **various** [ˋvɛrɪəs] 形 各種的，形形色色的

We sell various brands of cellphones.

我們販賣各種品牌的手機。

1678 **vary** [ˋvɛrɪ] 動 使不同，變更，修改

My work schedule varies from week to week.

我的工作行程表每個禮拜都不同。

1679 **vest** [vɛst] 名 背心，防護背心

The policeman survived because of his bulletproof vest.

這名警察因為穿了防彈背心而保住一命。

1680 **vice-president** [ˋvaɪs ˋprɛzədənt] 名 副總統

The vice-president didn't agree with the president.

副總統不同意總統的意見。

1681 **victim** [ˋvɪktɪm] 名 犧牲者，遇難者

The murderer buried his victims in his backyard.

殺人犯把受害者埋在他家後院。

1682 **victory** [ˋvɪkətrɪ] 名 勝利

The basketball team won their first victory today.

籃球隊今天拿到了他們第一場勝利。

1683 **video** [ˋvɪdɪˏo] 名 錄影帶

He made a video of his wedding.

他替自己的婚禮拍了一支錄影帶。

1684 **village** [ˋvɪlɪdʒ] 名 村莊

My grandfather lives in a small village in the mountains.

我的爺爺住在山上的小村莊裡。

1685 **violence** [ˋvaɪələns] 名 暴力

Domestic violence is a serious social problem.

家庭暴力是一個嚴重的社會問題。

1686 **violet** [ˋvaɪəlɪt] 形 紫羅蘭色的

She wore a violet dress to the party.

她穿一件紫色洋裝去參加晚宴。

1687 **violin** [ˏvaɪˋlɪn] 名 小提琴

He studied the violin for three years.

他學過三年的小提琴。

1688 **visible** [ˋvɪzəbḷ] 形 看得見的

Blood cells are only visible under a microscope.

血球只有在顯微鏡下才看得到。

1689 **vision** [ˋvɪʒən] 名 視力，洞察力，眼光

The young man has good vision.

那年輕人視力很好。

1690 **visitor** [ˋvɪzɪtɚ] 名 訪客

We greeted the visitors with champagne and fruit.

我們用香檳和水果歡迎訪客。

1691 **vitamin** [`vaɪtəmɪn] 名 維他命

Tomatoes are rich in vitamin C.

番茄含有豐富維他命 C。

1692 **vivid** [`vɪvɪd] 形 鮮豔的，鮮明的，生動的

She likes wearing vivid colors.

她喜歡穿鮮豔的色彩。

1693 **vocabulary** [və`kæbjə,lɛrɪ] 名 字彙

My homework for English is to memorize a vocabulary list.

我的英文作業是背一張單字表。

1694 **volleyball** [`vɑlɪ,bɔl] 名 排球

I was a member of the national volleyball team.

我曾經是排球國家代表隊的一員。

1695 **volume** [`vɑljəm] 名 容積，量，音量

What is the volume of the Earth?

地球的體積有多大？

1696 **vote** [vot] 動 投票

I was too young to vote in the presidential election.

我年紀太小，無法在總統大選投票。

1697 **voter** [`votɚ] 名 投票人，選民

The voters waited in line for two hours while they fixed the broken voting machine.

他們修理壞掉的投票機，選民排隊等了兩小時。

1698 **wag** [wæg] 動 搖，擺動

Dogs wag their tails when they're happy or excited.

狗快樂或興奮時會搖尾巴。

1699 **wagon** [`wægən] 名 運貨馬車

The horse pulled the wagon up the hill.

馬拉著馬車上山。

1700 **waist** [west] 名 腰部

Most models have thin waists.

大多數模特兒的腰都很瘦。

1701 **waiter** [`wetɚ] 名 男服務生

We asked the waiter for more water three times, but he never brought any.
我們向服務生要了三次水，但他都沒拿來。

1702 **wake** [wek] 動 醒來，叫醒，吵醒

Grandma wakes up early every morning.
奶奶每天都很早醒來。

1703 **waken** [`wekn̩] 動 醒來，睡醒，吵醒

I was wakened by her screaming.
我被她的尖叫聲吵醒。

1704 **wallet** [`wɑlɪt] 名 皮夾

He pulled out his big fat wallet.
他拿出他那又大又鼓的皮夾。

1705 **wander** [`wɑndɚ] 動 漫遊，閒逛

We wandered around the market looking at the local crafts.
他在市場到處找當地的藝品。

1706 **warmth** [wɔrmθ] 名 溫暖，親切

The penguins huddled together for warmth.
企鵝擠成一團取暖。

1707 **warn** [wɔrn] 動 警告，告誡

My mother warned me it would be cold in Alaska, so I brought a heavy coat.
我媽警告我阿拉斯加會很冷，所以我帶了一件厚外套。

1708 **waterfall** [`wɔtɚ͵fɔl] 名 瀑布

The waterfall we saw while hiking was at least twenty feet high!
我們登山時看到的瀑布至少有二十呎高！

1709 **watermelon** [`wɔtɚ͵mɛlən] 名 西瓜

The watermelon is sweet and juicy.
這個西瓜甜又多汁。

1710 **wave** [wev] 動 揮手

I waved to her as the train left the station.
火車離開車站時，我向她揮手。

1711 **wax** [wæks] 名 蠟，蜂蠟

There is a thin layer of wax on his car.

他的車子表面有層薄薄的蠟。

1712 **weaken** [ˋwikən] 動 變弱，變衰弱

Adding water to the soup will weaken the spices.

在湯裡加水會減輕辣度。

1713 **wealthy** [ˋwɛlθɪ] 形 富有的

Most wealthy people pay someone to manage their money.

大多數有錢人會付錢請人幫他們理財。

1714 **weapon** [ˋwɛpən] 名 武器

A baseball bat is sometimes considered a weapon.

棒球棒有時被視為是一種武器。

1715 **weave** [wiv] 動 編織

The spider wove a web in the tree.

蜘蛛在樹上結了一個蜘蛛網。

1716 **weed** [wid] 名 雜草，野草

There were weeds among the flowers.

在花朵旁有許多雜草。

1717 **weekday** [ˋwikˏde] 名 工作日，週間

Carl never drinks on weekdays.

卡爾在工作日從不喝酒。

1718 **weep** [wip] 動 哭泣，流淚

The woman wept for days after her husband's death.

丈夫過世後，這名女子哭了好幾天。

1719 **western** [ˋwɛstən] 形 西方的

We live in western Oregon.

我們住在俄勒岡州西部。

1720 **wet** [wɛt] 形 濕的

We've had wet weather for weeks!

這裡的天氣已經好幾個星期都濕答答的！

1721 **whale** [wel] 名 鯨

The whale traveled from Alaska to Hawaii with its new baby.

鯨魚帶著牠的新生兒從阿拉斯加游到夏威夷。

1722 **whatever** [hwɑtˋɛvɚ] 代 不管什麼

Whatever happens, you know I'll be there for you.

不論發生什麼事，你都會有我支持。

1723 **wheat** [hwit] 名 小麥

Wheat is rich in protein.

小麥含有豐富的蛋白質。

1724 **wheel** [hwil] 名 車輪

A bicycle has two wheals.

腳踏車有兩個車輪。

1725 **whip** [hwɪp] 動 鞭打

The slave was whipped by his master.

奴隸被他的主人鞭打。

1726 **whistle** [ˋhwɪsl̩] 動 吹口哨，鳴笛，吹哨子

The man whistled at the sexy woman.

男子對那個性感的女子吹口哨。

1727 **wicked** [ˋwɪkɪd] 形 惡劣的，討厭的，有害的

Fairy tales are full of wicked witches.

童話故事總是充滿邪惡的女巫。

1728 **widen** [ˋwaɪdn̩] 動 加寬

The street is too narrow; it needs to be widened.

這條街太窄了，需要拓寬。

1729 **width** [wɪdθ] 名 寬度

The shoes are available in different widths.

這雙鞋有不同的寬度尺寸可挑。

1730 **wild** [waɪld] 形 野生的

I prefer eat wild salmon to farmed salmon.

我喜歡吃野生鮭魚勝過養殖鮭魚。

1731 **willing** [`wɪlɪŋ] 形 願意的

Are you willing to work on weekends?

你願意在周末工作嗎？

1732 **willow** [`wɪlo] 名 柳，柳樹

Willows usually grow near water.

柳樹通常生長在水邊。

1733 **windy** [`wɪndɪ] 形 刮風的，風大的

It's windy today.

今天的風很大。

1734 **wing** [wɪŋ] 名 翅膀

The bird spread its wings and flew away.

鳥展翅飛走了。

1735 **wink** [wɪŋk] 動 使眼色，眨眼

That man winked at me!

那個男人在對我眨眼耶！

1736 **wisdom** [`wɪzdəm] 名 智慧，才智

I admire my grandmother for her wisdom.

我很佩服我祖母的智慧。

1737 **wise** [waɪz] 形 有智慧的，聰明的

It's not very wise to spend more money than you make.

花得比賺得多是非常不智的行為。

1738 **within** [wɪ`ðɪn] 介 在……範圍裡

You have to finish this work within ten days.

你必須在十天內完成這項工作。

1739 **without** [wɪ`ðaʊt] 介 沒有

I am not leaving without you.

沒有你我就不走。

1740 **wolf** [wʊlf] 名 狼

The wolf chased the rabbit through the forest.

狼追著兔子跑過森林。

1741 **wonder** [ˋwʌndɚ] 動 想知道、納悶

I wonder what would happen if I pushed this button?

我很好奇如果按下這按鈕會發生甚麼事情？

1742 **wonderful** [ˋwʌndɚfəl] 形 極好的

We had a wonderful time in Spain.

我們在西班牙度過美好的時光。

1743 **wooden** [ˋwʊdn̩] 形 木製的

The cigars come in a wooden box.

雪茄裝在木製的盒子裡。

1744 **worth** [wɝθ] 形 有……價值的，值得的

How much do you think this car is worth?

你覺得這輛車值多少錢？

1745 **wound** [wund] 名 傷口

Keep your wound away from water.

不要讓你的傷口碰到水。

1746 **wrist** [rɪst] 名 腕，腕關節

She wore a diamond bracelet on her wrist.

她在手腕上戴了一只鑽石手環。

1747 **yard** [jɑrd] 名 院子

Megan’s mother grows vegetables in her yard.

梅根的媽媽在家後院裡種菜。

1748 **yawn** [jɔn] 動 打呵欠

The sleepy boy yawned in class.

這個想睡覺的男孩上課時打哈欠。

1749 **yell** [jɛl] 動 叫喊，吼叫

Why are you always yelling at me?

為什麼你總是對我大吼大叫？

1750 **yolk** [jok] 名 蛋黃

The recipe calls for three egg yolks.

這個食譜需要三個蛋黃。

1751 **youngster** [ˋjʌŋstɚ] 名小孩，年輕人

The new dance is popular with youngsters.

這種新舞蹈很受年輕人喜歡。

1752 **youth** [juθ] 名青春，青少年時期

Jimmy spent his youth in the United States.

吉米在美國度過青春。

1753 **zebra** [ˋzibrə] 名斑馬

Zebra are closely related to horses.

斑馬跟馬是血緣近似的物種。

1754 **zipper** [ˋzɪpɚ] 名拉鍊

The zipper on my pants is broken.

我褲子的拉鍊壞了。

1755 **zone** [zon] 名地區，地帶

This is a non-smoking zone, so you'll have to put out that cigarette.

這是禁菸區，你必須把菸熄掉。

Level 2
多益650字彙

0001 **abdomen** [ˋæbdəmən] 名 腹部

I felt a sharp pain in my abdomen.

我感到腹部一陣刺痛。

0002 **absolute** [ˋæbsəˏlut] 形 根本的

What you said was absolute nonsense.

你說的根本是胡說八道。

0003 **absorb** [əbˋsɔrb] 動 吸收

The color black can absorb heat.

黑色會吸熱。

0004 **abstract** [ˋæbstrækt] 形 抽象的

The painting is abstract and difficult to understand.

這幅畫既抽象又難懂。

0005 **academic** [ˏækˋdɛmɪk] 形 學術的，學業的

The academic research has been cancelled due to lack of funding.

因為缺乏經費，這個學術研究被取消了。

0006 **accompany** [əˋkʌmpənɪ] 動 陪伴

I have to accompany my grandparents to the market every weekend.

我每個週末都必須陪伴祖父母去市場。

0007 **accomplish** [əˋkʌmplɪʃ] 動 完成

The soldier hasn't accomplished the mission yet.

那個士兵還沒有完成任務。

0008 **accurate** [ˋækjərɪt] 形 正確的

The figures on this report are not accurate.

這個報告數字並不正確。

0009 **acid** [ˋæsɪd] 形 酸的

Acid rain damages the soil.

酸雨會破壞土壤。

0010 **actress** [ˋæktrɪs] 名 女演員

She dreams of becoming an actress in Hollywood.

她夢想成為好萊塢女演員。

0011 **actually** [ˋæktʃuəlɪ] 副 實際上，竟然

I can't believe I actually passed the test.

我不敢相信，我竟然通過了測驗。

0012 **adapt** [əˋdæpt] 動 適應

Every time my family moved, I had to adapt to a new environment.

每搬一次家我就得適應新環境。

0013 **adjective** [ˋædʒɪktɪv] 名 形容詞

"Late" can be both an adjective and an adverb.

Late 這個字可以當形容詞，也可以當副詞。

0014 **admiration** [ˌædməˋreʃən] 名 欽佩

I was filled with admiration for her courage.

我對她的勇氣深感敬佩。

0015 **admission** [ədˋmɪʃən] 名 許可

The school sent an admission letter to the student.

那間學校寄了一封入學許可給那個學生。

0016 **advertisement** [ˌædvɚˋtaɪzmənt] 名 廣告

Did you see the advertisement on TV yesterday?

你昨天有看見電視上的廣告嗎？

0017 **agency** [ˋedʒənsɪ] 名 經銷商，代理，仲介

Mary works at a real estate agency.

瑪莉在一家房屋仲介工作。

0018 **agent** [ˋedʒnt] 名 代理商，仲介人

The insurance agent called me every day for a week.

那個保險經紀人整個星期每天都打電話給我。

0019 **aggressive** [əˋgrɛsɪv] 形 積極進取的，侵略性的

Football players need to be aggressive to succeed.

足球選手需要積極才能求勝。

0020 **agreeable** [əˋgriəbl̩] 形 宜人的

We'll go picnicking if the weather is agreeable tomorrow.

如果明天天氣不錯，我們會去野餐。

0021 **agreement** [ə'grimənt] 名 同意，協議

The two companies reached an agreement.

這兩家公司達成協議。

0022 **AIDS** [edz] 名 愛滋病

Lots of children are suffering from AIDS.

很多小孩為愛滋病所苦。

0023 **alcohol** [`ælkə,hol] 名 酒類，含酒精飲料

I don't drink alcohol.

我不喝酒。

0024 **allowance** [ə`launəs] 名 零用錢

My parents give me a weekly allowances.

我爸媽每星期給我零用錢。

0025 **amazement** [ə`mezmənt] 名 驚愕

To my amazement, he passed the exam.

真是嚇了我一跳，他通過考試了。

0026 **ambulance** [`æmbjələns] 名 救護車

There were many ambulances parked outside the hospital.

很多救護車停在醫院外面。

0027 **ancestor** [`ænsɛstɚ] 名 祖先

My ancestors came from England.

我的祖先來自英格蘭。

0028 **anniversary** [,ænə`vɝsərɪ] 名 週年紀念日

Today is our wedding anniversary.

今天是我們結婚週年紀念日。

0029 **announcement** [ə`naunsmənt] 名 宣布

We couldn't hear the announcement in the noisy hall.

在吵雜的大廳裡我們聽不見宣布的內容。

0030 **anyone** [`ɛnɪ,wʌn] 代 任何一個人

Don't tell anyone about the news.

別把這消息告訴任何人。

0031 **anywhere** [ˋɛnɪ͵hwɛr] 名 任何地方

Just take me to anywhere you want.

帶我到任何你想去的地方。

0032 **apologize** [əˋpɑlə͵dʒaɪz] 動 道歉

My girlfriend apologized for what she said.

我女朋友為她所說的話道歉。

0033 **approach** [əˋprotʃ] 動 接近

The magician approached the children.

魔術師走向小朋友們。

0034 **Asia** [ˋeʃə] 名 亞洲

Taiwan and Japan are both in Asia.

台灣和日本均位於亞洲。

0035 **Asian** [ˋeʃən] 形 亞洲的，亞洲人

Asian food is very popular in California.

亞洲食物在加州非常熱門。

0036 **assume** [əˋsjum] 動 假設

I assume that you didn't bring your math book today?

我看你今天應該是沒帶數學課本吧？

0037 **Australia** [ɔˋstreljə] 名 澳洲

Australia is both a country and a continent.

澳洲是一個國家，也是一個洲。

0038 **Australian** [ɔˋstreljən] 名 澳洲人

People from australia are called australians.

澳洲來的人稱為澳洲人。

0039 **available** [əˋveləb!] 形 有空的

When are you available?

你什麼時候有空？

0040 **backpack** [ˋbæk͵pæk] 名 背包

Ron carried his books in a backpack.

朗恩把書裝在背包裡帶著。

0041 **battery** [ˋbætərɪ] 名 電池

This toy took six batteries to run!

這個玩具要六個電池才跑得動！

0042 **bedroom** [ˋbɛd͵rum] 名 臥室

My bedroom is my favorite place to read and study.

我最喜歡閱讀和用功的地方是我的臥室。

0043 **beginning** [bɪˋgɪnɪŋ] 名 開始

This is a new beginning in my life.

這是我人生新的開始。

0044 **bike** [baɪk] 名 腳踏車

Shelly got a bike for her birthday.

雪莉在生日的時候收到一台腳踏車。

0045 **biography** [baɪˋɑgrəfɪ] 名 傳記

My favorite biography is that of Benjamin Franklin.

班哲明富蘭克林的傳記是我喜歡的傳記。

0046 **biology** [baɪˋɑlədʒɪ] 名 生物學

I passed my biology exam.

我通過生物考試了。

0047 **blade** [bled] 名 刀口，刃

The sword has a sharp blade.

這把刀的刀刃很利。

0048 **blame** [blem] 名 罪過

He put all the blame on me.

他將所有責備都怪在我身上。

0049 **blend** [blɛnd] 動 混合

We blended fruit with milk and sugar to make a tasty drink.

我們混合了水果和牛奶、糖，做成好喝的飲料。

0050 **blink** [blɪŋk] 動 眨眼

Don't blink while I'm putting the medicine in your eye.

我在幫你點眼藥時，不要眨眼。

0051 **blush** [blʌʃ] 動 臉紅
She blushed when the boy kissed her.
男孩親吻她的時候，她臉紅了。

0052 **boast** [bost] 動 自誇，吹噓
She boasts a lot about how much money her father makes.
她很愛吹噓她爸爸賺很多錢。

0053 **bookstore** [ˋbʊk͵stor] 名 書店
Many bookstores are going out of business.
許多書店要關門大吉了。

0054 **bored** [bord] 形 無聊的
She was bored in the history class.
她上歷史課時覺得很悶。

0055 **boring** [ˋborɪŋ] 形 乏味的
The movie was so boring that I fell asleep in the theater.
這部電影好無聊，我在電影院睡著了。

0056 **borrow** [ˋbɑro] 動 借入
I borrowed some money from my brother.
我向我弟借了些錢。

0057 **bracelet** [ˋbreslɪt] 名 手鐲
The woman has several bracelets on her left wrist.
那個女士的左腕上有好幾個手鐲。

0058 **bravery** [ˋbrevərɪ] 名 勇敢
The warriors of that tribe are famous for their bravery.
那個部落的戰士以勇敢著稱。

0059 **breed** [brid] 動 繁殖
Many animals breed in the spring.
許多動物在春天繁殖。

0060 **bridegroom** [ˋbraɪ͵grum] 名 新郎
The bridegroom wore a black suit and white shirt.
新郎身穿黑色西裝與白色襯衫。

0061 **Britain** [ˋbrɪtən] 名 英國，大不列顛

She'd like to go to Britain to study literature someday.

她未來想要到英國讀文學。

0062 **British** [ˋbrɪtɪʃ] 名 英國人

The British are famous for their afternoon tea parties.

英國人以他們的下午茶聞名。

0063 **brutal** [ˋbrutl̩] 形 殘忍的

The brutal battle lasted for two days.

殘忍的戰鬥持續了兩天。

0064 **bulletin** [ˋbʊlətɪn] 名 公告，新聞快報

Steve listened to a news bulletin on the radio.

史帝夫透過廣播收聽新聞快報。

0065 **burglar** [ˋbɝglɚ] 名 盜賊，闖空門的賊

The police finally caught the burglar.

警察終於抓到這名盜賊。

0066 **bus stop** [ˋbʌs ˋstɑp] 名 公車站牌

Peter waited at the bus stop for half an hour.

彼得在公共汽車站等了半小時。

0067 **businessman** [ˋbɪznɪs͵mən] 名 商人

Sheila's father is a businessman.

席拉的父親是生意人。

0068 **buzz** [bʌz] 名 嗡嗡聲

I heard a buzz and then saw a bee trying to eat my cake.

我聽到一陣嗡嗡聲，然後看到一隻蜜蜂想吃我的蛋糕。

0069 **cabinet** [ˋkæbənɪt] 名 櫃子

The first aid kit is in the bathroom cabinet.

急救箱在浴室的櫃子裡。

0070 **calculate** [ˋkælkjə͵let] 動 計算

Mom calculated how much we spent during the trip.

媽媽算出我們這趟旅行花了多少錢。

0071 campaign [kæm`pen] 名活動

There is a campaign to raise funds for the homeless.

有個為遊民募款的活動。

0072 camping [`kæmpɪŋ] 名露營

They went camping last weekend.

他們上週末去露營。

0073 Canada [`kænədə] 名加拿大

Canada is known for its beautiful scenery.

加拿大以風景優美著稱。

0074 Canadian [kə`nedɪən] 名加拿大人

It's hard to tell Canadians from Americans.

加拿大人和美國人很難分辨。

0075 candidate [`kændədet] 名候選人

None of the Candidates for the job met the qualifications.

這個工作的所有應徵者都不符合資格。

0076 cape [kep] 名披肩

If you put on this cape, you'll be warmer.

披上這件披肩，你會比較暖和。

0077 care [kɛr] 名在意，關懷

I don't care if he's late, as long as he shows up!

我不在意他是不是遲到，只有他有來就好！

0078 career [kə`rɪr] 形職業的

She's a career woman.

她是個職業婦女。

0079 career [kə`rɪr] 名職業，事業

Taking this job will be good for your career.

接受這個工作將有助於你的職涯（規劃）。

0080 careless [`kɛrlɪs] 形粗心的

I failed my math test because I was too careless.

我太粗心了，所以數學考試不及格。

0081 **carve** [kɑrv] 動 雕刻

The student carved his name on the desk.

學生在書桌上刻上自己的名字。

0082 **catalog** [`kætəlɔg] 名 目錄

Sam likes to order items from the catalog.

山姆喜歡從郵購目錄裡訂購東西。

0083 **CD** [`si `di] 名 雷射唱片

I like to collect jazz CDs.

我喜歡收集爵士樂 CD。

0084 **cellphone** [`sɛl`fon] 名 手機，行動電話

Cellphones are popular now.

手機現在很普遍。

0085 **certainly** [`sɝtənlɪ] 副 確實地

He certainly knows how to dress well.

他的確非常了解如何打扮。

0086 **chairman** [`tʃɛrmən] 名 主席，董事長

Allen was elected chairman of the committee.

艾倫被選為委員會的主席。

0087 **characteristic** [ˌkærəktə`rɪstɪk] 名 特徵，特色

Brian has all the characteristics of a good student.

布萊恩具備了所有好學生的特徵。

0088 **charity** [`tʃærətɪ] 名 慈善

My mother gives ten percent of her salary to charity.

我媽媽將月薪十分之一捐給慈善機構。

0089 **cheerleader** [tʃɪr`lidɚ] 名 啦啦隊員

The cheerleader is popular among the students.

這個啦啦隊員在學生間很受歡迎。

0090 **chemistry** [`kɛmɪstrɪ] 名 化學

My favorite subject in school was chemistry.

我以前在學校最喜歡的科目是化學。

0091 **cherish** [ˋtʃɛrɪʃ] 動 珍惜

You should cherish what you have in life.

你應該珍惜生命中所擁有的。

0092 **China** [ˋtʃaɪnə] 名 中國

China is becoming the most popular tourist destination in the world.

中國正在成為全球最受歡迎的旅遊目的地。

0093 **Chinese** [tʃaɪˋniz] 名 中文

Chinese is difficult for me to learn.

學中文對我來說很困難。

0094 **Chinese** [tʃaɪˋniz] 名 中國人

The Chinese enjoy eating many dishes at each meal.

中國人喜歡一餐吃很多道菜。

0095 **chopsticks** [ˋtʃɑp͵stɪks] 名 筷子

Using chopsticks is more difficult than using a fork.

用筷子比用叉子難。

0096 **chore** [tʃor] 名 雜事

I have to do chores every day after school.

每天放學後我都得做家事。

0097 **chubby** [ˋtʃʌbɪ] 形 圓胖的，嬰兒肥的

My younger sister is getting chubby.

我妹妹變得越來越圓了。

0098 **cigar** [sɪˋgɑr] 名 雪茄

The old man likes to smoke expensive cigars.

那老人喜歡抽昂貴的雪茄。

0099 **circulate** [ˋsɝkjə͵let] 動 循環

Blood circulates through the body.

血液在人體裡循環。

0100 **clap** [klæp] 動 鼓掌

The audience clapped after the performance.

觀眾在表演後鼓掌。

0101 **classify** [`klæsəfaɪ] 動 分類

The librarian classified the books by subject.

圖書管理員按主題將書籍分類。

0102 **classleader** [`klæs `lidɚ] 名 班長

The hardworking student has been the classleader for 3 years.

那個用功的學生當了三年的班長。

0103 **classmate** [`klæs,met] 名 同班同學

We are classmates.

我們是同班同學。

0104 **classroom** [`klæs,rum] 名 教室

The student is in the classroom.

那個學生在教室裡。

0105 **climax** [`klaɪmæks] 名 頂點，高潮

The movie came to its climax when the murderer was hanged.

這部電影在兇手被吊死時，到達整部片的最高潮。

0106 **clumsy** [`klʌmzɪ] 形 笨手笨腳的

The clumsy student searched for his pencil in the bag.

那個笨手笨腳的學生在書包裡找鉛筆。

0107 **cockroach** [`kɑk,rotʃ] 名 蟑螂

Mother saw a cockroach in the kitchen sink.

媽媽在廚房水槽裡看到一隻蟑螂。

0108 **code** [kod] 名 密碼

The expert can't break the code.

那專家無法破解密碼。

0109 **collapse** [kə`læps] 動 坍塌，（情緒）崩潰

The old lady collapsed after hearing of her only son's death.

老婦人聽到她獨子的死訊就崩潰了。

0110 **combination** [,kɑmbə`neʃən] 名 組合

The thief couldn't open the safe because he didn't know the combination.

小偷不知道密碼，打不開保險箱。

0111 comic book [ˋkɑmɪk bʊk] 名 漫畫書
Students like to read comic books.
學生喜歡看漫畫書。

0112 commander [kəˋmændɚ] 名 指揮官
The commander ordered his men to attack the enemy.
指揮官命令部屬攻擊敵人。

0113 competition [kɑmpəˋtɪʃən] 名 競賽
Who won the singing competition?
誰贏了歌唱大賽？

0114 composition [ˏkampəˋzɪʃən] 名 作文
His English composition was so good that people thought it was written by a native speaker.
他的英文作文好到讓人以為是英文母語人士寫的。

0115 computer game [kəmˋpjɪtɚ gem] 名 電腦遊戲
Many of the new computer games are too violent for young children.
許多新電腦遊戲對幼童而言太過暴力。

0116 concentrate [ˋkɑnsənˏtret] 動 專心
Please concentrate in class.
上課請集中精神。

0117 considerate [kənˋsɪdərɪt] 形 體貼的
It was considerate of you to help the elderly couple.
你能幫助老人真是體貼。

0118 contact lens [ˋkɑntækt ˏlɛnz] 名 隱形眼鏡
Wearing contact lenses too long will damage your eyes.
隱形眼鏡戴太久會傷害你的眼睛。

0119 container [kənˋtenɚ] 名 容器
We need some containers to store noodles.
我們需要一些容器來裝麵條。

0120 convenience [kənˋvinjəns] 名 便利
We prefer the convenience of living in the city.
我們比較喜歡在城市生活的便利性。

0121 **convenience store** [kən`vinjəns stor] 名 便利商店

There is a convenience store on the corner.

在街角有一間便利商店。

0122 **convince** [kən`vɪns] 動 說服

Please convince Tom not to quit his job.

請說服湯姆不要辭職。

0123 **cooking** [`kʊkɪŋ] 名 烹飪

We don't have a cooking class at school.

我們學校沒有烹飪課。

0124 **cousin** [`kʌzn̩] 名 堂、表親（兄弟姊妹）

Tommy is my cousin.

湯米是我的表哥。

0125 **cow** [kaʊ] 名 母牛

Cows produce milk.

母牛生產牛乳。

0126 **cream** [krim] 名 奶油，乳脂

He likes lots of cream in his coffee.

他喜歡在咖啡裡加很多奶精。

0127 **credit card** [`krɛdɪt kɑrd] 名 信用卡

Credit cards are also called plastic money.

信用卡又被稱作塑膠貨幣。

0128 **crispy** [`krɪspɪ] 形 脆的，酥的，鬆脆的

The cookies are really crispy.

這些餅乾真是酥脆。

0129 **criticize** [`krɪtɪˏsaɪz] 動 批評

Don't criticize people behind their back.

不要在背後批評人。

0130 **curiosity** [ˏkjʊrɪ`ɑsətɪ] 名 好奇

I asked you the question just out of curiosity.

我是出於好奇才問你這問題。

0131 curve [kɝv] 名 彎曲、彎道

Watch out for the dangerous curve ahead.

小心前面的危險彎道。

0132 damage [ˋdæmɪdʒ] 動 傷害

The storm damaged the bridge.

暴風雨把橋摧毀了。

0133 damp [dæmp] 形 潮溼的

It is damp and cold in winter here.

這裡冬天又溼又冷。

0134 dancing [ˋdænsɪŋ] 名 舞蹈

Dancing is a good way to lose weight.

跳舞是減肥的好方法。

0135 deadline [ˋdɛd͵laɪn] 名 最後期限

I can't finish the work by the deadline.

我無法如期完成工作。

0136 decrease [dɪˋkris] 動 減少

The temperature decreased from ten degrees to zero.

氣溫從十度降到零度。

0137 defeat [dɪˋfit] 動 擊敗

We defeated the other team ten to one.

我們以十比一打敗另一隊。

0138 defend [dɪˋfɛnd] 動 防守

We study karate so we can defend ourselves.

我們學空手道以自衛防身。

0139 delighted [dɪˋlaɪtɪd] 形 高興的

I'm delighted that you decided to come see me.

真高興你決定來看我。

0140 demand [dɪˋmænd] 動 要求

The student president demanded to see the principal.

學生會主席要求見校長。

0141 **department store** [dɪ`pɑrtmənt stor] 名 百貨公司

I went shopping at the department store.

我去百貨公司購物。

0142 **depress** [dɪ`prɛs] 動 使沮喪

The news always depresses me.

新聞報導總是讓我沮喪。

0143 **depressed** [dɪ`prɛst] 形 感到沮喪的

I was so depressed when I saw my score.

看到成績時，我很沮喪。

0144 **deserve** [dɪ`zɝv] 動 應得，值得

You deserve better than that!

你應該得到更好的對待！

0145 **despite** [dɪ`spaɪt] 介 盡管

Despite his illness, he still works very hard.

儘管身上有病痛，他還是很努力工作。

0146 **detect** [dɪ`tɛkt] 動 察覺

The radar detected an enemy plane.

雷達偵測到敵機。

0147 **detective** [dɪ`tɛktɪv] 名 偵探

The wife hired a private detective to spy on her husband.

那位太太雇用一名私家偵探去查探她的先生。

0148 **determination** [dɪˌtɝmə`neʃən] 名 決心

Success lies in great determination.

成功來自於堅毅的決心。

0149 **devote** [dɪ`vot] 動 將……奉獻給，致力於

The teacher has devoted herself to education.

那位老師獻身於教育。

0150 **dialogue** [`daɪˌlɔg] 名 對話，對白

The dialogue in that play is well written.

那部戲的對白寫得很好。

0151 **digest** [daɪˋdʒɛst] 動 消化
The situation is hard to digest.
這裡的情況變得很難處理。

0152 **dining room** [ˋdaɪnɪŋ rum] 名 飯廳
We have dinner in the dining room every evening.
我們每晚都在飯廳裡用餐。

0153 **diplomat** [ˋdɪpləmæt] 名 外交官
Dad wanted to be a diplomat when he was young.
爸爸年輕時想當外交官。

0154 **disappointment** [ˏdɪsəˋpɔɪntmənt] 名 失望
The movie turned out to be a disappointment.
這部電影結果很令人失望。

0155 **disaster** [dɪˋzæstɚ] 名 災難
The earthquake was a major disaster.
這場地震是場大災難。

0156 **disco** [ˋdɪsko] 名 迪斯可舞廳
Let's go dancing at the disco.
一起去迪斯可舞廳跳舞。

0157 **discourage** [dɪsˋkɝɪdʒ] 動 勸阻
Mom discouraged me from going hiking alone in the mountains.
媽媽勸阻我不要單獨去山裡健行。

0158 **disguise** [dɪsˋgaɪz] 動 偽裝
The robber was disguised as a policeman.
搶匪偽裝成警察。

0159 **dismiss** [dɪsˋmɪs] 動 解散，下課
We were dismissed early because of the holiday.
我們因為節日而提早下課。

0160 **dispute** [dɪˋspjut] 名 爭論
The two men had a dispute over the result of the football game.
那兩個男人為了美式足球比賽的結果而爭吵。

0161 **distinct** [dɪs`tɪŋkt] 形 明顯的

There are distinct differences between the two copies.

這兩份拷貝有很明顯的差異。

0162 **disturb** [dɪs`tɝb] 動 打擾

Don't disturb me while I am studying.

我在讀書時不要打擾我。

0163 **divorce** [dɪ`vors] 動 離婚

They divorced after their first wedding anniversary.

結婚一週年過後，他們就離婚了。

0164 **dodge ball** [`dɑdʒ bɔl] 名 躲避球

Most elementary school students love to play dodge ball.

大多數小學生都喜歡玩躲避球。

0165 **dolphin** [`dɑlfɪn] 名 海豚

We can go to Kenting for the dolphin show.

我們可以去墾丁看海豚秀。

0166 **downstairs** [`daʊnˏstɛrz] 副 在樓下

I went downstairs for dinner.

我下樓吃晚餐。

0167 **doze** [doz] 動 打瞌睡

I dozed off when I was on the bus.

我搭公車時打起瞌睡來。

0168 **dozen** [`dʌzn̩] 名 一打

Grandma bought a dozen eggs at the supermarket.

奶奶在超市買了一打雞蛋。

0169 **draw** [drɔ] 動 畫圖

Tina is busy drawing.

蒂娜正忙著畫畫。

0170 **drawing** [`drɔɪŋ] 名 畫圖，圖畫

My teacher saw my drawings and noticed that I had talent.

我的老師看到我的畫，注意到我有天分。

0171 **dresser** [ˋdrɛsɚ] 名 化妝台

Mary has a dresser in her bedroom.

瑪莉在她的臥房有個化妝台。

0172 **drier** [ˋdraɪɚ] 名 烘乾機，吹風機

The hair drier doesn't work.

這台吹風機壞了。

0173 **dye** [daɪ] 動 染色

Don't dye your hair blue.

不要把頭髮染成藍色。

0174 **ear** [ɪr] 名 耳朵

The pirate wore an earring in his left ear.

這個海盜的左耳戴著耳環。

0175 **Easter** [ˋistɚ] 名 復活節

Children like to paint Easter eggs on Easter.

小朋友喜歡在復活節彩繪復活節蛋。

0176 **economic** [ˏikəˋnɑmɪk] 形 經濟的

The government predicts economic growth of 4% this year.

政府預測今年的經濟會成長 4 個百分點。

0177 **edition** [ɪˋdɪʃən] 名 版，版本

That edition of the book is not available now.

那本書的這一版現在買不到。

0178 **eighteenth** [eˋtinθ] 形 第十八的

She was born on August eighteenth.

她生於八月十八日。

0179 **eighth** [eθ] 形 第八的

He was the eighth runner to finish the marathon.

他在這場馬拉松賽跑第八名。

0180 **electrical** [ɪˋlɛktrɪkḷ] 形 電力學的，電的

There was an electrical problem with the airplane and it wasn't allowed to take off.

飛機發生電力問題，不准起飛。

0181 **elegant** [`ɛləgənt] 形 優雅的

The elegant bride walked down the aisle accompanied by her father.

那個優雅的新娘由爸爸陪伴著走紅毯。

0182 **elementary school** [ˏɛlə`mɛntərɪ skul] 名 小學

His mother teaches at an elementary school.

他的媽媽在小學教書。

0183 **eleventh** [ɪ`lɛvn̩θ] 形 第十一的

The apartment on the eleventh floor is for rent.

這棟公寓的十一樓要出租。

0184 **eliminate** [ɪ`lɪməˏnet] 動 消除，消滅，淘汰

The cockroaches in the kitchen are all eliminated.

廚房裡的蟑螂全被消滅了。

0185 **e-mail** [`iˏmel] 名 電子郵件

People seldom write letters now; they usually send e-mails.

人們現在很少寫信了，通常寄電子郵件。

0186 **embarrass** [ɪm`bærəs] 動 使尷尬

The girl was embarrassed.

這女孩覺得很尷尬。

0187 **emerge** [ɪ`mɝdʒ] 動 浮現

The train emerged from the tunnel.

火車從隧道出現。

0188 **emphasis** [`ɛmfəsɪs] 名 強調

The politician placed emphasis on the importance of a free press.

這位政治人物強調新聞自由的重要性。

0189 **employment** [ɪm`plɔɪmənt] 名 聘雇

The unemployed young man turned to an employment agency for help.

那個失業的年輕人向職業介紹所求助。

0190 **enable** [ɪn`ebl̩] 動 使能夠

The medicine enables you to sleep better.

這個藥可以讓你睡得比較好。

0191 **enforce** [ɪn`fors] 動 實施，執行

The law should be enforced to protect people's property.

法律應該要來執行保護人民的財產。

0192 **engagement** [ɪn`gedʒmənt] 名 訂婚

Their engagement was kept a secret until one month before the wedding.

他們訂婚一事一直保密，直到婚禮前一個月才公布。

0193 **Englishman** [`ɪŋglɪʃ͵mən] 名 英國人

The Englishman worked as a doctor in India, helping the poor.

那位英國人在印度行醫，幫助窮人。

0194 **enormous** [ɪ`nɔrməs] 形 巨大的

The Golden Gate Bridge is an enormous structure.

金門大橋是一座龐大的建築結構。

0195 **entertain** [͵ɛntɚ`ten] 動 使歡樂

The purpose of the movie is to entertain people.

這部電影的目的就是娛樂大眾。

0196 **enthusiasm** [ɪn`θuzɪ͵æzəm] 名 熱心

Our teacher's enthusiasm is contagious.

我們老師的熱忱很有感染力。

0197 **escalator** [`ɛskə͵letɚ] 名 電扶梯

When taking the escalator, please stand on the right.

搭電扶梯時，請站右側。

0198 **essential** [ɪ`sɛnʃəl] 形 必要的，不可或缺的

To pass the exam, it is essential that you study hard.

要通過考試，用功念書是免不了的。

0199 **establish** [ə`stæblɪʃ] 動 建立

The foundation was established one year ago.

這個基金會於一年前創立。

0200 **Europe** [`jʊrəp] 名 歐洲

Spain is in Europe.

西班牙位於歐洲。

0201 **European** [ˌjurəˋpiən] 形 歐洲的

European culture is much different than American culture.

歐洲文化和美國文化大不相同。

0202 **eve** [iv] 名 前夕

They will go to church on Christmas eve.

他們耶誕夜會上教堂。

0203 **everybody** [ˋɛvrɪˌbɑdɪ] 代 每個人

Everybody has to be here on Sunday.

每個人星期天都得來這裡。

0204 **everyone** [ˋɛvrɪˌwʌn] 代 每一個人

Everyone in the class has a locker.

班上每個人都有一個置物櫃。

0205 **everything** [ˋɛvrɪˌθɪŋ] 代 每一件事

Don't worry, everything is under control.

別擔心，一切都在掌握之中。

0206 **everywhere** [ˋɛvrɪˌhwɛr] 副 每一個地方

I've been everywhere in Taiwan.

我到過台灣的每個地方。

0207 **evidence** [ˋɛvədəns] 名 證據

There is no evidence that he has committed a crimes.

沒有任何他犯罪的證據。

0208 **examinee** [ɪgˌzæməˋni] 名 應試者

Examinees are not allowed to wear any electronic devices.

考生不得佩戴任何電子儀器。

0209 **excited** [ɪkˋsaɪtɪd] 形 感到興奮的

I'm so excited about the trip to Japan this weekend.

我好興奮這個週末要去日本旅行。

0210 **exciting** [ɪkˋsaɪtɪŋ] 形 令人激動的

The baseball game last night was really exciting.

昨晚的棒球賽真的很刺激。

0211 expand [ɪk`spænd] 動 擴大

My boss hopes to expand his business.

我的老闆希望擴大他的事業版圖。

0212 expectation [ˌɛkspɛk`teʃən] 名 期望，期待

His grades didn't meet his parents' expectations.

他的成績沒有達到父母親的期望。

0213 expense [ɪk`spɛns] 名 費用，開支

Karen's monthly expenses exceeded her budget.

卡倫每月的開支超出了預算。

0214 explanation [ˌɛksplə`neʃən] 名 解釋

You owe me an explanation.

你欠我一個解釋。

0215 explore [ɪk`splor] 動 探險

This area has never been explored before.

這個地區過去從來沒有被探險過。

0216 faithful [`feθfəl] 形 忠實的，忠誠的

The man is faithful to his wife.

男子對他的妻子很忠實。

0217 fame [fem] 名 名氣

He is a musician of international fame.

他是一個享譽國際的音樂家。

0218 fancy [`fænsɪ] 形 別緻的，花俏的

Michelle likes to wear fancy clothes.

麥克喜歡穿花俏的衣服。

0219 fantastic [fæn`tæstɪk] 形（好到）難以置信的，棒的

The movie was fantastic.

這部電影實在太棒了！

0220 fantasy [`fæntəsɪ] 名 空想，夢想

Mike has a fantasy about becoming president.

麥克幻想成為總統。

0221 **farewell** [ˋfɛrˋwɛl] 形 告別的

They threw a farewell party for me.

他們為我舉行了一場歡送派對。

0222 **fast food** [ˋæstˋfud] 名 速食

Most fast food is unhealthy.

大部分的速食都不健康。

0223 **fast food restaurant** [fæst fudˋrɛstərənt] 名 速食店

Most children like to eat at fast food restaurants.

小孩大多喜歡在速食店用餐。

0224 **fatal** [ˋfetḷ] 形 致命的

He witnessed a fatal accident.

他親眼目睹一場死亡意外。

0225 **feast** [fist] 名 大餐，大吃大喝

We had a huge Christmas feast at my grandmother's house.

我們在祖母家吃了一頓耶誕大餐。

0226 **fetch** [fɛtʃ] 動 拿來，去拿……給

Could you fetch me a towel, please?

可以請你去拿毛巾來給我嗎？

0227 **fiction** [ˋfɪkʃən] 名 小說

I like reading fiction in my spare time.

我喜歡在空閒時閱讀小說。

0228 **fierce** [fɪrs] 形 兇猛的，殘酷的

The storm was fierce and caused serious damage.

暴風雨非常劇烈，造成嚴重損害。

0229 **fifteenth** [fɪfˋtinθ] 形 第十五的

Anne was born on November fifteenth.

安妮在十一月十五號出生。

0230 **fifth** [fɪfθ] 形 第五的

Kevin is in the fifth grade now.

凱文現在五年級。

0231 **finally** [ˋfaɪnəlɪ] 副 最後，終於

Her boyfriend finally asked her to marry him.

她男朋友終於跟她求婚。

0232 **finance** [faɪˋnæns] 動 提供資金給……，為……籌措資金

We took out a loan to finance the house.

我們貸了一筆錢買房子。

0233 **financial** [faɪˋnænʃəl] 形 財政的，金融的

The firm is having financial difficulties.

這間公司有財務困難。

0234 **fire station** [ˋfaɪr ˋsteʃən] 名 消防局

There is a fire station next to the gas station.

加油站旁邊有間消防局。

0235 **firecracker** [ˋfaɪr͵krækɚ] 名 爆竹，鞭炮

We set off firecrackers on Chinese New Year's Eve.

我們在除夕夜會放鞭炮。

0236 **firework** [ˋfaɪr͵wɝk] 名 煙火

We went to a fireworks display yesterday.

我們昨天去看煙火表演。

0237 **fishing** [ˋfɪʃɪŋ] 名 釣魚

My family goes fishing every Sunday.

每週日我們家都會去釣魚。

0238 **fist** [fɪst] 名 拳打，拳

The nurse told me to make a fist so that she could give me a shot.

護士叫我握緊拳頭，她才能幫我打針。

0239 **flat tire** [ˋflæt ˋtaɪr] 名 爆胎

It's terrible to have a flat tire on the freeway.

在高速公路上爆胎很可怕。

0240 **flatter** [ˋflætɚ] 動 諂媚

Don't try to flatter me!

別想拍我馬屁！

0241 **flee** [fli] 動逃走

All the gangsters fled when the police came.

警察來的時候，幫派分子全跑光了。

0242 **flexible** [`flɛksəbḷ] 形可彎曲的，有彈性的

The plastic hose is flexible.

塑膠水管是可彎曲的。

0243 **flower shop** [`flaʊɚʃɑp] 名花店

The flower shop made a fortune on Valentine's Day.

這間花店在情人節大撈一筆。

0244 **fluent** [`flʊənt] 形流利的，流暢的

She can speak fluent Spanish.

她的西班牙語說得很流利。

0245 **flunk** [flʌŋk] 動（口）不及格

I flunked my math exam.

我數學考不及格。

0246 **flush** [flʌʃ] 動沖洗

Don't forget to flush the toilet.

別忘了沖馬桶。

0247 **flute** [flut] 名長笛

She plays the flute very well.

她長笛吹得很好。

0248 **forbid** [fɚ`bɪd] 動阻止，妨礙

I forbid you to go out with that boy.

我不准你跟那個男孩出去。

0249 **forecast** [`for͵kæst] 動預測，預報

Weather forecasts nowadays are very accurate.

現在的天氣預測都很準確。

0250 **formula** [`fɔrmjələ] 名配方，慣例

The best formula for weight loss is a healthy diet and exercise.

減重最佳良方就是健康飲食和運動。

0251 **fortunate** [`fɔrtʃənɪt] 形 幸運的，僥倖的

We are very fortunate to be able to live near the ocean.

我們很幸運能住在靠海的地方。

0252 **fossil** [`fɑsl̩] 名 化石

I found a fossil on the beach.

我在海灘上找到一個化石。

0253 **founder** [`faʊndɚ] 名 創立者，奠基者

My father is the founder of Texas Light Company.

我爸是德州燈具公司的創辦人。

0254 **fourteenth** [for`tinθ] 形 第十四的

I got a puppy for my fourteenth birthday.

我十四歲生日時得到一隻狗。

0255 **fourth** [fɔrθ] 形 第四的

Mars is the fourth planet from the Sun.

火星是從太陽算過來第四個行星。

0256 **fragrance** [`fregrəns] 名 香味，香氣

I like light fragrances that smell like flowers.

我喜歡聞起來像花香的淡雅香味。

0257 **fragrant** [`fregrənt] 形 香的，芳香的

The temple is filled with fragrant incense.

整間廟宇充滿了焚香的香氣。

0258 **frame** [frem] 名 框架，框子

The picture frame is crooked.

這幅畫的畫框歪了。

0259 **France** [fræns] 名 法國

I learned to speak French in France.

我在法國學會法語。

0260 **freeway** [`fri͵we] 名 高速公路

If you take the freeway, you will get here in ten minutes.

如果走高速公路，十分鐘就可以到這邊了。

0261 **freezing** [ˋfrizɪŋ] 形 寒冷的

It's freezing in New York now.

現在紐約冷極了。

0262 **French** [frɛntʃ] 名 法國人，法文

Can you speak French?

你會說法文嗎？

0263 **French fries** [ˋfrɛntʃ ˋfraɪz] 名 薯條

French fries make you fat.

薯條會讓你發胖。

0264 **frequency** [ˋfrikwənsɪ] 名 頻繁，屢次

The frequency of earthquakes is increasing.

地震發生的頻率愈來愈高。

0265 **freshman** [ˋfrɛʃmən] 名 一年級生，新生

He is happy to be a freshman in university.

他很高興成為大學新鮮人。

0266 **Frisbee** [ˋfrɪzbi] 名 飛盤

We usually go to the park and play frisbee on weekends.

我們週末經常去公園玩飛盤。

0267 **frost** [frɑst] 名 冰凍，霜

The field is covered with frost.

原野被霜覆蓋著。

0268 **frown** [fraʊn] 動 皺眉頭，對……表示不滿

Are you frowning because the food doesn't taste good?

你皺眉頭是因為東西不好吃嗎？

0269 **frustration** [͵frʌsˋtreʃən] 名 挫折，失敗

I yelled at my boss out of frustration.

我因為深感挫折才對老闆大吼大叫。

0270 **fuel** [ˋfjʊəl] 名 燃料

We're running out of fuel.

我們的燃料快用光了。

0271 **fulfill** [fʊlˋfɪl] 動 達到，滿足

I'm working hard to fulfill my goals.

我努力工作來達成目標。

0272 **fulfillment** [fʊlˋfɪlmənt] 名 實現，成就（感）

I get a lot of fulfillment from my job as a doctor.

身為醫師，我從工作中得到極大的成就感。

0273 **funeral** [ˋfjunərəl] 名 喪葬，葬儀

The funeral was held on Sunday morning.

葬禮已於星期天上午舉行。

0274 **furious** [ˋfjʊrɪəs] 形 狂怒的，猛烈的

My dad was furious when I crashed his car.

我撞毀父親的車之後，他暴怒。

0275 **furthermore** [ˋfɝðɚˏmɔr] 副 而且，此外

David is not a careful worker; furthermore, he is always late.

大衛不是謹慎的員工，而且老是遲到。

0276 **gaze** [gez] 動 注視

The tourists gaze at the beautiful scenery.

遊客緊盯著美麗的風景。

0277 **generation** [ˏdʒɛnəˋreʃən] 名 世代

This tradition has existed for many generations.

這種傳統已經延續很多代了。

0278 **generosity** [ˏdʒɛnəˋrɑsətɪ] 名 慷慨

Jane was praised by everyone for her generosity.

珍的慷慨受到大家的稱讚。

0279 **genius** [ˋdʒinjəs] 名 天才

Beethoven was a musical genius.

貝多芬是音樂天才。

0280 **German** [ˋdʒɝmən] 名 德國人

The Germans are famous for their engineering skills.

德國人以他們的工程技術聞名。

0281 **Germany** [ˋdʒɝmənɪ] 名 德國，德語

I would like to visit the Black Forest in Germany.

我想去看看德國的黑森林。

0282 **gifted** [ˋgɪftɪd] 形 有天賦的

He is a gifted artist.

他是有天賦的藝術家。

0283 **gigantic** [dʒaɪˋgæntɪk] 形 巨大的

There's a gigantic statue in the square.

廣場上有一個巨大的雕像。

0284 **giggle** [ˋgɪg!] 動 咯咯地笑

All the girls giggled when the handsome new teacher entered the room.

那位帥氣的新老師走進來的時候，所有女生都咯咯地笑。

0285 **ginger** [ˋdʒɪndʒɚ] 名 薑

Ginger is used in both cooking and medicine.

薑可以用於烹飪跟入藥。

0286 **glide** [glaɪd] 動 滑行，划水前行

The swan glided across the lake.

那隻天鵝划水橫越這座湖。

0287 **glimpse** [ˋglɪmps] 名 一瞥

I caught a glimpse of the thief.

我有看到小偷一眼。

0288 **good-looking** [ˋgʊdˋlʊkɪŋ] 形 好看的，漂亮的

Stan is a good-looking man.

史丹是個好看的男生。

0289 **goodness** [ˋgʊdnɪs] 名（感嘆語）天啊

My goodness! You added pepper to the ice cream!

我的天啊！你竟然在冰淇淋上面加胡椒粉！

0290 **gradual** [ˋgrædʒʊəl] 形 逐漸的，逐步的

We can see a gradual improvement in his performance.

我們可以看到他的表演逐漸進步。

0291 grammar [ˋɡræmɚ] 名 文法

Students need to learn English grammar for the exam.

學生必須為考試學英文文法。

0292 grateful [ˋɡretfəl] 形 感激的

I am grateful for your help.

很感激你幫我的忙。

0293 grave [ɡrev] 名 墓穴，墳墓

The thieves dug up the grave and stole the gold.

盜賊挖開墳墓，偷走金子。

0294 grief [ɡrif] 名 悲痛

She was filled with grief when she heard of her mother's death.

她聽到母親過世的消息時感到非常悲痛。

0295 grind [ɡraɪnd] 動 磨碎

The cook ground some pepper into the noodles.

那廚師磨了些胡椒粉加進麵裡。

0296 guilty [ˋɡɪltɪ] 形 有罪的

The judge sentenced the guilty man to three years in prison.

法官判這個罪犯三年有期徒刑。

0297 Halloween [ˌhæloˋwin] 名 萬聖節前夕

Halloween is on October 31.

十月三十一號是萬聖節前夕。

0298 handwriting [ˋhændˌraɪtɪŋ] 名 筆跡

The signature on the check isn't my handwriting.

這張支票上的簽名不是我的筆跡。

0299 hard [hɑrd] 形 困難的

The math exam was really hard.

這次數學考試很難。

0300 hardship [ˋhɑrdʃɪp] 名 艱難，困苦

The miners lived a life of hardship.

礦工過著困苦的生活。

0301 **hardworking** [`hard,wɝkɪŋ] 形 努力的，勤勉的

Leo is a hardworking student.

里奧是用功的學生。

0302 **harmonica** [har`manɪkə] 名 口琴

The little boy can play the harmonica well.

這個小男孩口琴吹得很好。

0303 **harmony** [`harmənɪ] 名 和諧，協調

The two tribes live together in harmony.

這兩個部落和諧地居住在一起。

0304 **harsh** [harʃ] 形 嚴厲的，惡劣的

The film received harsh criticism.

這部影片受到嚴厲批評。

0305 **haste** [hest] 名 急忙，迅速

She scolded her son in haste, before she heard the whole story.

她還沒聽完整件事的經過，就不分青紅皂白罵了兒子一頓。

0306 **hatch** [hætʃ] 動 孵化

Don't count your chickens before they hatch.

雞還沒孵出來之前別急著算會有幾隻。

0307 **hatred** [`hetrɪd] 名 憎恨，憎惡

His hatred for his parents is still strong.

他對父母親的恨意仍然強烈。

0308 **headache** [`hɛd,ek] 名 頭痛

She is suffering from a terrible headache.

她頭痛得很厲害。

0309 **headphone(s)** ['hɛd,fon] 名 頭戴式耳機

You can see many people wearing headphones and listening to music on the subway.

在地鐵可以看到很多人戴耳機聽音樂。

0310 **healthful** [`hɛlθfəl] 形 有益健康的

Jogging every morning for half an hour is healthful.

每天晨跑半小時有益健康。

0311 heat [hit] 名 熱
The heat during the summer in Taiwan is unbearable.
台灣夏天熱得讓人受不了。

0312 helicopter [ˋhɛlɪ͵kɑptɚ] 名 直升機
I learned to fly a helicopter when I was in my 20s.
我二十幾歲時學會開直升機。

0313 herself [hɝˋsɛlf] 片 她自己
That woman raised five children by herself.
那個女士獨力扶養五個小孩。

0314 hesitation [͵hɛzɪˋteʃən] 名 躊躇，猶豫
The firefighter ran into the burning building without hesitation to save the boy.
消防員毫不遲疑跑進著火的建築救那個男孩。

0315 hiking [ˋhaɪkɪŋ] 名 健行，遠足
Hiking is a healthy activity.
健行是健康的運動。

0316 himself [hɪmˋsɛlf] 代 他自己
He cut himself accidentally when he was chopping vegetables.
他切菜時不小心割傷自己。

0317 homeland [ˋhom͵lænd] 名 祖國，故國
Many refugees are eager to return to their homeland.
許多難民渴望回到祖國。

0318 honeymoon [ˋhʌnɪ͵mun] 名 蜜月旅行
The newlywed couple went to L.A. for their honeymoon.
這對新婚夫婦到洛杉磯度蜜月。

0319 honorable [ˋɑnərəbl] 形 可敬的，正直的
My father is an honorable man.
我父親是正直的人。

0320 hook [hʊk] 名（掛）鉤
Can you hang my keys on the hook?
可以幫我把鑰匙吊在掛鉤上嗎？

0321 **hopeful** [ˋhopfəl] 形 抱有希望的，充滿希望的

He has a hopeful future.

他的未來大有可為。

0322 **horizon** [həˋraɪzn̩] 名 地平線

The sun rose over the horizon.

太陽從地平線升起。

0323 **horrify** [ˋhɔrə͵faɪ] 動 使恐懼，使驚懼

She was horrified when the thief pointed a gun at her.

小偷用槍指著她時，她嚇壞了。

0324 **hot dog** [ˋhɑt dɔg] 名 熱狗

The hot dogs from that vendor are delicious.

那個小販賣的熱狗很好吃。

0325 **hourly** [ˋaʊrlɪ] 形 每小時的

The lawyer charges on an hourly basis.

這位律師是根據鐘點時數計費。

0326 **housewife** [ˋhaʊs͵waɪf] 名 家庭主婦

Her mother is a housewife.

她的媽媽是家庭主婦。

0327 **housework** [ˋhaʊs͵wɝk] 名 家事

Aunt Maria is busy doing housework.

瑪麗亞阿姨忙著做家事。

0328 **ice cream** [ˋaɪs͵krim] 名 冰淇淋

Chocolate is my favorite flavor of ice cream.

巧克力是我最喜歡的冰淇淋口味。

0329 **identical** [aɪˋdɛntɪkl̩] 形 相同的

The false document looks identical to the real one.

這份假文件看起來跟真的一模一樣。

0330 **idle** [ˋaɪdl̩] 形 虛度光陰的，無所事事的

My father told me never to be idle.

我父親告訴我千萬不要虛度光陰。

0331 illustrate [`ɪləstret] 動 插圖，（用圖）說明

Who illustrated this book?

這本書的插圖是誰畫的？

0332 imitate [`ɪmə͵tet] 動 模仿

That parrot is good at imitating people's voices.

那隻鸚鵡很會模仿人的聲音。

0333 immigrate [`ɪmə͵gret] 動 遷入

My family immigrated from Taiwan to Canada in 1989.

我家在一九八九年移民加拿大。

0334 impact [`ɪmpækt] 名 衝擊，影響

Exercising daily will have a positive impact on your health.

每天運動會為健康帶來正面的影響。

0335 impolite [͵ɪmpə`laɪt] 形 無禮的

It is impolite to chew with your mouth open.

張嘴嚼東西很不禮貌。

0336 impossible [ɪm`pɑsəbl̩] 形 不可能的

Some people believe that nothing is impossible.

有些人相信沒有什麼事情是不可能的。

0337 improve [ɪm`pruv] 動 改善

I want to improve my English.

我要加強我的英文。

0338 independent [͵ɪndɪ`pɛndənt] 形 獨立的

Mother is an independent woman.

媽媽是獨立的女性。

0339 infant [`ɪnfənt] 名 嬰兒

The police found the infant alone and wrapped in a blanket.

警方發現這名嬰兒獨自裹在一條毯子裡。

0340 infect [ɪn`fɛkt] 動 感染

The chickens were infected with a deadly virus.

雞隻感染了致命的病毒。

0341 **information** [ɪnfə`meʃən] 名資訊

I need some information from your parents.

我得跟你父母問一些資訊。

0342 **ingredient** [ɪn`gridiənt] 名成分，原料

The ingredients for the recipe were clearly listed.

食譜裡要用的材料都清楚列出來了。

0343 **inspire** [ɪn`spaɪr] 動鼓舞

The movie inspired me.

這部電影鼓舞了我。

0344 **instant** [`ɪnstənt] 形立即的

This medicine provides instant relief.

這種藥可以提供立即的舒緩。

0345 **instant noodles** [`ɪnstənt `nudl̩z] 名泡麵

Instant noodles are convenient to make (eat).

煮泡麵很方便。

0346 **instinct** [`ɪnstɪŋkt] 名本能

All creatures have a natural instinct to survive.

所有生物都有求生本能。

0347 **insult** [ɪn`sʌlt] 動侮辱

What he said insulted me.

他說的話侮辱了我。

0348 **intelligent** [ɪn`tɛlədʒənt] 形有才智的

Sally is the most intelligent person I know.

莎莉是我認識最聰明的人。

0349 **intend** [ɪn`tɛnd] 動打算

He intends to take a trip to Japan.

他打算到日本旅行。

0350 **interested** [`ɪntərɪstɪd] 形感興趣的

She is interested in painting.

她對畫畫感興趣。

0351 **interesting** [ˋɪntərɪstɪŋ] 形 令人感興趣的

It's an interesting book for the public.

這是一本有趣的書，適合大眾閱讀。

0352 **Internet** [ˋɪntɚˌnɛt] 名 網際網路

Many people like to surf the internet.

許多人喜歡上網瀏覽。

0353 **interpret** [ɪnˋtɝprɪt] 動 解釋，口譯

Our professor interpreted the poem in class.

我們的教授在課堂上解釋了這首詩。

0354 **invade** [ɪnˋved] 動 入侵

The enemy invaded the country early this morning.

敵軍在今天清晨入侵這個國家。

0355 **involve** [ɪnˋvɑlv] 動 使牽涉

The teenager was involved in a murder.

這名少年捲入一宗謀殺案。

0356 **isolate** [ˋaɪsəˌlet] 動 隔離

SARS patients were isolated in a special area of the hospital.

SARS 病患被隔離在醫院的一個特定區域。

0357 **itch** [ɪtʃ] 名 癢

I have an itch on my back.

我的背在癢。

0358 **Japan** [dʒəˋpæn] 名 日本

Many tourists visit Japan to see cherry blossoms.

很多觀光客到日本賞櫻花。

0359 **Japanese** [ˌdʒæpəˋniz] 名 日本人，日本語

Do you speak Japanese?

你會說日文嗎？

0360 **jogging** [ˋdʒɑgɪŋ] 名 慢跑

Jogging is good for your heart.

慢跑對你的心臟有益。

0361 **joint** [dʒɔɪnt] 名 關節

My joints hurt every morning when I get out of bed.

每天早上起床，我的關節都會痛。

0362 **journalist** [ˋdʒɝnəlɪst] 名 新聞記者

Carmen works as a journalist for a major newspaper.

卡門在一家大報社擔任新聞記者。

0363 **judge** [dʒʌdʒ] 名 法官

The judge hasn't ruled on our case yet.

那位法官還未裁決我們的案子。

0364 **junior high school** [ˋdʒunjɚ haɪ skul] 名 國中

They've studied English since they were in junior high school.

他們從國中就開始學英語。

0365 **junk** [dʒʌŋk] 名 廢棄物

We should throw out all that useless junk in the attic.

我們應該把閣樓所有沒用的廢物丟掉。

0366 **knock** [nɑk] 動 敲打

Always knock on the door before you enter the room.

進房間前都要先敲門。

0367 **knuckle** [ˋnʌkl̩] 名（供食用的）蹄、肘，關節

I had a pig's knuckle to celebrate my birthday.

我吃了一個豬腳來慶生。

0368 **Korea** [koˋriə] 名 韓國

The 2002 World Cup was held in both Korea and Japan.

二〇〇二年的世界盃足球賽在韓國和日本舉行。

0369 **Korean** [koˋriən] 形 韓國（人、語）的

Korean dramas have been very popular in Taiwan recently.

韓劇近來在台灣非常受歡迎。

0370 **Korean** [koˋriən] 名 韓國（人、語）

Korean is a difficult language to learn.

學韓語很難。

0371 **landmark** [ˋlænd͵mɑrk] 名 地標

Taipei 101 is a landmark in Taipei.

台北一〇一是台北的地標。

0372 **landslide** [ˋlænd͵slaɪd] 名 土石流

The landslide destroyed the bridge and several nearby houses.

土石流摧毀了那座橋和附近幾棟房屋。

0373 **lately** [ˋletlɪ] 副 最近

Have you been to that restaurant lately?

你最近有去那家餐廳嗎？

0374 **later** [ˋletɚ] 副 稍晚的

See you later.

待會見。

0375 **latest** [ˋletɪst] 形 最新的，最近的

Did you watch the latest movie?

你看了最新上映的那部電影嗎？

0376 **launch** [lɔntʃ] 動 發射

The rocket exploded just seconds after launching.

火箭發射幾秒鐘之後就爆炸了。

0377 **lawyer** [ˋlɔjɚ] 名 律師

Every business needs a good lawyer.

每一間公司都需要有個好律師。

0378 **leadership** [ˋlidɚʃɪp] 名 領導（才能、地位）

The president has great leadership skills.

這位總統有優秀的領導能力。

0379 **lecture** [ˋlɛktʃɚ] 名 演講

The professor gave a lecture.

教授做了場演講。

0380 **legal** [ˋligl̩] 形 合法的

What is the legal drinking age here?

這裡法定的飲酒年齡是多少？

0381 **legend** [ˋlɛdʒənd] 名 傳說，傳奇人物

Tiger Woods is still young, but he's become a legend in the game of golf.

老虎伍茲還很年輕，但已經成為高爾夫球界的傳奇。

0382 **lettuce** [ˋlɛtəs] 名 生菜

The salad has lettuce, eggs, and tomatoes.

這道沙拉裡有生菜、蛋和番茄。

0383 **license** [ˋlaɪsəns] 名 執照

I don't have a driver's license.

我沒有駕駛執照。

0384 **link** [lɪŋk] 名 連結，關係

There is a link to that article on the website.

網站上有一個連結，可以連到那篇文章。

0385 **liter** [ˋlitɚ] 名 公升

I try to drink at least two liters of water every day.

我盡量每天喝至少兩公升的水。

0386 **literature** [ˋlɪtərətʃɚ] 名 文學，文學作品

Betty likes to read Chinese literature.

貝蒂喜歡閱讀中國文學作品。

0387 **living room** [ˋlɪvɪŋ rum] 名 客廳

My family always gathers in the living room to watch TV after dinner.

我們家吃完晚餐後都會聚在客廳裡看電視。

0388 **loan** [lon] 名 貸款

I applied for a bank loan to buy the house.

我向銀行申請貸款來買這棟房子。

0389 **lock** [lɑk] 動 鎖

The gatekeeper locked the door after midnight.

過了午夜，管理員就把門鎖起來了。

0390 **locker** [ˋlɑkɚ] 名 置物櫃

There are lockers at the school for students to keep their belongings in.

學校有置物櫃可以讓學生存放隨身物品。

0391 lousy [`lauzɪ] 形 差勁的

The coffee in that restaurant is really lousy.

那間餐廳的咖啡很難喝。

0392 ma'am [mæm] 名 女士

Good morning, ma'am. Anything to drink?

夫人，早安。想喝點什麼嗎？

0393 mailman [`mel͵mən] 名 郵差

The mailman delivers the mail every day.

郵差每天送信。

0394 manual [`mænjʊəl] 名 手冊

I need to read the manual for this computer before I start to use it.

我開始使用這台電腦前，需要先看說明書。

0395 marker [`mɑrkɚ] 名 麥克筆

We need markers to write on the board.

我們需要幾支麥克筆，才能在板子上寫字。

0396 married [`mærɪd] 形 已婚的

Joanna is hoping to get married early next year, but she and her boyfriend haven't set a date yet.

喬安娜希望明年初結婚，但她和男友還沒決定日期。

0397 math [mæθ] 名 數學

Math is my least favorite subject in school.

數學是我在學校最不喜歡的科目。

0398 maximum [`mæksəməm] 名 最大量

The maximum speed limit on the freeway is 65 miles an hour.

高速公路上的最高速限為時速 65 英里。

0399 means [minz] 名 手段，方法

Tucker decided he would become rich by any means he could.

塔克決定不管用什麼方法都一定要致富。

0400 media [`midɪə] 名 傳播媒體

The media claims that it is fair and balanced in its coverage.

該媒體宣稱其報導公正又平衡。

0401 **membership** [ˋmɛmbɚ͵ʃɪp] 名會員身分，全體會員

He applied for membership in the golf club.

他申請成為這家高爾夫俱樂部的會員。

0402 **memorize** [ˋmɛmə͵raɪz] 動記住，背熟

I had to memorize many poems when I was in elementary school.

我念小學時必須背許多詩。

0403 **men's room** [mɛnz rum] 名男廁

Where's the men's room?

男廁在哪裡？

0404 **mention** [ˋmɛnʃən] 動提到，說起

Doug didn't mention his new car when I talked to him.

我跟道格說話時，他沒提到他的新車。

0405 **mercy** [ˋmɝsɪ] 名慈悲

The father showed no mercy when punishing his son.

那位父親懲罰兒子時毫不留情。

0406 **midnight** [ˋmɪd͵naɪt] 名午夜

That restaurant stays open until midnight.

那家餐廳營業到午夜。

0407 **might** [maɪt] 名可能，may 的過去式

It might rain tomorrow.

明天可能會下雨。

0408 **milkshake** [mɪlkʃek] 名奶昔

I have a milkshake at this restaurant almost every week.

我幾乎每星期都到這間餐廳喝一杯奶昔。

0409 **mind** [maɪnd] 動在意

Would you mind turning off the light?

你介意關燈嗎？

0410 **monthly** [ˋmʌnθlɪ] 形每月的

We have a monthly meeting at the end of every month.

我們每個月月底開月會。

0411 **Moon Festival** [mun`fɛstəvl̩] 名 中秋節

Moon Festival is usually in September.

中秋節通常在九月。

0412 **mountain climbing** [`maʊntn̩ `klaɪmɪŋ] 名 登山

Let's go mountain climbing on Sunday.

我們星期天去爬山吧。

0413 **myself** [maɪ`sɛlf] 代 我自己

I live by myself.

我一個人住。

0414 **natural** [`nætʃərəl] 形 自然的，天然的

That store sells natural foods.

那家店有販售天然食物。

0415 **New Year** [`nju `jɪr] 名 新年

The town holds a New Year festival every year.

這個城鎮每年都會舉辦新年慶典。

0416 **New Year's Eve** [nju jɪrz `iv] 名 除夕

My brother will come back on New Year's Eve.

我的哥哥會在除夕夜回來。

0417 **next to** [`nɛkst tu] 名 隔壁，旁邊

The fast food restaurant is next to the bus station.

速食店在公車站旁邊。

0418 **nineteen** [naɪn`tin] 形 十九個的

There are nineteen candles on the cake.

蛋糕上有十九根蠟燭。

0419 **nineteenth** [naɪn`tinθ] 形 第十九的

Her new apartment is on the nineteenth floor.

她的新公寓位在十九樓。

0420 **ninth** [naɪnθ] 形 第九的

It was the boy's ninth birthday yesterday.

昨天是這男孩的九歲生日。

0421 **north** [nɔrθ] 名 在北方、向北方、自北方

This house faces north.

這棟房屋面向北方。

0422 **nose** [noz] 名 鼻子

I have a runny nose.

我在流鼻水。

0423 **nurse** [nɝs] 名 護士

Nightingale was a great nurse.

南丁格爾是偉大的護士。

0424 **occasion** [əˋkeʒən] 名 場合，時機

I'm saving this bottle of wine for a special occasion.

我保存這瓶葡萄酒是為了特別的場合。

0425 **oneself** [wʌnˋsɛlf] 代 自身

One shouldn't climb mountains by oneself.

一個人不應該獨自攀登高山。

0426 **operation** [ˏɑpəˋreʃən] 名 操作，運轉，手術

The factory is in operation.

工廠正在運作。

0427 **oral** [ˋorəl] 形 口頭的

We have an oral exam this morning.

我們今天早上有口試。

0428 **ought to** [ɔt tu] 名 應當

You ought to study hard before the exam.

考試前應該認真念書。

0429 **ours** [aʊrz] 代 我們的（東西）

Your house is much nicer than ours.

你們的房子比我們的好多了。

0430 **ourselves** [ˏaʊrˋsɛlvz] 代 我們自己

Since we're living away from home, we have to take care of ourselves.

因為不住家裡，我們必須照顧自己。

0431 out of [aut əv] 片 自……離開

Let's get out of here.

我們離開這裡吧。

0432 outdoor [`aut͵dor] 形 戶外的

I enjoy outdoor sports.

我喜歡戶外運動。

0433 outside [`aut`saɪd] 副 在……外

Dad will wait outside.

爸爸會在外面等。

0434 over [`ovɚ] 介 在……上面

Dark clouds hung over the mountain.

山頂上烏雲密布。

0435 overweight [`ovɚ͵wet] 形 過重的

I am overweight and need to go on a diet.

我太重了，需要節食。

0436 p.m. [`pi`ɛm] 名 下午

I usually go home at 7 p.m.

我通常晚上七點回家。

0437 parking lot [`pɑrkɪŋ lɑt] 名 停車場

Do you know where the nearest parking lot is around here?

你知道這附近最近的停車場在哪裡嗎？

0438 pavement [`pevmənt] 名 （英）人行道 = sidewalk

The pavement is covered with snow.

人行道被雪覆蓋。

0439 PE [`pi`i] 名 體育課（physical education）

Aaron got an "A" in PE.

艾倫的體育課拿到了 A。

0440 pear [pɛr] 名 梨

She bought a bag of pears.

她買了一袋梨子。

0441 **pencil case** [`pɛnsḷ kes] 名 鉛筆盒

There are no pencils in the pencil case.

這個鉛筆盒裡沒有鉛筆。

0442 **perhaps** [pɚ`hæps] 副 或許

Perhaps I should go back to school.

或許我應該重返學校。

0443 **photo** [`foto] 名 照片

That is our family photo on the wall.

牆上那張是我們的全家福照片。

0444 **physics** [`fɪzɪks] 名 物理學

Physics is not an easy subject.

物理不是一門簡單的學科。

0445 **piece** [pis] 名 一片，一小塊

Could you cut me a piece of cake?

你能切一塊蛋糕給我嗎？

0446 **pleased** [plizd] 形 感到愉悅的

I'm pleased to meet you.

很高興與您見面。

0447 **pleasure** [`plɛʒɚ] 名 愉快

It's a pleasure to have a picnic.

去野餐是件很愉快的事情。

0448 **police officer** [pə`lis `ɔfɪsɚ] 名 警官

The police officer arrested the speeding driver.

那警官逮捕了那個超速的駕駛人。

0449 **police station** [pə`lis `steʃən] 名 警察局

We went to the police station to report the bike theft.

我們去警局報案腳踏車失竊。

0450 **pollution** [pə`luʃən] 名 污染

Beijing suffers from serious air pollution.

北京遭受嚴重的空氣污染。

0451 portion [`porʃən] 名 份量，部分
The millionaire left only a small portion of money to his daughter.
富翁只留了一小部分的錢給他的女兒。

0452 post office [`post `ɔfɪs] 名 郵局
You can also open a savings account at the post office.
你也可以在郵局開一個帳戶。

0453 power [`paʊɚ] 名 權力，動力，電力
She doesn't have the power to make that decision.
她沒有權力作出那樣的決定。

0454 pregnant [`prɛgnənt] 形 懷孕的
Ted's wife is pregnant with their second child.
泰德的妻子懷了他們第二個小孩。

0455 previous [`priviəs] 形 先前的
The previous owner of this house was a famous actor.
這房子先前的主人是有名的演員。

0456 principal [`prɪnsəp!] 名 校長
He's a high school principal.
他是一位中學校長。

0457 production [prə`dʌkʃən] 名 生產，製作
The production of this movie cost almost two million dollars.
這部電影的製作費用將近兩百萬元。

0458 productive [prə`dʌktɪv] 形 具有生產力的
She's a productive writer.
她是一位多產的作家。

0459 profession [prə`fɛʃən] 名 職業
He has chosen teaching as his lifetime profession.
他選擇教書為終身職業。

0460 professional [prə`fɛʃən!] 形 職業的
She is a professional dancer.
她是一位職業舞者。

0461 **professor** [prə`fɛsɚ] 名 教授

She is a professor of English literature.

她是英國文學教授。

0462 **profitable** [`prɑfɪtəbḷ] 形 有利潤的

Raising cattle can be profitable.

養牛有利可圖。

0463 **prominent** [`prɑmənənt] 形 突出的，顯眼的，著名的

His nose is his most prominent feature.

他的鼻子是他最突出的特徵。

0464 **promising** [`prɑmɪsɪŋ] 形 大有可為的

You have a promising future.

你的未來大有可為。

0465 **promotion** [prə`moʃən] 名 升遷

Congratulations on your promotion!

恭喜你升官！

0466 **pronunciation** [prə͵nʌnsɪ`eʃən] 名 發音

My English pronunciation isn't perfect.

我的英語發音不是很完美。

0467 **protest** [`protɛst] 名 抗議

There was a protest in front of city hall today.

今天在市政府前面有一場抗議。

0468 **proverb** [`prɑvɝb] 名 諺語，俗語

"Time is money" is a proverb.

「時間就是金錢」是一句諺語。

0469 **provide** [prə`vaɪd] 動 提供

The school provides free lunch.

這所學校供應免費午餐。

0470 **psychologist** [saɪ`kɑlədʒɪst] 名 心理醫生，心理學家

I'm so frustrated these days that I need to see a psychologist.

我最近深感挫折，得去看心理醫生。

0471 **psychology** [saɪ`kɑlədʒɪ] 名 心理學
Daniel has finally obtained his psychology degree.
丹尼爾終於獲得心理學學位。

0472 **publication** [ˌpʌblɪ`keʃən] 名 出版
This magazine has ceased publication.
這本雜誌已經停止出版了。

0473 **publicity** [pʌb`lɪsɪtɪ] 名 知名度
Movie stars participate in a lot of activities to gain publicity.
電影明星參加很多活動來打知名度。

0474 **publish** [`pʌblɪʃ] 動 出版，發行
My article was published in the evening newspaper.
我的文章刊在晚報上。

0475 **publisher** [`pʌblɪʃɚ] 名 出版者，出版社
They are the top magazine publisher in England.
他們是英國頂尖的雜誌出版社。

0476 **purple** [`pɝpl̩] 形 紫色的
She wore a purple dress to the party.
她穿了件紫色洋裝去參加派對。

0477 **pursuit** [pɚ`sut] 名 追求，尋求
His pursuit of fortune makes him greedier.
他對財富的追求使他更加貪婪。

0478 **quake** [kwek] 動 震動，顫抖
The young boy was quaking in fear after being yelled at by his teacher.
老師對小男孩大吼大叫，害他怕得發抖。

0479 **quiz** [kwɪz] 名 小考
We used to have quizzes every morning.
我們以前每天早上都有小考。

0480 **rage** [redʒ] 動 狂怒，肆虐
The typhoon is raging.
颱風正在肆虐。

0481 **raincoat** [ˋren͵kot] 名 雨衣

Don't forget to take your raincoat when you go out.

你外出的時候不要忘記帶雨衣。

0482 **raisin** [ˋrezn̩] 名 葡萄乾

Grandmother put raisins in the cake.

奶奶在蛋糕裡放了葡萄乾。

0483 **ready** [ˋrɛdɪ] 形 準備好的

Dinner is ready.

晚飯準備好了。

0484 **really** [ˋriəlɪ] 副 真的

Did you really win the prize?

你真的得獎了嗎？

0485 **recently** [ˋrisəntlɪ] 副 近來

I recently bought a new computer.

我最近買了新電腦。

0486 **recycle** [rɪˋsaɪkl̩] 動 回收

Plastic bottles can be recycled.

塑膠瓶可以回收。

0487 **relative** [ˋrɛlətɪv] 名 親戚

Many of my relatives live in Canada.

我有許多親戚都住在加拿大。

0488 **remember** [rɪˋmɛmbɚ] 動 記得，想起

Remember to lock the door when you leave.

你離開的時候要記得鎖門。

0489 **revise** [rɪˋvaɪz] 動 修訂

The textbook was revised last year.

這本教科書去年修訂過。

0490 **rollerblades** [ˋrolɚ͵bledz] 名 直排輪鞋

He got his first rollerblades when he was ten.

他十歲時拿到他的第一雙直排輪鞋。

0491 roller-skate [`rolə͵sket] 動 四輪溜冰
My little sister can roller-skate very well.
我妹妹溜輪鞋溜得很好。

0492 romantic [ro`mæntɪk] 形 浪漫的
She likes to watch romantic movies.
她喜歡看愛情電影。

0493 rope [rop] 名 繩子
The burglar tied the family up with rope.
竊賊用繩子把這家人綁起來。

0494 rough [rʌf] 形 粗糙的
The skin on her face is rough.
她臉上的皮膚很粗糙。

0495 ruin [`ruɪn] 動 毀壞
The house was ruined by the earthquake.
房子被地震摧毀了。

0496 rumor [`rumə] 名 謠言
You shouldn't go around starting rumors.
你不應該到處散佈謠言。

0497 rush [rʌʃ] 動 倉促行動
My brother rushed to answer the door.
我弟弟趕著去開門。

0498 Russia [`rʌʃə] 名 俄羅斯
One of my classmate was born in Russia.
我有一個同學在俄羅斯出生。

0499 Russian [`rʌʃən] 名 形 俄國人（的），俄文
Russian women are tall and beautiful.
俄國女人又高又漂亮。

0500 rust [rʌst] 動 生鏽
Iron rusts easily.
鐵容易生鏽。

0501 salary [`sælərɪ] 名 固定薪水

Do you receive a salary, or are you paid by the hour?

你是領固定薪水還是算時薪的？

0502 salesman [`selzmən] 名 推銷員

My dad works as a stereo salesman.

我爸爸是音響推銷員。

0503 savings [`sevɪŋz] 名 儲蓄，存款

Ralph spent his savings on a new car.

拉爾夫用自己的積蓄買了輛新車。

0504 scared [skɛrd] 形 驚恐的，恐懼的

Ryan is scared of snakes.

萊恩很怕蛇。

0505 seafood [`si͵fud] 名 海鮮

I am allergic to seafood.

我對海鮮過敏。

0506 senior high school [`sinjɚ haɪ skul] 名 高中

Senior high school students are under a lot of pressure.

高中生的壓力很大。

0507 sentence [`sɛntəns] 名 句子

Can you translate this sentence into English?

你可以把這個句子翻譯成英文嗎？

0508 September [sɛp`tɛmbɚ] 名 九月

School usually starts in September.

學校通常在九月開學。

0509 seventeen [͵sɛvən`tin] 名 十七 形 十七的

Please open your textbooks to page seventeen.

請翻開課本第十七頁。

0510 seventeenth [͵sɛvən`tinθ] 形 第十七的

Ben got a car for his seventeenth birthday.

班在十七歲生日得到一輛車。

0511 seventh [ˋsɛvənθ] 形 第七的
Sunday is the seventh day of the week.
星期日是一星期的第七天。

0512 shopkeeper [ˋʃɑp͵kipɚ] 名 店主
The shopkeeper hung an "open" sign on the door.
店老闆把「營業中」的牌子掛在門上。

0513 should [ʃʊd] 動 應該
You should have told me that you couldn't come.
你應該要告訴我你不能來。

0514 sincerity [sɪnˋsɛrətɪ] 名 真誠
Everyone is impressed by his sincerity.
每個人都對他的真誠印象深刻。

0515 sixteenth [sɪksˋtinθ] 形 第十六的
The restaurant is on Sixteenth Street.
那家餐廳位於第十六街。

0516 sixth [sɪksθ] 形 第六的
He has to pay rent on the sixth day of each month.
他得在每月六號繳房租。

0517 skiing [ˋskiɪŋ] 名 滑雪
My younger brother loves skiing.
我弟弟很愛滑雪。

0518 sleep [slip] 動 睡覺
Do you sleep well?
你睡得好嗎？

0519 slippers [ˋslɪpɚz] 名 拖鞋
I always wear slippers at home.
我在家裡都穿拖鞋。

0520 sneaker [ˋsnikɚ] 名 運動鞋
Sean always wears white sneakers.
西恩總是穿一雙白色運動鞋。

0521 **sneaky** [ˋsnikɪ] 形 鬼鬼祟祟的，狡猾的

He likes to play sneaky tricks.

他喜歡玩鬼鬼祟祟的伎倆。

0522 **sneeze** [sniz] 動 打噴嚏

I kept sneezing when I had a cold.

我感冒的時候一直打噴嚏。

0523 **snowman** [ˋsno͵mæn] 名 雪人

The kids built a snowman in the yard.

孩子們在後院堆雪人。

0524 **sob** [sɑb] 動 啜泣

The girl sobbed alone in the dark.

那個女孩獨自在黑暗中啜泣。

0525 **social science** [ˋsoʃəl ˋsaɪəns] 名 社會學

Martin is majoring in social science.

馬丁主修社會學。

0526 **socks** [sɑks] 名 襪子

Your socks stink.

你的襪子好臭。

0527 **softball** [ˋsɔft͵bɔl] 名 壘球

Lots of girls play softball instead of baseball.

很多女孩打壘球，不打棒球。

0528 **softdrink** [ˋsɔft ˋdrɪŋk] 名 不含酒精的飲料，汽水

We only sell soft drinks here.

我們只販售不含酒精的飲料。

0529 **software** [ˋsɔft͵wɛr] 名 軟體

He is a software designer.

他是軟體設計師。

0530 **solar** [ˋsolɚ] 形 太陽能的，太陽的

The motor is powered by solar energy.

這馬達是太陽能發電。

0531 **somewhere** [`sʌm͵whɛr] 副 在某處

They live somewhere in California.

他們住在加州某處。

0532 **sophomore** [`sɑfə͵mor] 名 二年級

She is a sophomore in university.

她是大二學生。

0533 **sore throat** [`sor͵θrot] 名 喉嚨痛

My sore throat is killing me.

我喉嚨痛死了。

0534 **sorrowful** [`sɑrofəl] 形 悲傷的，傷心的

The dog was giving them sorrowful looks.

狗狗哀傷地看著他們。

0535 **souvenir** [suvə`nɪr] 名 紀念品

We spent two days buying souvenirs.

我們花了兩天的時間買紀念品。

0536 **soy sauce** [`sɔɪ `sɔs] 名 醬油

Soy sauce is made from soybeans.

醬油是大豆製成。

0537 **spare** [spɛr] 動 騰出，分讓

Can you spare a moment?

你可以為我騰出一些時間嗎？

0538 **spark** [spɑrk] 名 火花，火星

The fire was started by a spark from power line.

這場火災是電線上的火花所引起。

0539 **sparrow** [`spæro] 名 麻雀

There are sparrows flying over the rice fields.

有一群麻雀飛越稻田。

0540 **spear** [spɪr] 名 矛，魚叉

They use spears to catch fish.

他們用魚叉捕魚。

0541 **spicy** [ˋspaɪsɪ] 形 辛辣的

This dish is very spicy.

這道菜很辣。

0542 **spiritual** [ˋspɪrɪtʃuəl] 形 精神上，心靈上

That priest is John's spiritual guide.

那位神父是約翰的精神導師。

0543 **splendid** [ˋsplɛndɪd] 形 輝煌的，華麗的，極好的

The cricket team has won another splendid victory.

板球隊又贏得一次輝煌的勝利。

0544 **split** [splɪt] 動 劈開，切開

Grandpa split the logs into firewood.

爺爺將圓木劈成木材。

0545 **sportsman** [ˋsportsmən] 名 運動員

He is a natural sportsman.

他是天生的運動員。

0546 **sportsmanship** [ˋsportsmən͵ʃɪp] 名 運動家精神

The baseball team showed good sportsmanship.

這支棒球隊展現了良好的運動家精神。

0547 **stationery** [ˋsteʃə͵nɛrɪ] 名 文具

You can buy paper at the stationery store.

在文具行可以買到紙張。

0548 **stem** [stɛm] 名 莖，柄

Rose stems have thorns on them.

玫瑰莖有刺在上面。

0549 **stepmother** [ˋstɛp͵mʌðɚ] 名 繼母

Claire is my new stepmother.

克萊兒是我新的繼母。

0550 **stingy** [ˋstɪŋdʒɪ] 形 小氣的，吝嗇的

My parents taught me not to be stingy.

我爸媽教我不要太小氣。

0551 **stir** [stɝ] 動 攪動

You have to stir the sauce so it doesn't burn.

要攪動醬汁免得燒焦。

0552 **stomachache** [ˋstʌmək͵ek] 名 胃痛

Eating too much candy will give you a stomachache.

吃太多糖果會讓你肚子痛。

0553 **stopwatch** [ˋstɑp͵wɑtʃ] 名 碼錶

The coach lost his stopwatch.

那個教練弄丟了碼錶。

0554 **strengthen** [ˋstrɛŋθən] 動 加強

We need to strengthen this wall in case there is a flood.

我們必須補強這面牆，以防洪水。

0555 **strive** [straɪv] 動 努力，奮鬥

We always strive to satisfy our customers.

我們總是努力滿足我們的客戶。

0556 **submarine** [ˋsʌbmə͵rin] 名 潛艇

The navy is building a new submarine.

海軍正在建造新的潛艇。

0557 **suddenly** [ˋsʌdənlɪ] 副 突然地

He suddenly felt a pain in his chest.

他突然覺得胸部一陣痛。

0558 **summarize** [ˋsʌmə͵raɪz] 動 做總結

The teacher asked me to summarize the speech.

老師要我為演講做個總結。

0559 **sunshine** [ˋsʌn͵ʃaɪn] 名 陽光

My eyes were blinded by the sunshine.

陽光讓我張不開眼。

0560 **surf** [sɝf] 動 衝浪，上網瀏覽

Mike is learning how to surf.

麥克在學習如何衝浪。

0561 **surprised** [sə`praɪzd] 形 驚訝的

She was surprised to see me.

她看到我覺得很驚訝。

0562 **surrender** [sə`rɛndɚ] 動 投降，自首

The criminal surrendered to the police.

那個罪犯向警方自首。

0563 **surroundings** [sə`raʊndɪŋz] 名 環境，周圍的事物

I'm not very familiar with my surroundings.

我對這個環境還不太了解。

0564 **suspect** [sə`spɛkt] 動 懷疑

I suspect he stole my book.

我懷疑他偷了我的書。

0565 **suspicion** [sə`spɪʃən] 名 懷疑，疑心

Don't bear any suspicion; he is innocent.

別多疑，他是無辜的。

0566 **suspicious** [sə`spɪʃəs] 形 猜疑的，疑心的

You should report suspicious behavior to the police.

你應該向警察舉報可疑行為。

0567 **sweep** [swip] 動 掃

The maid sweeps the floor every day.

傭人每天掃地。

0568 **swift** [swɪft] 形 即時的，迅速的

A swift wave came and took away the boat.

一道突如其來的海浪將那艘船捲走了。

0569 **swimming** [`swɪmɪŋ] 名 游泳

Let's go swimming.

我們去游泳吧。

0570 **swimsuit** [`swim͵sut] 名 泳裝

This swimsuit doesn't fit.

這件泳裝不合身。

0571 **sympathy** [ˋsɪmpəθɪ] 名 同情，同理心

The poor boy deserves our sympathy.

那個可憐的男孩值得我們同情。

0572 **symphony** [ˋsɪmfənɪ] 名 交響樂團，交響曲

The famous symphony orchestra will play Mozart tonight.

這個著名的交響樂團今晚將演奏莫札特的樂曲。

0573 **table tennis** [ˋtebl̩ ˋtɛnɪs] 名 桌球

My brother is good at table tennis.

我哥哥很會打桌球。

0574 **Taiwanese** [ˌtaɪwɑˋniz] 名 台灣人，台語

The Taiwanese are hard-working people.

台灣人工作勤奮。

0575 **tall** [tɔl] 形 高的

My daddy is tall and handsome.

我爸又高又帥。

0576 **tape recorder** [tep rɪˋkɔrdɚ] 名 錄音機

The reporter recorded the interview with a tape recorder.

記者用錄音機把這段訪談錄下來。

0577 **teacher** [ˋtitʃɚ] 名 老師

My dad is an English teacher at our school.

我爸爸是本校的英文教師。

0578 **teapot** [ˋtiˌpɑt] 名 茶壺

That is an antique teapot.

那是一個古董茶壺。

0579 **telegram** [ˋtɛləˌɡræm] 名 電報

Not many people send telegrams these days, e-mail is much more popular.

現在很少人在用電報了，電子郵件比較普遍。

0580 **telescope** [ˋtɛləˌskop] 名 望遠鏡

We need a telescope to see constellations.

我們需要望遠鏡看星星。

0581 **temper** [ˋtɛmpɚ] 名 情緒，性情

The old man can't control his temper.

那個老人控制不了他的脾氣。

0582 **temperature** [ˋtɛmpərətʃɚ] 名 溫度，氣溫

The temperature is getting higher and higher every year.

氣溫正在逐年升高。

0583 **temporary** [ˋtɛmpə͵rɛrɪ] 形 臨時的，暫時的

I have a temporary job as a salesperson.

我暫時從事業務員的工作。

0584 **tension** [ˋtɛnʃən] 名 神經緊繃，緊張狀況

Exercise is a great way to relieve tension.

運動是解除緊張的好方式。

0585 **tenth** [tɛnθ] 形 第十的

He's the tenth child in his family.

他是家裡的第十個孩子。

0586 **terrify** [ˋtɛrə͵faɪ] 動 使害怕

The scary movie terrified the children.

這部恐怖電影把小朋友嚇壞了。

0587 **terror** [ˋtɛrɚ] 名 恐怖，驚駭

Everyone fled in terror when the tiger escaped its cage.

老虎逃出籠子時，每個人都驚恐逃走。

0588 **Thanksgiving** [͵θæŋksˋgɪvɪŋ] 名 感恩節

We always have turkey for Thanksgiving.

我們在感恩節一定會吃火雞。

0589 **theme** [θim] 名 主題，主題思想

The theme of his thesis is related to political issues.

他的論文主題跟政治議題有關。

0590 **themselves** [ðɛmˋsɛlvz] 代 他／她／它們自己

I told them they should visit Los Angeles for themselves.

我早跟他們說過要親自去一趟洛杉磯。

0591 **then** [ðɛn] 副 然後，接下來

She had dinner and then took a shower.

她吃完晚餐，接著去沖澡。

0592 **thirteenth** [θɝˋtinθ] 形 第十三的

This is my thirteenth bike!

這是我第十三部腳踏車！

0593 **thirtieth** [ˋθɝtɪɪθ] 形 第三十的

My parents just celebrated their thirtieth wedding anniversary.

我父母剛剛慶祝他們結婚三十周年紀念日。

0594 **thorough** [ˋθɝo] 形 十足的，徹頭徹尾

After thorough consideration, I decided to quit my job.

徹底考慮過後，我決定辭職。

0595 **thoughtful** [ˋθɔtfəl] 形 細心的，注意的

She is always thoughtful to others.

她總是為他人著想。

0596 **tie** [taɪ] 名 領帶，也稱為 necktie

I don't like to wear tie to work.

我不喜歡打領帶去上班。

0597 **till** [tɪl] 介 直到

I was grounded till the end of the month.

我被禁足到這個月底。

0598 **timid** [ˋtɪmɪd] 形 膽小的，易受驚嚇的

Rabbits are timid animals.

兔子是很膽小的動物。

0599 **tired** [taɪrd] 形 疲倦的

I was really tired when I got back from the gym.

我從健身房回來時非常疲倦。

0600 **tiresome** [ˋtaɪərsəm] 形 使人疲勞的，令人厭倦的

My job is so tiresome.

我的工作很累人。

0601 **tolerance** [ˋtɑlərəns] 名忍耐，包容

His behavior is beyond tolerance.

他的行為已超出容忍範圍。

0602 **tolerate** [ˋtɑlə͵ret] 動容許，忍受

I can't tolerate his rude behavior.

我無法忍受他無禮的態度。

0603 **tomb** [tum] 名墓，墓碑

The ancient tomb was robbed by thieves.

這座古墓被小偷盜取。

0604 **toothache** [ˋtuθ͵ek] 名牙痛

My little brother has a terrible toothache.

我弟牙痛得很厲害。

0605 **toothbrush** [ˋtuθ͵brʌʃ] 名牙刷

She wants to buy an electric toothbrush.

她想買一把電動牙刷。

0606 **tortoise** [ˋtɔrtəs] 名陸龜，烏龜

Tortoises are turtles that live on land.

陸龜是生活在陸地上的烏龜。

0607 **trace** [tres] 動追蹤

The hunters used dogs to trace the fox.

獵人利用狗來追蹤狐狸。

0608 **tragedy** [ˋtrædʒədɪ] 名悲劇，慘案

***Hamlet* is Shakespeare's most famous tragedy.**

《哈姆雷特》是莎士比亞最著名的悲劇。

0609 **tragic** [ˋtrædʒɪk] 形悲劇性的，悲慘的

The tragic accident claimed five lives.

這起悲慘意外奪走五條人命。

0610 **train station** [ˋtren ˋsteʃən] 名火車站

I'll meet you at the train station.

我會和你在火車站見面。

0611 **transfer** [træns`fɝ] 動 轉換，調動，換車

He's been transferred to another school.

他已經轉到另外一個學校。

0612 **transform** [træns`fɔrm] 動 使改變，使改觀

Julie has transformed from a teenager into a beautiful young woman.

雪莉從少女變成美麗的年輕女子。

0613 **translate** [`træns͵let] 動 翻譯，轉譯

Please translate the following passages.

請翻譯以下的段落。

0614 **translation** [træns`leʃən] 名 譯文，譯本

The translation is slightly different from the original.

這譯本和原文有點出入。

0615 **transportation** [trænspɚ`teʃən] 名 運輸工具，交通車輛

The public transportation here is quite convenient.

這裡的大眾運輸相當方便。

0616 **treatment** [`tritmənt] 名 對待，治療

His cancer isn't responding to the treatment.

他的癌症對這個療法沒有反應。

0617 **tremendous** [trɪ`mɛndəs] 形 極大的，極度的，極好的

The ship ran into a tremendous iceberg.

這艘船撞上了巨大的冰山。

0618 **triumph** [`traɪəmf] 名 勝利

The team celebrated their triumph in the competition.

球隊慶祝他們在比賽中得到勝利。

0619 **TV** [`ti`vi] 名 電視（television 的簡稱）

Do you have a TV in your room?

你的房間有電視機嗎？

0620 **twelfth** [twɛlfθ] 形 第十二的

I live on the twelfth floor of this building.

我住在這棟大廈的十二樓。

0621 **twentieth** [`twɛntɪɪθ] 形 第二十的

It's her twentieth birthday today.

今天是她二十歲生日。

0622 **twinkle** [`twɪŋkḷ] 動 閃爍，閃耀

The stars twinkle in the night.

星星在夜裡閃爍。

0623 **typewriter** [`taɪp͵raɪtɚ] 名 打字機

The writer is used to writing with a typewriter.

這位作家習慣用打字機寫作。

0624 **typist** [`taɪpɪst] 名 打字員，打字者

She works as a typist in a publishing company.

她在一家出版社擔任打字員。

0625 **underline** [͵ʌndɚ`laɪn] 動 畫底線

I've underlined all the important points in my textbook.

課本上的重點我都有畫底線。

0626 **underpass** [`ʌndɚ͵pæs] 名 地下道

The underpass was filled with water after the typhoon.

颱風過後地下道都是水。

0627 **underweight** [`ʌndɚ͵wet] 形 體重不足的

If you are underweight, you won't be allowed to donate blood.

體重過輕的人不可以捐血。

0628 **unhappy** [ʌn`hæpɪ] 形 不愉快的

My parents are unhappy about my bad grades.

我父母對我差勁的成績感到不高興。

0629 **unique** [ju`nik] 形 獨一無二的

The artist's talent was unique.

這個藝術家天賦是獨一無二的。

0630 **unity** [`junɪtɪ] 名 團結，聯合，統一

The politician called for unity in his speech.

政治人物在演說中呼籲團結。

0631 universal [ˌjunəˋvɝsḷ] 形 宇宙的，普遍的

Peace and freedom are universal values.

和平與自由是普世價值。

0632 university [ˌjunəˋvɝsɪtɪ] 名 大學，綜合性大學

After high school, Jean chose to attend a nearby university.

高中畢業後，珍選擇就讀附近的大學。

0633 upload [ˋʌplod] 動 上載

She uploaded her data onto my computer.

她上傳一些資料到我的電腦。

0634 urban [ˋɝbən] 形 城市的

I enjoy urban living but I can't afford it.

我喜歡城市生活，但負擔不起。

0635 urge [ɝdʒ] 動 催促

My parents urged me to go to college.

我父母勸我去上大學。

0636 urgent [ˋɝdʒənt] 形 緊急的，急迫的

I have an urgent message for you.

我有個要緊的訊息要告訴你。

0637 usage [ˋjusɪdʒ] 名 使用，用法，處理

Water usage increases in the summer.

水的使用在夏天都會升高。

0638 usually [ˋjuʒuəlɪ] 副 通常地

I usually leave for school at six in the morning.

我通常早上六點出門去上學。

0639 vacant [ˋvekənt] 形 空著的，未被占用的

There are no vacant rooms in the hotel.

旅館已經沒有空的房間了。

0640 vain [ven] 形 愛慕虛榮的

She is vain and arrogant.

她愛慕虛榮又自大。

0641 **Valentine's Day** [\`vælən,taɪnz de] 名 情人節

Couples usually go out for dinner on Valentine's Day.

情侶在情人節時通常會出去吃晚餐。

0642 **vast** [væst] 形 廣闊的，浩瀚的

Camels are able to cross vast deserts.

駱駝能夠跨越浩瀚的沙漠。

0643 **VCR** [\`vi\`si\`ɑr] 名 卡式錄放影機

Dad bought a new VCR for himself.

爸爸為自己買了一台新的卡式錄放影機。

0644 **vegetarian** [,vɛdʒɪ\`tɛriən] 名 素食主義者

My mom is a vegetarian for religious reasons.

我的媽媽因為宗教因素而吃素。

0645 **vendor** [\`vɛndɚ] 名 小販，廠商

There's a hot dog vendor in the park.

公園裡有個賣熱狗攤販。

0646 **verb** [vɝb] 名 動詞

In English, the verb usually comes after the subject.

英文中，動詞通常跟在主詞的後面。

0647 **vinegar** [\`vɪnɪgɚ] 名 醋

Olive oil and vinegar make a good salad dressing.

醋和橄欖油是很好的沙拉醬汁。

0648 **violate** [\`vaɪə,let] 動 違犯，違背

You may be suspended if you violate school rules.

如果你違反校規，可能會被休學。

0649 **violation** [,vaɪə\`leʃən] 名 違反行為

The man was fined $500 for traffic violations.

那人因為違反交通規則被罰五百元。

0650 **violent** [\`vaɪələnt] 形 激烈的，暴力的

Violent behavior will not be tolerated at our school.

我們的學校絕不容忍暴力行為。

0651 **virtue** [ˋvɝtʃu] 名 美德，優點

Patience is a virtue.

忍耐是一種美德。

0652 **virus** [ˋvaɪrəs] 名 病毒

The flu is caused by a virus.

流感是病毒引起的。

0653 **visual** [ˋvɪʒuəl] 形 視力的，視覺的

The teacher used visual aids including a projector and a computer to show the students examples.

老師用投影機和電腦等視覺輔助舉例給學生看。

0654 **vital** [ˋvaɪtl̩] 形 生命的，維持生命所必需的

Protein is a vital part of your diet and should be eaten daily.

蛋白質是飲食不可少的部分，每天都要吃。

0655 **volcano** [vɑlˋkeno] 名 火山

While in Hawaii, we got to see a volcano erupt.

在夏威夷時，我們看到了火山噴發。

0656 **Wage(s)** [wedʒ(ɪz)] 名 薪水，工資

The cost of living is rising, but wages are staying the same.

生活費用節節上升，但工資卻文風不動。

0657 **walkman** [ˋwɔkmən] 名 隨身聽

This is the smallest walkman I've ever seen!

這是我看過最小的隨身聽！

0658 **washing machine** [ˋwɑʃɪŋ məˋʃin] 名 洗衣機

Our new washing machine washes clothes faster and better than the old one.

我們的新洗衣機比舊的那台洗得更快又更乾淨。

0659 **wealth** [wɛlθ] 名 財富，財產

Health is more important than wealth.

健康比財富重要。

0660 **weekly** [ˋwiklɪ] 形 每週的

We have weekly exams on Fridays.

我們每星期五有週考。

0661 **withdraw** [wɪð`drɔ] 動 撤退，撤離

The troops withdrew from the front line.

部隊從前線撤離。

0662 **witness** [`wɪtnɪs] 名 目擊者，見證人

The witness to the murder was killed.

這起謀殺案的目擊者被殺身亡。

0663 **woods** [wʊdz] 名 樹林，森林

Let's take a walk in the woods after dinner!

晚餐後一起到樹林裡散步吧！

0664 **workbook** [`wɜk͵bʊk] 名 作業簿

The exercises in the workbook are harder than the examples in the textbook.

作業本上的練習題比課本上的範例難。

0665 **would** [wʊd] 名 委婉請求（will 過去式）

I would buy that house if I could afford it.

如果買得起的話，我會買那間房子。

0666 **wreck** [rɛk] 名 船難事故

Many people died in the train wreck.

許多人在死於那起火車撞毀。

0667 **wrinkle** [`rɪŋkḷ] 名 皺，皺紋

The old lady's face was covered with wrinkles.

這位老太太的臉上滿是皺紋。

0668 **yearly** [`jɪrlɪ] 形 每年的

I visit my parents yearly, usually at Christmas time.

我每年都去探望我的父母，通常是在耶誕節。

0669 **yourself** [jʊɚ`sɛlf] 代 你自己

Be careful with that razor or you'll cut yourself.

小心那把剃刀，不然你會割傷你自己。

0670 **yummy** [`jʌmɪ] 形 美味的

The apple pie is really yummy.

這個蘋果派非常美味。

索引

A

B

D

F

G

Q

R

T

U

V

W

Y

Z

讀者基本資料

■是否為 EZ TALK 訂戶？　□是 □否

■姓名 ________ 性別 □男 □女

■生日 民國 ____ 年 ____ 月 ____ 日

■地址 □□□ - □□（請務必填寫郵遞區號）

____

■聯絡電話（日）________

（夜）________

（手機）________

■ E-mail ________

（請務必填寫 E-mail，讓我們為您提供 VIP 服務）

■職業

□學生 □服務業 □傳媒業 □資訊業 □自由業 □軍公教 □出版業

□商業 □補教業 □其他

■教育程度

□國中及以下 □高中 □高職 □專科 □大學 □研究所以上

■您從何種通路購得本書？

□一般書店 □量販店 □網路書店 □書展 □郵局劃撥

你對本書的建議……

請傳真至 *02-2708-5182*，欲索取雜誌（見背面），請裝入信封投郵筒寄回，感謝你的配合！

廣告回信免貼郵票
台灣北區郵政管理號登記證
第 000370 號

日月文化出版股份有限公司

10658 台北市大安區信義路三段 151 號 9 樓

請以膠帶封口

國家圖書館出版品預行編目資料

第一次就考好 New TOEIC 單字 / EZ 叢書館編輯
部作. -- 初版. -- 臺北市：日月文化，2011.06
312 面，17×23 公分（EZ 叢書館）
ISBN：978-986-248-165-3（平裝）
1. 多益測驗 2.詞彙
805.1895 100007161

EZ 叢書館

第一次就考好 New TOEIC 單字

作　　者：EZ 叢書館編輯部
執行顧問：陳思容
主　　編：葉瑋玲
總 編 審：Judd Piggott
執行編輯：賴建豪
特約編輯：林錦慧、姚祖恩
美術設計：管仕豪
排版設計：健呈電腦排版股份有限公司

董 事 長：洪祺祥
法律顧問：建大法律事務所
財務顧問：高威會計師事務所

出　　版：日月文化集團　日月文化出版股份有限公司
製　　作：EZ 叢書館
地　　址：台北市大安區信義路三段 151 號 9 樓
電　　話：(02)2708-5509
傳　　真：(02)2708-6157
網　　址：www.ezbooks.com.tw

總 經 銷：高見文化行銷股份有限公司
電　　話：(02)2668-9005
傳　　真：(02)2668-6220
印　　刷：禹利電子分色有限公司
初　　版：2011 年 7 月
定　　價：350 元
I S B N：978-986-248-156-3